KB073598

Kepler
케플러

Kepler
케플러

존 밴빌

이수경 옮김

ETERNAL
BOOKS

천사에게 세상을 찬미하라

- 라이너 마리아 릴케, 《두이노의 비가》 중에서

제1부

우주의 신비[•]

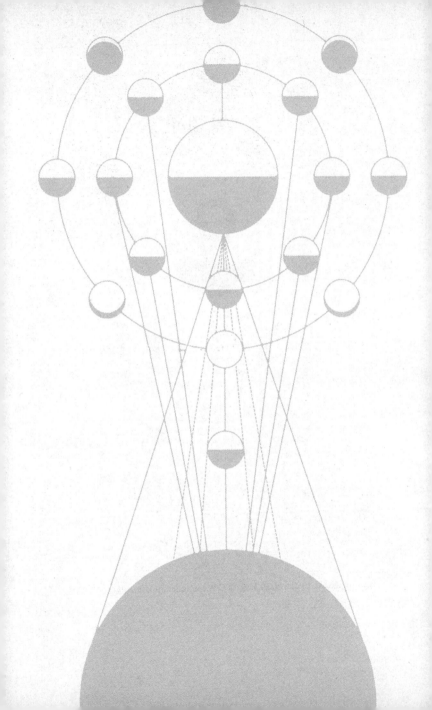

러프*에 고개를 묻고 잠든 사이, 요하네스 케플러는 우주의 신비를 푸는 꿈을 꾸었다. 신비롭고 초자연적인 무언가, 광채를 발하며 금방이라도 깨질 듯한 어떤 소중한 물건을 두 손으로 감싸 쥐듯이 조심스럽게, 꿈속에서 그는 그 해답을 마음에 품었다. 아, 제발 깨어나지 않았으면! 하지만 그것은 바람일 뿐이었다. 바르바라가 고소하다는 표정을 살짝 지으며, 볼품없는 신발을 신고 있는 그의 다리를 흔든 것이다. 순간 그가 품은 아름답고 커다란 알 모양의 그것이 산산이 부서졌다. 남은 것은 약간의 흰자위와, 깨진 껍질처럼 머릿속을 굴러다니는 좌표 몇 개뿐이었다.

그리고 0.00429.

몸이 쑤시고 한기가 돌았다. 입가에는 자는 동안 흘린 침이 묻어 있었다. 게슴츠레 눈을 떴을 때 그는 아내가 또다시 손을 뻗는 것을 알아채고 다리를 움직여 그 손을 툭 밀어냈다. 바르바라가 그를 쳐다보았다. 케플러는 그녀의 통통한 얼굴이 붉어지는 것을 보고 주춤하다가, 빌려 쓰고 온 모자의 가장자리를 만지작거려 세심하게 고쳐 썼다. 그의 의붓딸 레기나는 이런 작은 전쟁이야 이제 익숙하다는 표정으로 엄마 옆에 새침하게 앉아 있었다.

그때 청년 튀게 브라헤가 마부석에서 창 쪽으로 몸을 굽혔다. 짙은 머리카락에 에워싸인 흰 얼굴은 번들거리고 호리호리한 팔

• 16~17세기 유럽 사람들이 착용한 주름 칼라.

다리와 손은 흐느적거렸으며 눈빛이 의뭉스러운 청년이었다.

"다 왔습니다, 선생님."

청년은 능글맞은 미소를 지었다. 그놈의 **선생님**. 케플러는 옷소매로 입가의 침을 닦으며 좁은 자리 탓에 저리던 다리를 마차 밖으로 내놓았다.

"아……."

2월의 맑은 하늘을 머리에 인 채 웅장하고 차갑게 그의 앞에 나타난 거대한 베나테크성은 그라츠에서 오는 내내 그를 짓누르던 깊은 고통과 우울함마저 압도하는 듯했다. 진창처럼 혼란스러운 그의 머릿속에 또 하나의 우울한 상념이 비집고 들어왔다. 메스틀린, 메스틀린 교수님마저도 나를 실망시키지 않았던가. 그런데 덴마크 사람인 튀코 브라헤에게 무얼 기대한단 말인가? 상념이 깊어지면서 눈가에 눈물이 맺혔다. 아직 서른도 안 되었지만 어쩐지 훨씬 더 긴 세월을 산 것 같았다. 주먹으로 눈을 비비며 고개를 돌리는 순간, 화려하게 차려입은 금발의 귀족 텡나겔이 앞발을 높이 쳐드는 말에서 거꾸러져 질퍽거리는 땅 위를 뒹구는 광경이 눈에 들어왔다. 세상은 언제나 이렇게 약간의 위안을 준다는 사실에 케플러는 다시 한 번 감탄했다.

위안은 거기서 그치지 않았다. 차갑고 고요한 모습으로 그를 압도하던 성은 외양만 그러했던 것이다. 먼 길을 온 다섯 사람이 성문을 지나 자갈 깔린 안뜰로 들어서는 순간, 어수선하고 혼란한 분위기가 그들을 맞이했다. 덜거덕거리는 널빤지들, 여기저기 부딪치는 벽돌들, 휘파람을 불며 신호를 주고받는 석공들. 한쪽에서는 등에 짐을 잔뜩 실은 노새가 귀를 젖히고 주둥이를 벌린 채 걸어가며 시끄럽게 울어댔다. 튀게가 손을 휘젓고는 웃으면서 말했다.

"새로운 우라니보르그*입니다!"

케플러는 비스듬히 기운 화강암 상인방 아래로 일행과 함께 상체를 굽히고 지나가면서 아까 꾼 꿈의 여운이 묘한 흥분과 함께 목구멍으로 불쑥 올라오는 것을 느꼈다. 어쩌면 보헤미아로 온 게 잘한 일이 아닐까? 이곳 튀코의 성에서, 그보다 훨씬 유명하고 괴팍한 학자의 울타리 안에서 비약적 발전을 이룰지도 모를 일이었다.

그들은 다시 문을 지나 더 작은 안뜰로 들어갔다. 이곳은 일꾼들이 없고 조용했다. 건물 벽의 갈라진 틈과 창문 선반에 먼지 묻은 눈이 붙어 있고 황갈색 담장으로 햇살이 쏟아졌다. 평온한 정적 속에, 마치 조용한 연못에 작은 돌멩이가 풍당 떨어진 듯, 아치 밑 그늘 속에서 자그마한 사람의 형상이 드러났다. 손과 머리가 상대적으로 크고 다리는 짧으며 등이 굽은 난쟁이였다. 난쟁이는 그들 옆을 지나치면서 미소를 지으며 자못 예의를 갖췄다. 바르바라는 딸 레기나의 손을 잡았다.

"안녕하십니까, 나리들."

● 덴마크 출신의 천문학자 튀코 브라헤가 고국의 벤 섬에 세운 천문대.

13

난쟁이가 작고 새된 목소리로 말했지만 아무도 신경 쓰지 않았다.

그들은 장식 못이 박힌 문을 지나 벽난로가 있는 널찍한 공간으로 들어갔다. 붉은빛이 감도는 어둑어둑한 실내에서 왔다 갔다 하는 사람들이 보였다. 케플러는 잠시 멈칫했다. 뒤에 바짝 붙은 아내가 나직이 숨을 몰아쉬는 소리가 들렸다. 두 사람은 방 안을 가만히 응시했다. 혹시 하인들의 거처로 안내된 걸까? 벽난로 옆 탁자에선 얼굴이 가무잡잡하고 코밑수염을 기른 사내가 앉아 게걸스럽게 무언가를 먹고 있었다. 케플러의 가슴이 방망이질을 해댔다. 튀코 브라헤가 괴짜 기질이 있다는 소문은 익히 들은 터였다. 이런 데서 식사를 하는 괴벽도 그중 하나인 모양이었다. 저 사내가 튀코 브라헤가 틀림없다. 그 유명한 브라헤를 드디어 만나는군.

하지만 아니었다. 사내가 고개를 들더니 튀코의 아들 튀게를 향해 말했다.

"어허! 돌아왔군! 프라하는 어땠어?"

그는 이탈리아인이었다.

"별로였어. 아주 별로였지."

튀게가 어깨를 으쓱하며 대답하자 이탈리아 사내는 미간을 찌푸리며 말했다.

"아, 알 만하군 그래."

케플러는 초조하고 불안했다. 먼 길을 온 손님을 겨우 이렇게 대접한단 말인가? 일부러 나를 무시하는 걸까, 아니면 이런 게 귀족들의 방식일까? 직접 나서서 내 존재를 알려야 하나? 아니, 그건 너무 눈치 없는 짓이야. 하지만 바르바라가 금방이라도 그를 몰아 세울 것 같았다.

그때, 무언가가 옆을 스치는 바람에 그는 흠칫 놀랐다. 아까 본 난쟁이가 소리도 없이 들어와 앞에 서서는, 이 천문학자의 불안한 표정과 지독한 근시인 눈, 닳고 해어진 브리치스*, 구겨진 러프, 깃털 장식이 달린 모자를 움켜쥔 손을 찬찬히 뜯어보고 있는 게 아닌가.

"수학자 선생님, 이곳에 오신 것을 진심으로 환영합니다."

난쟁이는 허리를 굽히며 마치 자기가 이 성의 주인이라도 되는 양 환대의 인사를 건넸다.

"저놈은 예페예요. 아버지가 고용한 광대죠. 자기가 신성한 존재라도 되는 양 늘 저런 식입니다. 앞일도 예언한답니다."

튀게가 말하자 난쟁이는 미소를 지으며 커다랗고 매끈한 머리를 절레절레 흔들었다.

"에이, 소인은 그저 몸이 성치 않은 비천한 미물일 뿐입니다. 그런데 좀 늦으셨군요. 지난 일주일 동안 나리와……."

그는 케플러의 아내를 흘끗 보며 말을 이었다.

"일행 분들을 얼마나 기다렸는지 모릅니다. 브라헤 나리께서 애를 많이 태우셨습니다."

---

* 중세 시대 남자가 입던 풍성한 반바지.

튀게는 이맛살을 찌푸렸다.

"입에 발린 아부나 하는 놈. 명심해. 언젠가는 내가 널 물려받아 부리게 된다는 걸."

예페는 오만상을 찡그리고 벽난로 쪽으로 성큼성큼 걸어오는 텡나겔을 쳐다보며 물었다.

"어디 불편하십니까?"

"올라탔다가 떨어졌대."

튀게가 말하며 킬킬 웃음을 터뜨렸다.

"그래요? 시내의 창녀들이 그렇게 힘이 좋던가요?"

예페의 말에 바르바라는 화가 치밀었다. 어린아이 앞에서 저런 말을 주고받다니! 베나테크에는 특별한 일들이 기다리고 있을 거라 내심 기대했는데 기껏 이런 모욕적인 상황을 맞다니.

"여보……."

바르바라가 심상치 않은 목소리로 입을 열었지만, 마침 이탈리아 사내가 일어나더니 튀게의 가슴을 툭툭 치며 말했다.

"아버지께 전해. 나도 이번 일을 유감스럽게 생각한다고. 아직도 화가 안 풀려서 날 안 보려고 하실 거야. 나도 더는 기다릴 수가 없네. 내 잘못이 아니었어. 그놈의 짐승이 술이 취해 그런 거라고! 그렇게 말씀드려. 알겠지? 그럼 난 이만."

그는 두터운 망토를 어깨에 거칠게 두르고 모자를 꾹 눌러쓴 뒤 황급히 방에서 나갔다. 케플러는 그의 뒷모습을 바라보았다.

"선생님."

돌아보니 튀게는 어느새 사라졌다. 텡나겔은 골똘히 생각에 잠겨 있었다.

"이쪽으로 오시지요."

난쟁이 광대가 말했다. 마술사의 손바닥에서 힐끔 비쳤다가 재빨리 사라지는 물건처럼, 그의 얼굴에 은밀한 미소가 스쳤다. 그는 앞장서서 케플러 가족을 이끌고 눅눅한 계단을 오른 뒤 석벽 사이 길고 긴 통로를 걸어갔다. 성 곳곳에서 고함 소리와 거친 노랫소리의 파편들, 문 닫는 소리가 울렸다. 손님방은 가구 몇 점이 놓였을 뿐 휑뎅그렁했다. 바르바라가 축축하고 퀴퀴한 냄새에 콧잔등을 찌푸렸다. 짐은 아직 올라오지 않았다. 예페는 팔짱을 끼고 문가에 기대어 서서 그들을 바라보았다. 케플러는 창살이 달린 창문 쪽으로 걸어갔다. 발뒤꿈치를 들고 내려다보니 안뜰에서 작업 중인 일꾼들과, 망토를 두른 채 말을 타고 성문으로 향하는 남자가 보였다. 마음 한구석에 의심을 품긴 했지만 그래도 그는 베나테크로 오면서 성대하고 융숭한 대접, 화려한 방과 진심어린 환영, 격조 높은 귀족들의 환대와 관심, 햇살 가득한 방과 안락함, 그런 것들을 내심 기대했다. 이렇게 음침하고 불쾌하며 시끄러운 소음이 가득한 삶. 아, 그에겐 너무나도 익숙한 이런 혼란을 또 맞닥뜨리리라고는 생각지도 못했다.

튀코 브라헤는 아량이 넓지 않은 걸까? 인색한 사람일까? 정오경, 다시 깜박 잠들었던 케플러가 호출을 받고 내려가자 뚱뚱한 대머리 남자가 고래고래 소리를 치고 있었다. 키우던 엘크가 잘못돼서 화가 난 듯했다. 두 사람은 널찍한 방으로 들어가 자리에 앉았다. 뚱뚱한 덴마크인은 갑자기 조용해지더니 앞에 앉은 손님을 빤히 바라보았다. 잠시 후 케플러는 높은 분 앞에서 온화하면서도 유쾌한 모습을 보여야 한다는 사실을 까맣게 잊은 채, 자신이 느낀 당혹감과 불편함에 관해 설명하기 시작했다. 케플러 자신의 귀에도 그 모든 얘기가 푸념으로 들렸지만 도저히 참을 수가 없었다. 사실 손님 입장에서 투덜거릴 만도 하지 않은가. 케플러는 침울한 마음으로 생각했다. 이 사람은 돈 걱정을 해본 적이 없을 테고 이런 궁상맞은 문제에 신경 쓸 일도 없겠지. 거만하게 보일 만큼 자신만만한 저 태도는 수백 년간 내려온 귀족 혈통에서 나온 것이리라. 고풍스러운 천장과 귀족다운 품위가 느껴지는 방의 풍경에서도 엄숙함과 고상함이 물씬 풍겼다. 어수선함이나 혼란은 조금도 끼어들 틈이 없는 분위기였다. 둥글고 매끈한 대머리와 금속으로 만든 인조 코, 침묵하며 응시하는 눈빛. 튀코는 범상한 사람이 아닌 듯했다. 케플러 자신과는 본질적으로 다른 세계에 사는, 성 안의 수많은 사람과 그 안에서 진행되는 갖가지 일을 보이지 않는 곳에서 미세하게 조정하는 거대하고 강력한 기계 장치 같았다.

케플러는 계속 말을 이어 갔다.

"……그라츠에서는 높은 위치에 있는 친구들과 영향력 있는 인맥이 꽤 있었습니다. 심지어 예수회에도 잘 아는 사람이 있었지요. 하지만 크게 도움이 안 되더군요. 가톨릭교회의 압박은 끊이질 않았고, 저에게 개종을 강요했습니다. 믿기지 않으시겠지만, 제 죽은 아이들의 장례를 루터교 방식으로 치르는 특전의 대가로 벌금을 10플로린이나 냈습니다. 그걸 **특전**이라고 하더군요."

튀코는 몸을 살짝 움직이더니 검지와 엄지손가락으로 코밑수염을 쓸어내렸다. 케플러는 애처로운 눈빛을 한 채 몸을 조금 움츠렸다. 마치 수염을 만지는 튀코의 손이 케플러의 여윈 목을 멍에처럼 옥죄기라도 한 듯이.

"선생은 어떤 세계관을 갖고 있나?"

튀코가 물었다.

두 사람 사이에 놓인 탁자 위 백랍 그릇에 들어 있는 이탈리아산 오렌지들이 미세하게 떨리는 듯했다. 케플러는 오렌지를 처음 보았다. 탐스럽게 익은 커다란 과일들이 한 치의 흐트러짐 없이 담겨 있는 모습이 어쩐지 오싹하게 느껴졌다.

"질서의 가능한 형태들이 모습을 드러낸 것이 이 우주라고 생각합니다."

케플러가 대답했다. 지금 이 상황도 아침에 꾼 꿈의 파편일까? 튀코 브라헤가 무표정한 얼굴로 그를 쳐다보고 있었다. 케플러는 서둘러 말을 이었다.

"그러니까, 저는 자연철학을 옹호합니다."

케플러는 다른 옷을 입을걸, 하고 후회했다. 특히 러프가 아쉬웠다. 근사하게 보이려고 입었건만 목을 너무 꽉 죄었다. 역시 야심차게 준비했지만 영 어울리지 않는, 지인에게 빌려 쓰고 온 화려한 모자가 그의 발밑에 초라하게 놓여 있었다. 아까 무심코 밟은 탓에 정수리 부분이 움푹 들어가 있었다.

튀코는 천장의 먼 귀퉁이에 시선을 둔 채 말했다.

"내가 보헤미아에 처음 왔을 때 황제께서 우리 일행을 프라하에 있는, 고인이 된 부™ 대법관 쿠르티우스의 저택에 머물게 해주셨어. 근처에 있는 카푸친 수도원에서 밤낮없이 종소리가 울려대는 통에 아주 죽을 맛이었지."

튀코는 어깨를 으쓱하며 덧붙였다.

"집중력을 방해하는 것들과 늘 싸워야 한단 말이야."

케플러는 진지하게 고개를 끄덕였다. 종소리라. 종소리도 집중력에 방해가 되겠지. 하지만 죽을병에 걸려 고통스러워하는 어린아이의 울음소리와 비교할 수 있을까. 그와 이 덴마크인은 아직 서로에 대해 알아야 할 것이 많았다. 그는 부러운 눈빛으로 옅은 미소를 띤 채 주위를 살짝 둘러보며 말문을 열었다.

"하지만 **이곳**은……?"

그들 옆의 벽면은 납 틀에 유리를 끼운 커다란 아치형 창이 대부분을 차지했다. 창밖으로 포도밭과 목초지가 차고 맑은 대기 속에서 기복을 이루며 저 멀리까지 뻗어 있었다. 이제르강 위로 겨울 햇살이 쏟아졌다.

"황제께서는 이곳을 성이라고 하시더군. 하지만 아직은 그 이름이 어울리지 않아. 지금 대대적으로 개축하는 중이라네. 곧 보헤미아에 새로운 우라니보르그가 완성될 거야. 아직 만족스럽지 못한 부분이 많아. 황제께서 호의를 갖고 후원해 주시지만 자잘한 부분까지 몸소 챙겨 주시지는 못하지. 경비를 담당하는 황실 재정 집행관이 나한테 그리 호락호락하지도 않고. 뮐슈타인, 카스파르 폰 뮐슈타인이란 사람인데…… 아마 유대인일 거야."

튀코는 마치 교수형 집행인이 처형자의 목을 살피듯 음침하게 이름 한 자 한 자를 발음했다.

밖에서 정오를 알리는 종이 울리자 튀코는 아침식사를 가져오라고 했다. 하인이 작은 헝겊에 싼 갓 구운 빵과 주전자를 들고 들어왔다. 그는 두 사람 앞에 놓인 찻잔에 김이 모락모락 나는 검은 액체를 따랐다. 케플러가 들여다보자 튀코가 말했다.

"이 차 모르나? 아라비아에서 들여왔어. 마시면 머리가 아주 맑아지지."

가벼운 말투였지만 케플러는 튀코가 내심 자랑하고 싶어 한다는 것을 알았다. 케플러가 차를 한 모금 마시고 입맛을 다시며 음미하자 튀코의 얼굴에 처음으로 미소가 번졌다.

"선생이 보헤미아에 도착했을 때 직접 마중 나가지 못한 점을 이해해 주기 바라네. 전에 편지에도 썼듯이, 황제 폐하를 뵐 일이 있을 때 말고는 프라하에 거의 나가지 않거든. 게다가 화성과 목성이 충衝*의 위치에 있을 때라 작업을 중단할 수도 없었지. 하지만 나는 선생을 단순한 손님이 아니라 친구이자 동료로서 환영한다는 점을 알아줬으면 하네."

표면적인 환대에도 두 사람 모두 썩 만족스럽지 못한 기분을 느끼고 있었다. 튀코는 무슨 말인가를 하려다가 뚱한 표정을 지으며 창밖의 겨울 풍경으로 시선을 던졌다. 방 한쪽에서 하인이 타일 장식이 된 난로 앞에 무릎을 꿇고 앉아 활활 타는 불길 속으로 장작을 던져 넣었다. 머리는 짧게 깎았고 손이 통통했으며 붉게 튼 발엔 나막신을 신고 있었다. 케플러는 한숨을 쉬었다. 자신은 어쩔 수 없이 하인의 발 따위에 신경 쓰는 부류의 사람이라는 것을 문득 깨달았기 때문이다. 그는 아라비아에서 왔다는 차를 더 마셨다. 확실히 머리가 맑아지는 것 같았지만 한편으로는 놀랍게도 오한이 들었다. 다시 열이 나는 게 아닐지 걱정됐다. 6개월도 넘게 수시로 고열에 시달린 터라, 어슴푸레한 새벽녘 잠에서 깰 때면 폐병에 걸린 게 아닐까 생각하기도 했다. 하지만 러프가 이리도 갑갑하게 느껴지는 걸 보면 확실히 살이 찐 것 같았다.

튀코 브라헤가 몸을 돌려 케플러를 뚫어지게 보며 물었다.

"금속 다룰 줄 아나?"

• 태양과 행성이 지구를 사이에 두고 일직선상에 있는 상태.

"금속이요……?"

케플러가 작은 목소리로 되물었다.

튀코는 어느새 내놓은 조그만 상자에서 향이 나는 연고를 꺼낸 뒤 잘린 코 위에 덧씌운, 금과 은의 합금으로 된 인조 콧날 주위 피부에 발랐다. 청년 시절의 결투에서 얻은 부상이었다. 케플러는 그의 코를 응시했다. 설마 저 얼굴에 붙이고 다닐 더 근사하고 정교한 코를 만들라고 나를 부른 건 아니겠지? 케플러는 튀코의 다음 말을 듣고 안심했다. 튀코는 약간 짜증스러운 목소리로 말했다.

"뭐, 증류기를 다룬다거나. 자연철학자라고 하지 않았나?"

튀코는 내키는 대로 변덕스럽게 이 얘기 저 얘기를 꺼냈다. 마치 시큰둥하게 머릿속으로 혼자 어떤 유희를 벌이며 문득 생각나는 주제들을 툭툭 내던지는 듯했다.

"아, 아닙니다. 연금술은 하지 않습니다. 저는……"

"하지만 점성술은 하지?"

"네, 그건 그러니까……"

"돈을 벌기 위해서?"

"네, 그렇습니다."

케플러는 말을 더듬기 시작했다. 자신의 궁핍함을 낱낱이 고백하도록 강요받는 기분이었다. 다시 기운을 내서 어떤 말로든 응수해 보려는 찰나, 튀코가 불쑥 대화의 방향을 틀었다.

"선생의 글이 아주 흥미롭더군. 《우주의 신비》, 관심 있게 읽었네. 물론 방법론에는 동의하지 않지만 결론 부분은…… 의미가 있다고 생각해."

케플러는 침을 꿀꺽 삼켰다.

"과찬의 말씀이십니다."

"문제가 있다면 선생 이론의 토대가 코페르니쿠스 체계라는 점이지."

당신의 체계가 아니라는 얘기군요. 케플러는 속으로 말을 받았다. 어쨌든 그들은 드디어 중요한 문제를 논의하기 시작했다. 케플러는 무릎 위에서 떨리는 손을 진정시키려 주먹을 움켜쥔 채, 어떻게 하면 당장 본질적인 문제를 진지하게 논할 수 있을까 열심히 머리를 굴렸다. 그러나 자신이 망설이고 있다는 것을 깨닫고 부아가 났다. 그는 튀코 브라헤에게 신뢰가 느껴지지 않았다. 튀코는 너무나도 침착하고 용의주도했다. 자기 동굴 안에서 조용히 잠복하다가 덫에 걸린 먹잇감을 거둬 가는 크고 게으른 포식자 같았다. (물론 튀코는 나름대로 훌륭한 천문학자였고 그 점은 다행이었다. 케플러는 과학자 간의 협력이 얼마나 중요한지 알고 있었다.) 그리고 무엇이 **본질적인 문제**란 말인가? 그는 그저 자신과 가족이 몸을 누일 곳을 찾기 위해 베나테크에 온 것이 아니다. 그에게 삶은 살아 있는 생명체처럼 그 자체로 신비로운 존재, 복잡 미묘하면서 아름다운 동시에 늘 만성적인 고열로 고통 받아야 하는, 그런 것이었다. 그는 이곳에 오면 완전한 질서와 평온을 얻을 수 있으리라 기대했다. 이로써 그를 괴롭히던 역풍을 잠재우고 평화롭게 삶을 즐기며 진지하게 한 걸음씩 나아갈 수 있길 바랐다. 하지만 지금 머릿속의 혼란을 조용히 곱씹어 볼수록 낙담은 커졌고 그가 기대한 장면은 멀어져 갔다.

튀코는 고기 뼈만 남은 접시를 옆으로 치우며 자리에서 일어났다.

"저녁식사 때 보세, 케플러 선생."

"저, 하지만……!"

케플러는 탁자 밑에 놓아둔 모자를 급히 집어 들었다.

"그때 만나서 나의 조수들을 소개해 주지. 이제 한 사람 늘었으니 직무를 다시 배분해야겠군. 선생에게는 달 궤도를 맡길 생각이었네. 하지만 크리스티안 롱베르*와 먼저 상의해야 해. 선생도 이해하겠지만 이런 문제에선 롱베르의 의견이 중요하거든."

두 사람은 천천히 방을 나섰다. 튀코는 걷는다기보다는 위풍당당한 배가 천천히 앞으로 나아가는 듯한 모습이었다. 얼굴이 창백해진 케플러는 떨리는 손으로 모자의 챙을 비틀어 쥐었다. 말도 안 돼. 친구이자 동료라면서 이렇게 대한단 말인가! 마치 풋내기 견습생을 대하듯. 튀코는 복도에서 케플러에게 성의 없이 인사하고 사라졌다.

바르바라는 방에서 남편이 오길 기다리고 있었다. 그녀는 남편

---

* 덴마크의 천문학자로, 라틴어 이름 크리스텐 스렌센 롱고몬타누스로를 쓰기도 한다.

이 옆에 있든 없든 늘 사람들에게 무시당하는 분위기를 풍기는 여인이었다. 우울해 있던 바르바라는 기대에 찬 말투로 물었다.

"어떻게 됐어?"

케플러는 조심스럽게 헛웃음을 지어 보였다.

"으응?"

"어떻게 됐냐고."

그의 아내가 다그쳤다.

"응, 같이 식사했어. 참, 당신 주려고 가져왔어."

그는 마술사의 몸짓을 흉내 내며 모자 속에서 오렌지 하나를 꺼내 아내에게 내밀었다.

"그리고 커피도 마셨어!"

열린 창문에 몸을 기대고 밖을 구경하던 레기나가 돌아서더니 미소를 지으며 다가왔다. 솔직하고 꾸밈없는 이 아이의 눈빛을 볼 때마다 케플러는 왠지 부끄러워졌다.

"저기 뜰에 사슴이 죽어 있어요. 몸을 쭉 내밀면 보여요. 수레 위에 있는데 굉장히 커요."

레기나가 말했다.

"엘크라는 동물이란다. 술을 마시고 취해서 계단 아래로 떨어졌다는구나."

케플러가 자상하게 말했다.

그사이 올라온 짐을 풀고 있던 바르바라는 잘 익은 오렌지를 두 손으로 감싸 쥔 채 어지럽게 흩어진 세간 사이에 풀썩 주저앉아 흐느끼기 시작했다. 케플러와 레기나는 그녀를 가만히 바라보았다.

"결국 아무것도 해결하지 못했네! 당신은 **노력**도 안 했어!"

바르바라는 서럽게 소리 내어 울었다.

* * *

아, 너무나 익숙한 혼란. 케플러의 삶은 늘 혼란의 연속이었다. 아주 잠시 내면의 평온을 얻는다 해도 곧 세상이 그를 가만히 내버려두지 않았다. 그라츠에서는 언제나 그랬다. 하지만 보헤미아의 튀코 브라헤를 찾아가기 전 그라츠에서의 마지막 해는 순조롭게 시작되었다. 루터교도를 향한 대공의 박해가 잠시 수그러들었고 바르바라가 다시 임신을 했으며 그가 가르치던 학교 슈티프츠슐레가 문을 닫으면서 개인적인 연구를 할 시간이 훨씬 많아졌다. 처음엔 이유를 따져 보고 싶지도 않을 만큼 그저 싫기만 했던 슈템퍼가세 거리의 집에 대한 반감도 누그러졌다. 한 세기의 끝자락이기도 했던 그즈음, 많은 이에게 고통을 주었던 지긋지긋하고 끔찍한 상황들이 마침내 정리되어 가는 듯 안정감이 느껴졌다.

그해 봄 케플러는 한껏 의욕에 차서 우주의 조화 이론에 관한 어려운 연구를 다시 시작했다. 집 뒤편, 부엌으로 이어지는 돌이 깔린 축축한 통로 옆의 비좁은 방이 그의 연구실이었다. 바르바라의 사별한 전남편이 헛간으로 쓰던 방이다. 케플러는 온갖 잡동사니와 종이, 낡은 상자, 못 쓰게 된 가구 따위를 치우는 데 하루를 온전히 투자했다. 그는 그것들을 풀이 무성하게 자란 바깥 화단에 아무렇게나 내던졌다. 예전부터 그곳에서 자리를 지키며 썩어가는 퇴비 더미에는 해마다 봄이면 파란 들꽃이 수북이 피었다. 부정행위를 저지른 회계관이었던 집의 전 주인 마르크스 뮐러를, 자신의 옛집 정원을 아직도 배회하고 있을지 모르는 그 불쌍한 영혼을 추모하기라도 하려는 듯이.

꽤 큰 집이라 더 큰 방들도 있었지만 케플러는 이곳을 택했다. 방해받지 않는 공간이었기 때문이다. 바르바라는 아직 사교계에 대한 허세를 버리지 못한 터라 오후가 되면 지역 관리나 중산층 집안의 얼굴이 말처럼 길쭉한 부인들이 찾아와 시끄러웠다. 그러나 집 뒤편 작업실에 문을 걸어 잠그고 틀어박혀 있으면 마당의 암탉 우는 소리와 부엌에서 흘러나오는 하녀들의 노랫소리만이 이따금 그의 조용한 시간을 방해할 뿐이었다. 정원의 평온한 초록빛 풍경이 피로한 눈을 달래 주기도 했다. 가끔씩 레기나가 찾아와 옆에 앉아 있었다. 연구는 순조롭게 진행되었다.

마침내 그의 연구도 조금씩 관심을 받기 시작했다. 이탈리아의 갈릴레오는 그가 선물한 《우주의 신비》를 잘 받았다는 편지를 보내왔다. 그의 편지는 적당히 예의를 차리는 정도였을 뿐 실망스러울 정도로 짧았지만, 튀코 브라헤에게서는 그의 저서에 관해 꽤 길게 쓴, 따뜻한 편지가 왔다. 또 케플러는 극심한 종교적 갈등 속에서도 바이에른 대법관인 헤르바르트 폰 호엔부르크와 꾸준히 편지를 주고받았다. 케플러는 자신이 점점 중요 인사가 되어 간다는 생각이 들었다. 같은 분야의 사람들 가운데 스물여덟의 나이에 이렇게 전문가의 지위를 주장할 수 있는 사람이 과연 몇이나 되겠는가? (그는 전문가라는 표현이 전혀 과하지 않다고 생각했다.)

이러한 편지들은 케플러의 의욕을 자극했지만 모든 상황이 잘 풀리기만 한 것은 아니다. 그는 장인인 욥스트 뮐러와 사이가 좋지 않았다. 그라츠를 떠나기 전 아홉 달의 시간, 그리고 장인과의 말다툼은 그의 마음속에서 왠지 좀처럼 지워지지 않았다.

그해 봄은 날씨가 나빴다. 4월 내내 비가 오고 큰바람이 불더니 5월이 시작되자 불쾌할 만큼 잔잔해졌다. 낮에는 기분 나쁜 옅은 구름이 하늘을 잔뜩 뒤덮고 밤에는 안개가 끼었다. 너무나 고요한 시간. 마치 대기 자체가 얼어붙은 듯했다. 거리에선 악취가 났다. 케플러는 자신의 예민한 몸의 균형을 깨뜨리는 이 흡혈귀 같은 날씨가 계속될까 두려웠다. 이런 날이면 두통이 생기고 핏줄이 급격히 팽창했다. 헝가리에서는 건물 벽과 문에, 심지어는 땅에도 핏자국이 묻어 있다고들 했다. 그라츠에서는 어느 날 아침 슈템퍼가세에서 그리 멀지 않은 곳의 예수회 교회 뒤편에서 소변을 보다 들킨 한 늙은 여인이 마녀로 몰려 돌에 맞아 죽는 일이 일어나기도 했다. 임신 7개월에 접어든 바르바라는 예민해져서 툭하면 짜증을 냈다. 곧 흑사병이 돌 것 같았다. 하지만 케플러에게는 괴센도르프에서 온 장인 욥스트 뮐러가 그의 집에서 머문 사흘의 시간이 역병 못지않게 괴로웠다.

욥스트 뮐러는 자신이 가진 제분소와 뮐렉의 땅, 재산을 자랑스러워하는 따분한 사람이었다. 바르바라와 마찬가지로 그 역시 사회적 야망이 컸고 훌륭한 집안을 내세웠으며 서명할 때면 괴센도르프 출신임을 밝혔다. 또 바르바라만큼 굉장한 수준은 아니지만 그 역시 배우자들을 보내는 데 일가견이 있는 듯했다. 그의 두 번째 부인이 병을 앓고 있었기 때문이다. 욥스트 뮐러는 평생 다른 것은 돌아보지 않고 오로지 돈 버는 일에만 매달려 재산을 쌓았다. 딸조차도 물질적인 소유물로 여기는 그에게, 케플러는 느닷없이 나타나 딸을 훔쳐간 도둑놈으로 보였다.

하지만 아버지의 방문으로 바르바라는 기분이 좋아진 모양이었다. 자기편이 생겨서 기쁜 것 같았다. 그렇다고 남편 앞에서 대놓고 그에 대한 불평을 늘어놓는 사람은 아니었다. 그저 말없이 참고 견디는 것이 그녀의 전략이었다. 케플러는 장인이 와 있는 사흘 동안 연구실에 틀어박혀 거의 나오지 않았다. 레기나가 옆에 있어 주었다. 레기나도 할아버지를 별로 좋아하지 않았다. 아홉 살 나이에 비해 몸집이 작은 레기나는 얼굴이 창백할 만큼 희고 은색이 도는 금빛 머리칼은 늘 자그마한 머리에 착 달라붙어 있었다. 그다지 예쁘지도 않고 야윈 데다 얼굴은 핏기가 없었지만 성격이 여느 아이들과 달랐다. 레기나는 스스로 모든 것을 충족할 수 있는, 완성된 존재 같은 분위기를 풍겼다. 바르바라조차도 자기 딸을 조금 어려워했다. 레기나는 케플러의 연구실에서 등 없는 높은 의자에 앉아 무릎 위에 놓인 장난감은 잊은 채 다른 것들을 유심히 쳐다보곤 했다. 책상 위의 도표들, 의자들, 풀이 무성하게 자라 있는 창밖의 정원. 케플러가 기침을 하거나 방 안을 서성이거나 무심코 투덜거릴 때면 그를 쳐다보기도 했다. 정확히 뭐라고 꼬집어 말하기는 힘들지만 케플러와 이 아이 사이에는 묘하게 통하는 느낌이 있었다. 레기나의 짧은 인생에서 케플러는 세 번째 아버지였다. 케플러가 이전의 두 명보다 더 오랫동안 자기 아빠로 남게 될지 아이는 궁금해하리라. 케플러는 생각했다. 그렇다면 앞으로의 인생에 어떤 일이 일어날지 초조한 마음으로 기다리는 것, 그것이 이 아이와 나의 공통점일까?

그 사흘 동안 레기나는 평소보다 더 오래 케플러의 방에 머물렀다. 케플러는 마음이 몹시 산란했다. 부녀가 집안 어디선가 자신의 아침식사용 포도주를 마음대로 들이켜고 자신의 흉을 보면서 고개를 절레절레 젓고 있을 생각을 하면 도무지 연구가 손에 잡히지 않았다. 그는 어질러진 책상 앞에 붙어 앉아 불평이나 신음을 내뱉으며 수학 공식이라기보다는 암호에 가까울 만큼 논리도 맞지 않는 숫자들을 종이에 휘갈기곤 했다. 그것은 무언의 분노와 불만족의 표출이었다.

그런 상태가 언제까지고 계속될 수는 없었다.

"요하네스, 얘기 좀 하세."

좀처럼 웃지 않는 욥스트 뮐러가 느글느글한 커스터드 크림 같은 미소를 띠며 말했다. 그가 사위의 이름을 부르는 일은 매우 드물었다. 케플러는 장인을 피하고 싶었다.

"제, 제가 많이 바쁩니다."

그다지 적절한 대답이 아니었다. 학교도 문을 닫은 판에 뭐가 바쁘단 말인가? 바르바라와 장인이 보기에 케플러의 천문학 연구는 시간이 남아서 하는 소일거리, 그의 무책임함을 증명하는 행동일 뿐이었다. 욥스트 뮐러의 미소가 조금 일그러졌다. 외출할 때나 집 안에 있을 때나 항상 뽐내듯이 쓰고 있던 챙 넓은 원뿔형 모자를 쓰지 않은 탓에 머리의 일부분이 없는 사람처럼 보였다. 희끗희끗한 머리칼은 곧고 부드러웠고 면도한 턱은 푸르스름했다. 나이에 비해 제법 멋을 부리는 이 신사는 벨벳 조끼를 즐겨 입고 레이스 달린 깃과 푸른색 브리치스용 리본을 좋아했다. 케플러는 장인을 보지 않았다. 두 사람은 현관홀이 내려다보이는 2층 복도에 서 있었다. 창살이 쳐진 뒤쪽의 창문에서 옅은 아침 햇살이 들어왔다.

"그래도 한 시간 정도는 낼 수 있겠지?"

두 사람은 계단을 내려갔다. 뮐러의 버클 달린 신발이 반짝거리는 마룻바닥에 부딪혀 내는 둔탁한 소음이 마치 그의 마음속 불만을 나타내는 것 같았다. 케플러는 학창 시절이 떠올랐다. 단단히 혼날 각오를 하고 선생님 뒤를 따라가는 학생이 된 기분이었다. 바르바라가 식당에서 기다리고 있었다. 케플러는 그녀의 밝은 눈빛을 알아채고 기분이 언짢았다. 바르바라는 아버지가 케플러를 억지로 데려온 사실을 알고 있었던 것이다. 그녀는 지난밤에 새로운 머리 모양을 시도한 터라, 두 사람이 들어오자 머리에 쓰고 있던 망을 재빨리 벗었다(그녀는 케플러와의 사이에서 생긴 첫아기를 낳은 뒤로 머리카락이 심하게 빠졌다). 곱슬곱슬하게 지진 머리가 드러났다. 케플러는 머리카락이 타는 소리가 들리는 듯했다.

"잘 잤어?"

케플러는 아내를 향해 이를 드러내며 웃어 보였다.

"아버지가 당신과 얘기하고 싶으신가 봐."

바르바라가 초조하게 머리칼을 매만지며 말했다.

"알아."

케플러는 식탁을 사이에 두고 그녀의 맞은편 의자에 앉았다. 바르바라가 혼수로 가져온, 오래된 이탈리아제 가구인 식탁 의자들이 너무 높아서 케플러는 다리를 쭉 뻗어야 발끝이 마룻바닥에 닿았다. 하지만 그는 그 의자들이 좋았다. 의자뿐 아니라 이 식당도, 목제 가구들도, 오래된 벽돌과 천장의 검은색 들보도 마음에 들었다. 엄밀히 따지면 그의 소유물은 아니었지만 그런 튼튼한 물건들이 그의 세상을 안정감 있게 지탱하는 듯했다.

"요하네스가 바쁜데도 귀한 시간을 내줬어."

욥스트 뮐러가 큰 컵에 맥주를 따르며 말했다. 바르바라는 입술을 깨물었다.

"음......"

케플러가 낮은 신음소리를 냈다. 어떤 얘기가 나올지 그는 이미 짐작하고 있었다. 하녀 울리케가 커다란 쟁반에 아침식사를 받쳐 들고 잔걸음으로 들어왔다. 뮐렉에서 온 손님은 삶은 달걀을 하나 먹었다. 케플러는 입맛이 별로 없었다. 아침부터 내내 속이 좋지 않았다. 날씨에다 장인까지 예민한 그의 소화기관을 괴롭히는 탓이었다.

"빵이 다 말라 뻐드러졌군."

케플러가 중얼거리자 문간에 서 있던 울리케가 그를 쳐다봤다.

"학교가 다시 문을 열 것 같은가, 어떤가?"

장인이 묻자 케플러는 어깨를 으쓱했다.

"아시다시피 대공께서……."

케플러는 애매모호하게 얼버무렸다.

바르바라가 김이 모락모락 나는 접시를 그의 앞으로 밀면서 말했다.

"소시지 좀 먹어, 여보. 울리케가 당신 좋아하는 크림소스를 만들었어."

케플러의 눈초리에 그녀는 황급히 접시를 거뒀다. 바르바라는 이제 거의 만삭이어서 식탁에 손이 닿으려면 어깨를 젖히고 힘들게 몸을 숙여야 했다. 순간 케플러는 애처롭게 흉해진 그녀의 모습에 기분이 씁쓸해졌다. 첫째를 임신했을 때만 해도 아름답다고 느꼈는데.

그는 뚱한 목소리로 말했다.

"대공이 통치하는 한, 학교가 문을 열기는 힘들 것 같습니다. 하지만 대공이 천연두에 걸렸다는 소문이 돌더군요. 병이 심해진다면 희망이 있을 겁니다."

어느새 그의 목소리가 밝아졌다.

"자네!"

그때 레기나가 들어오면서 분위기에 미묘하지만 분명한 변화가 일었다. 레기나는 등 뒤로 커다란 오크제 문을 아주 조심스럽게 닫았다. 마치 벽에 고정된 장식물 같았다. 세상은 아직 아이의 몸집에 비해 너무 컸다. 케플러는 왠지 모를 동질감을 느꼈다.

"무슨 희망 말인가?"

욥스트 뮐러가 마지막 남은 달걀 흰자위를 숟가락으로 떠올리며 부드럽게 물었다. 오늘 아침 그는 적당한 때를 엿보는 사람처럼 줄곧 침착하고 서글서글한 태도를 보였다. 입가에 묻은 맥주 거품이 말라서 콧수염처럼 보였다. 그는 앞으로 2년을 넘기지 못하고 죽을 사람이었다.

"네?"

케플러는 좀 더 세게 나가기로 마음먹고 반항적인 목소리로 되물었다. 뮐러가 한숨을 내쉬었다.

"만일 대공께서…… 돌아가시면 희망이 보일 거라고 말했잖나. 무슨 희망 말인가?"

"관용의 희망, 그리고 사람들이 양심에 따라 스스로 신앙을 택할 수 있는 자유가 생기리라는 희망 말입니다."

어지간히 훌륭한 대답이 아닌가! 뮐러는 페르디난트 대공의 종교 탄압이 시작되자 가톨릭으로 개종한 반면, 케플러는 소신을 지키다가 그라츠에서 잠시 추방당한 적이 있었다. 줄곧 침착하던 뮐러의 태도에 작은 파동이 일기 시작했다. 힘이 들어간 턱과 핏기 없는 입술에서 그것이 느껴졌다. 그가 말했다.

"양심이라. 그래, 퍽도 좋은 말이지. 자신이 고상하고 훌륭하다고 생각하는 사람들한테는. 그런 사람들은 평범한 문제에는 신경 쓰지 않을 테니까. 가족을 먹여 살리는 일은 나 몰라라 하지."

케플러는 손에 들고 있던 컵을 탁 내려놓았다. 컵에는 뮐러 가문의 문장紋章이 새겨져 있었다. 레기나가 케플러를 바라보았다.

"저는 아직 봉급을 받고 있습니다."

억눌렀던 화가 점점 치밀어 올라 그의 얼굴이 벌게졌다. 바르바라가 애원하는 몸짓을 해 보였지만 그는 신경 쓰지 않았다.

"이 지역에서 웬만큼 인정도 받고 있고요. 다른 사람들은 몰라도 고문관들과 대공이 제 능력을 인정했습니다."

밀러는 어깨를 으쓱했다. 그는 마치 싸울 준비를 하는 쥐처럼 몸을 낮게 웅크렸다. 꽤 멋을 부리긴 했지만 그에게선 씻지 않은 몸에서 날 법한 냄새가 희미하게 풍겼다.

"자네 진가를 인정한다는 사람들이 퍽도 친절하군. 범죄자라도 되는 것처럼 내쫓다니 말이야, 안 그래?"

케플러는 딱딱한 빵을 거칠게 베어 물었다.

"더는 한 달도 안 애서……."

그는 힘겹게 빵을 삼키고 다시 말했다.

"……저는 한 달도 안 돼서 돌아와도 좋다는 허락을 받았습니다. 추방당한 사람들 중에서 유일하게요."

밀러의 얼굴에 희미한 미소가 스쳤다.

"아마 다른 사람들은 예수회 쪽에 부탁해 볼 만한 연줄이 없었던 모양이지? 가톨릭교도에게 도움을 청하는 것이 **양심**에 걸렸든지. 안 그런가?"

케플러의 얼굴이 다시 붉어졌다. 그는 아무 말도 않고 가만히 앉아서 심장 박동을 느끼며 장인을 노려보았다. 잠시 무거운 침묵이 흘렀다. 바르바라가 코를 한번 훌쩍였다.

"레기나, 소시지 좀 먹어."

식탁 앞에서 벌어지는 이 난감한 상황이 마치 아이의 까다로운 식성 때문이기라도 한 양, 바르바라는 우울한 목소리로 나지막이 말했다. 레기나는 자기 앞의 접시를 살짝 옆으로 밀었다.

"자네, 일도 안 하는데 계속 나온다는 봉급이 얼마나 되나?"

뮐러는 여전히 웅크린 자세로, 여전히 미소를 띤 채 물었다. 마치 자기는 잘 모른다는 듯이.

"그러니까……"

케플러가 말하려는 순간 바르바라가 갑자기 끼어들었다.

"줄었어요. 전엔 200플로린이었는데 25플로린이 줄었어요!"

눈을 감고 있는 그녀의 눈꺼풀이 파르르 떨렸다. 화가 난 남편의 심기를 건드릴 만한 말을 할 때면 그녀는 남편의 흥분한 얼굴과 매서운 눈빛을 보지 않으려고 눈을 감는 버릇이 있었다.

"많은 돈은 아니군."

뮐러가 고개를 끄덕이며 말했다.

"그렇죠, 아버지."

"그래도 한 달에 200플로린이면……."

"한 달이요? 한 달이 아니라 1년치예요!"

바르바라가 눈을 번쩍 뜨며 큰소리로 말했다.

"뭐라고!"

정말이지 부녀가 훌륭한 연기를 선보이고 있었다.

"네, 그렇다니까요. 그나마 제가 조금씩 버는 돈이랑 아버지가 보내 주신 돈이 없었다면……."

"그만해!"

케플러가 버럭 소리치자 바르바라는 놀라서 움찔했다.

"어머!"

억지로 짜낸 듯한 눈물이 그녀의 통통하고 발그레한 뺨으로 흘러내렸다. 뮐러는 사위를 뚫어져라 쳐다보았다.

"내게도 집안 상황이 어떤지 알 권리가 있지 않은가? 얘는 내 딸이야."

케플러의 꽉 다문 입술 사이로 울부짖음도 아니고 신음도 아닌 괴로운 숨소리가 새어 나왔다.

"도저히 못 참아! 내 집에서 이런 일을 겪다니!"

케플러가 소리쳤다.

"자네 집이라고?"

뮐러가 쥐어짜듯 물었다.

"아버지, 그만하세요."

바르바라가 말했다.

케플러는 떨리는 손가락으로 두 사람을 가리키며 말했다.

"두 사람이 저를 죽이고 말 겁니다."

무시무시한 진실을 막 깨달은 사람처럼 불안한 목소리였다.

"그래, 틀림없이 그럴 겁니다. 나를 죽이고 말 거예요. 그게 두 사람이 원하는 거니까. 내 건강이 무너지는 꼴을 보고 기뻐하겠죠. 내가 죽고 나면 장인어른과 따님은, 그 딸이 지금이야 내 아내인 척하고 있지만……"

그는 선을 넘고 있었다.

"······두 사람은 짐을 싸서 뮐렉으로 돌아가 버리겠죠. 다 압니다."

"진정해. 우리가 왜 자네 안되길 바라겠나. 그리고 제발 뮐렉의 내 땅이나 재산을 비꼬듯이 말하지 말게. 혹시 알아? 나중에 대공께서 자네를 영원히 추방하기로 마음먹으면 내 재산이 자네한테 구원이 될지도 모르잖나!"

뮐러가 말했다.

케플러는 가슴속에서 끓어오르는 분노를 삭였다. 저 노인네는 자기가 무슨 말을 하는지 아는 걸까? 돈을 주고 딸을 되사겠다는 제안을 하고 있는 것이 아닌가? 그렇게 생각하자 케플러는 더욱 화가 치밀었다. 그는 기가 차다는 듯이 크게 웃었다.

"당신 들었지? 당신 아버지는 당신보다 재산이 더 중한 분이야! 내가 **당신**에 대해선 뭐라고 해도 괜찮은데 내 입에 뮐렉이라는 이름을 올려서 더럽히는 건 용납하지 못하잖아!"

"난 내 딸을 지킬 걸세. 말뿐이 아니라 행동으로 직접."

"**따님**이요? 따님은 누가 지켜 줄 필요가 없지 않나요? 스물일곱의 나이에 벌써 남편을 두 명이나 무덤으로 보내고, 이제 세 번째 남편도 보내려 하고 있으니 말입니다."

아, 이건 너무 지나쳤다!

"이보게!"

두 사람은 주먹다짐이라도 할 기세로 의자에서 벌떡 일어나더니 이글거리는 눈빛으로 서로를 노려보았다. 무거운 침묵을 깨고 바르바라가 갑자기 작은 소리로 쿡쿡거렸다. 그녀는 자기도 모르게 손으로 입을 막았다. 레기나가 이상하다는 듯이 엄마를 쳐다보았다. 두 남자는 잠시 누그러져서 거칠게 숨을 몰아쉬었다. 자기들의 행동에 문득 놀란 듯했다. 바르바라가 입을 열었다.

"아버지, 이이는 자기가 죽어 가고 있다고 생각해요."

그녀는 또 터져 나오려는 웃음을 꿀꺽 삼켰다.

"글쎄, 자기 발에 십자가 표시가 있다지 뭐예요. 예수님 발에 못이 박혔던 그 자리예요. 그 표시가 생겼다 사라졌다 하고, 하루에도 몇 번씩 색깔이 바뀐대요. 그렇지, 여보?"

바르바라는 맞잡은 양손을 꽉 쥐고 말을 이었다.

"물론 난 그 표시를 볼 수가 없지. 아마도 내가 주님에게 선택받은 사람이 못 돼서거나 아님 당신이 늘 말했듯이 내가…… 내가 똑똑하지 못해서……."

바르바라는 말끝을 흐렸다. 케플러는 한참 동안 아내에게서 시선을 떼지 않았다. 뮐러는 잠자코 기다렸다. 그는 딸을 돌아보았지만 그의 딸은 시선을 피했다. 그는 사위에게 물었다.

"자네가 무슨 병에 걸렸다고 생각하는 건가?"

케플러는 혼자 우물거렸다.

"뭐라고? 못 들었는데……."

"**흑사병**이라고 했습니다."

뮐러는 깜짝 놀랐다.

"흑사병? 바르바라, 여기 흑사병이 돌고 있니?"

"당연히 아니죠. 이이의 상상일 뿐이에요."

"하지만……."

케플러는 파랗게 질린 얼굴로 천장을 쳐다보며 말했다.

"하지만 언제든 돌게 되면 첫 환자가 있지 않겠어요?"

뮐러는 안도하며 숨을 내쉬었다.

"나 원 참, 이런 얘기를…… 애 앞에서 이런 얘기를 하다니, 원!"

그때 케플러가 다시 뮐러의 심기를 건드렸다.

"제가 어떻게 걱정을 안 하겠습니까? 장인어른께서 속여서 떠넘긴 이 죽음의 사자와 결혼하는 바람에 제 목숨이 위험해졌는데 말입니다."

바르바라가 두 손으로 얼굴을 가리며 울음을 터뜨렸다. 케플러는 멈칫했다. 타오르던 분노가 돌연 사그라지면서 온몸의 힘이 빠졌다. 그는 아내에게 다가갔다. 이번엔 진짜 속상해하는 듯했다. 바르바라는 그의 손을 뿌리칠 게 분명했다. 아내에게서 뿜어져 나오는 슬픔의 기운이 공기를 메우는 듯했다. 그의 손은 들썩이는 아내의 어깨 위 허공에서 그 보이지 않는 기운을 다독이고 있었다.

"내가 나쁜 놈이야. 정신이 나갔나 봐. 용서해 줘."

그는 자신의 손마디를 물어뜯었다. 뮐러가 흐느끼는 통통한 아내 옆에서 서성대는 사위의 모습을 지켜보며 못마땅한 듯 입술을 오므렸다. 레기나는 조용히 식당을 나갔다.

"아, 주여!"

케플러가 외치며 발로 마룻바닥을 쿵 내리찍었다.

* * *

케플러는 우주의 조화를 지배하는 영원불변의 법칙을 좇고 있었다. 그건 마치 칠흑 같은 어둠 속에서 뒤엉킨 덤불을 헤치며 전설의 사냥감을 향해 살금살금 다가가는 것과도 같았다. 아주 은밀하게 움직이는 사냥꾼만이 목표물을 정확하게 겨냥할 기회를 얻는 법. 무기라고는 아직 불완전한 계산과 미완성의 공식뿐이고, 더군다나 가장 노릇과 책임, 빌어먹을 가정이라는 이름표가 붙은 종을 번갈아 울려대며 소리치고 날뛰는 광대들에게 에워싸여 있는데 어떻게 그런 기회를 노린단 말인가? 그러나 딱 한 번, 아주 잠깐이나마 그 전설의 새를 본 적이 있다. 기껏해야 작은 점에 불과했지만 하늘 높이 날아오르는 그것을 보았단 말이다. 섬광 같은 그 짧은 순간을 그는 결코 잊을 수 없었다.

1595년 7월 19일 오전 11시 27분이 바로 그 순간이었다. 그의 계산이 정확하다면, 몇십 초의 차이가 있다 치더라도 그가 세상에 태어난 지 23년 6개월 3주 1일 20시간 57분이 되는 때였다.

이후 그는 오랜 시간을 들여 이 숫자들에 숨겨진 의미를 골똑히 생각했다. 그날의 날짜와 시간을 나타내는 숫자를 모두 합치면 1,652*가 된다. 그 숫자에는 별 의미가 없는 것 같았다. 하지만 1652의 각 자리 정수를 더하면 14가 되고 이는 신비의 숫자 7의 2배수다. 어쩌면 1652는 그가 죽음을 맞는 해가 아닐까? 그가 81세가 되는 해다. (이런 건강 상태로? 케플러는 설마, 하며 웃었다.) 그다음으로 그는 그날 그 시점의 자기 나이를 생각해 보았다. 그 숫자들 역시 별다른 의미를 갖지 않는 듯했다. 햇수에서 분까지 나이를 나타내는 숫자를 전부 합치면 110, 이를 5로 나누면 22이고, 22는 그가 튀빙겐을 떠난 나이라는 사실이 그가 찾을 수 있는 유일한 의미였다. 좀 더 생각해 볼 수도 있지 않을까? 22를 반으로 나눈 수에서 5를(이번에도 5다!) 빼면 6인데, 그가 어머니의 손을 잡고 갈겐베르크 언덕 꼭대기에 올라가 혜성을 구경한 1577년에 그는 여섯 살이었다. 그렇다면 자꾸 나타나는 이 5라는 숫자는 무얼 의미할까? 그러고 보니 여섯 개 행성 사이 간격의 개수이자 천체들의 화음을 이루는 음의 개수이며 우주의 음악인 5음계를 나타내는 수이기도 하다! 물론, 그의 계산이 정확하다면 말이다.

당시에 케플러는 그의 첫 책이 될 《우주의 신비》에 담길 내용을 6개월째 연구하고 있었다. 그때만 해도 지금보다 상황이 좋았

---

* 영어의 7월은 'July'로 표기하므로 나머지 숫자 즉 1595+19+11+27의 합을 의미한다.

44

다. 결혼을 하지 않았고 바르바라를 알기도 전이며, 그가 일하는 학교의 숙소에서 생활했다. 방은 비좁고 추웠지만 혼자만의 공간이었다. 그 시절 그에게 천문학은 그저 심심풀이 학문, 튀빙겐에서 학교를 다닐 때 즐겨 하던 수학 놀이의 연장일 뿐이었다. 그러나 시간이 지날수록 그라츠에서 새 출발을 하게 되리라는 희망이 바래 가면서 순수한 즐거움을 주는 이 놀이에 점점 더 매료되었다. 그것은 동떨어진 다른 세계, 그가 갇혀 있는 불안정한 현실 세계와는 대비되는 질서의 영역이었다. 그라츠는 그에게 감옥과도 같았다. 슈타이어마르크 지방의 중심지이자 사람들이 기꺼이 도시라고 부르는 이곳, 편협하고 옹졸한 상인들이 활개를 치고 가톨릭교도인 대공이 다스리는 이곳에서 케플러의 정신과 재능은 쇠사슬에 묶여 있었고 그의 뛰어난 학자적 기질마저 교사라는 지위에 얽매여 있었다. 교사라니! 그는 자신의 처지를 씁쓸하게 비웃었다. 그의 나이 스물셋이었다.

그라츠는 그럭저럭 예쁜 도시였다. 처음 이 도시에 왔을 때 그는 4월의 빗속으로 환하고 흐릿하게 보이는 강과 뾰족한 첨탑들, 성을 이고 서 있는 언덕의 풍경에 감탄했다. 어쩐지 관대함과 풍부함이 느껴졌다. 균형 잡힌 널찍한 건물들은 고향인 뷔르템베르크의 딱정벌레 같은 건축물들과는 너무도 달랐다. 사람들도 달라 보였다. 우아하게 산책하며 토론을 즐기는 듯한 그라츠 사람들을 보며 케플러는 자신이 고향을 떠나 이탈리아에 가까운 곳까지 온 것을 실감했다. 하지만 다 착각이었다. 도시와 거리를 가까이서 목격하고 사람들과 부대끼면서, 이곳 역시 여느 도시와 마찬가지로 오물과 악취, 불구자와 걸인과 난폭한 무리가 가득하다는 사실을 깨달았다. 물론 그들은 대부분 신교도였고 오물도 그들이 만들어 내는 것이며 뾰족한 첨탑들도 신교도의 천국을 갈망하는 것이므로 가슴이 조금 트이긴 했다. 그러나 도시를 통치하는 대공이 열렬한 가톨릭교도이고 곳곳에 예수회 사람이 우글거렸으며 그때부터 이미 학교가 곧 문을 닫는다는 소문이 나돌았다.

케플러는 학창 시절에 총명한 학생이었지만 교사로서 가르치는 일은 도무지 내키지 않았다. 수업을 할 때면 알 수 없는 답답함에 시달렸다. 언제나 관심 분야에서 벗어난 수업을 맡아야 했기 때문에 늘 자신을 억누르며 지냈다. 마치 강물의 흐름을 거슬러 노를 젓는 기분이었다. 그렇게 억지로 하다 보니 늘 망연자실 녹초가 되었다. 툭하면 배의 방향타가 고장 났고, 주체할 수 없는 자신의 열정에 속수무책 휩쓸리며 멀어져 가는 둑 위에서 멍청하고 가없은 학생들이 힘없이 손을 흔드는 모습을 바라봐야 했다.

그가 일하는 학교는 마치 사관학교처럼 엄격한 기강으로 운영되었다. 체벌로 학생을 휘어잡지 못하는 교사는 자질이 부족하다고 여겨졌다. (케플러는 딱 한 번 나이가 그와 거의 비슷하고 키가 머리 하나만큼 더 크며 늘 활짝 웃고 있는 학생에게 어쩔 수 없이 매를 들긴 했지만 가급적 그런 일을 피하려고 노력했다.) 교육 수준도 높은 편이고 이를 유지하기 위해 교육 위원회의 감독관들이 감시를 했다. 케플러는 그들이 몹시 두려웠다. 감독관들은 대개 두 명이 한 조가 되어 불시에 수업에 들어와서는 교실 뒤쪽에서 조용히 수업을 참관했다. 그럴 때면 몇 안 되는 학생이 팔짱을 끼고 앉아 고소해하는 표정으로 그를 빤히 바라보며 그가 웃음거리가 되기를 기다렸다. 그는 얼굴에 경련이 이는 것을 참고 말을 더듬거리며 뒤엉킨 실을 푸는 기분으로 강의를 했다.

교장 파피우스가 그를 불러다 놓고 충고했다.

"자네, 조금 침착해지려고 노력해 봐. 너무 급한 것 같더군. 학생들이 자네만큼 머리가 빨리 돌아가지 못한다는 걸 자꾸 잊어버리는 모양이야. 애들이 수업을 못 따라가고 혼란스러워서 나한테 얘기하고……."

교장은 잠시 미소를 지었다.

"……학부모들도 그러더군."

"네, 압니다."

케플러는 자기 손을 내려다보며 말했다. 그들은 교내 중앙 뜰이 내려다보이는 교장실에 앉아 있었다. 밖에는 비가 오고 있었다. 벽난로 연기가 굴뚝으로 잘 빠지지 않고 방 안에서 맴돌아 케플러는 눈이 매웠다.

"제가 말이 빠른 건 압니다. 충분히 생각하기도 전에 내뱉는 편이기도 하고요. 어떤 때는 수업 도중에 마음이 바뀌어서 갑자기

다른 주제로 빠지거나, 제 얘기가 부정확하다는 생각이 퍼뜩 들어서 처음부터 다시 설명하기도 합니다."

그는 아차 싶어서 말을 멈췄다. 상황을 더 악화시키고 있지 않은가. 교장이 눈살을 찌푸리며 벽난로를 노려보았다.

"교장 선생님, 이게 다 학문에 대한 제 열정 때문입니다."

"그래."

교장은 턱을 긁적이며 온화하게 대답했다.

"자넨…… 열정이 너무 과해서 탈이지. 하지만 난 젊은 사람이 가슴에서 솟는 열정을 억지로 누르는 건 보고 싶지 않아. 케플러 선생, 가르치는 일이 잘 안 맞는 것 같지?"

케플러는 놀라서 고개를 들었다. 그러나 교장은 진심으로 걱정하는 듯했다. 조금은 즐거워하는 기색이었지만. 파피우스는 가끔 산만할 때도 있었지만 예의 바르고 온화한 학자이자 의사였다. 마음을 다른 곳에 둔 채 온종일 수업하는 것이 어떤 기분인지 잘 아는 사람이었다. 튀빙겐에서 처음 학교에 왔을 때 다정하면서도 잘 흥분하고 때로는 불손하기도 해서 위엄 있는 다른 교사와 간부들을 어리둥절하게 했던 이 작고 이상한 사내를 늘 친절하게 대해 주었다. 교육 위원회에 맞서 케플러를 옹호해 준 것도 한두 번이 아니었다.

"저는 좋은 교사가 아닙니다. 저도 알아요. 제 재능은 다른 곳에 있습니다."

케플러가 웅얼거리듯 말했다.

"그래."

교장은 헛기침을 하고 다시 말을 이었다.

"천문학이겠지."

그는 앞의 책상 위에 놓인 감독관의 보고서를 들여다보았다.

"**천문학**은 꽤 잘 가르치는 것 같은데?"

"하지만 학생이 없는 걸요!"

"그건 자네 잘못이 아니야. 치머만 목사님 말씀으로는 천문학이 아무나 쉽게 공부할 수 있는 학문이 아니라더군. 목사님께서 자네가 상급 학년의 수학과 수사학을 맡는 게 좋겠다고 제안하셨네. 천문학에 관심 있는 학생들이 더 생길 때까지 말이야."

케플러는 교장이 점잖은 척하면서 자신을 비웃고 있는 것 같아서 갑자기 목소리를 높였다.

"그들은 무식한 미개인들입니다!"

벽난로에서 장작 하나가 툭 소리를 내며 떨어졌다.

"오로지 먹잇감 사냥과 밥그릇 싸움, 자식들의 결혼 지참금에만 눈이 먼 사람들이라고요. 학문이니 철학이니 하는 건 혐오하고 경멸합니다. 그들은, 그자들은 **자격도** 없고……"

케플러는 치미는 화를 삭이지 못해 하얗게 질린 채 불쑥 말을 멈췄다. 이렇게 폭발해선 안 된다.

파피우스 교장의 얼굴에 희미한 미소가 스쳤다.

"위원회 감독관들 말인가?"

"네……?"

"치머만 목사님과 감독관들을 말하는 것 같은데. 우리가 그 사람들 얘기를 하고 있었잖나."

케플러는 손으로 이마를 짚었다.

"아니, 저는…… 당연히 적절한 교육을 하는 학교에 자식들을 보내지 않으려 하는 사람들을 말한 겁니다."

"아, 그렇군. 그런데 말이야, 귀족 집안들 중에는, 뭐, 장사하는 사람들도 그렇고, 천문학을 자기 자식이 공부하기에 적절한 과목이 **아니라고** 생각하는 사람이 많은 것 같네. 천체를 다루는 사람이라면 무조건 공격하려고 들잖나. 자네만큼 깊이 다루지 않아도 말이야. 천문학에 무지몽매한 태도를 변호하려는 건 아닐세. 다만 자네에게 그런 사실을 짚어 주려는 거지. 그게 나의……"

"하지만……"

"……그게 나의 **의무**이니까."

케플러는 부루퉁한 얼굴로, 교장은 미안해하면서도 단호한 표정으로, 두 사람은 서로를 말없이 바라보았다. 잿빛 빗방울이 창문을 때렸다. 방 안은 아까보다 더 매캐해졌다. 케플러는 한숨을 쉬었다.

"교장 선생님, 저는……"

"노력해 보게. 그럴 거지, 케플러 선생?"

케플러는 노력하고 또 노력했다. 하지만 어떻게 침착해질 수가 있겠는가? 그의 머릿속은 꽉 차서 터질 것만 같았다. 온갖 상념과 이미지들이 그의 내면에서 혼란스럽게 소용돌이쳤다. 수업시간에도 교실 한쪽에 못 박힌 듯 서서, 학생들이 낄낄거리는 소리도 무시한 채, 광기에 휩싸여 신비 의식을 주관하는 교주처럼 말없이 서 있는 날이 점점 많아졌다. 멍하니 거리를 거닐다가 마차에 치일 뻔한 적도 한두 번이 아니었다. 병이 난 게 아닐까 싶었다. 하지만 그보다는…… 사랑에 빠진 것 같았다! 그러니까 특정한 대상을 사랑하게 되었다기보다는 그저 사랑에 빠진 것이었다. 그런 생각이 들자 자기도 모르게 웃음이 났다.

1595년 초, 그는 기적 같은 징후를 경험했다. 신이 친히 보낸 것은 아닐지라도, 신에게 선택받은 자의 기운을 북돋는 임무를 맡은 존재가 보낸 게 틀림없었다. 그는 학교에서 학생들을 가르치는 일을 시작하면서 슈타이어마르크 지방의 달력을 편찬하는 일도 맡았다. 이전 해 가을, 케플러는 20플로린의 보수를 받고 신년의 점성술 달력을 제작했고, 여기에 큰 추위와 튀르크족의 침략이 있을 것이라는 예측을 실었다. 그런데 실제로 1월에 알프스산맥의 양치기들이 산에서 얼어 죽을 만큼 큰 추위가 닥쳤을 뿐 아니라, 새해 첫날 튀르크족의 공격으로 노이슈타트에서 빈에 이르는 넓은 지역이 쑥대밭이 되었다. 케플러는 자신의 예측이 현실로 나타나는 것을 보면서 한층 자신감이 생겼다(내심 놀라기도 했다). 그렇다. 그건 어떤 계시가 틀림없었다. 그는 우주의 신비를 푸는 작업에 더 본격적으로 매달리기 시작했다.

그러나 그는 아직 해답을 찾지 못한 채 여전히 질문만 던지고 있었다. 가장 중요한 문제는 왜 태양계에는 여섯 개의 행성이 존재하는가 하는 것이다. 다섯 개나 일곱 개도 아닌, 또는 1000개도 아닌 왜 여섯 개인가? 그가 아는 한 이제껏 그런 의문을 품은 사람은 아무도 없었다. 케플러에게는 그것이 가장 중요하고 근원적인 수수께끼였다. 이 질문을 진지하게 던진다는 것 자체도 독특한 성과처럼 느껴졌다.

그는 코페르니쿠스 체계를 믿었다. 튀빙겐 대학 시절 스승 미하엘 메스틀린 아래서 폴란드 천문학자인 코페르니쿠스의 이론을 공부했다. 우주가 질서 정연한 태양 중심의 천구를 이룬다는 이론은 어쩐지 거룩하게 느껴졌다. 구원이 되는 것 같기도 했다. 그러나 코페르니쿠스 체계에는 결함이 있었다. 케플러는 처음부터 그것을 감지했다. 그 때문에 코페르니쿠스도 어쩔 수 없이 이런저런 편법을 도입하고 공격을 피할 수 있는 이론적 장치들을 택한 것이었다. 코페르니쿠스의 저서 《천구의 회전에 관하여》 앞부분에서 설명하는 태양 중심 이론은 불변의 진리가 분명했지만, 이론이 전개되는 과정에서 불필요해 보이는 잡다한 개념들, 즉 주전원이나 등각속도점 따위가 끊임없이 등장했다. 마치 코페르니쿠스가 떨리는 손으로 놀라운 우주 모형을 들고 있다가 땅에 떨어뜨리는 바람에 톱니처럼 정교하게 만들어진 틀과 살에 흙과 낙엽, 말라비틀어진 껍질 같은 진부한 개념들이 끼어 들어간 것 같았다.

　50여 년 전에 세상을 떠난 코페르니쿠스가 지금 케플러 앞에 부활했다. 케플러는 나름의 체계를 확립하려면 이 애처로운 혼령의 이론을 치밀하게 연구하는 동시에 이와 씨름해야 했다. 주전원과 등각속도점 같은 개념은 우스워 보였지만 섣불리 무시할 수는 없었다. 어쨌든 이 폴란드인은 슈타이어마르크의 점성력 편찬자인 자신보다 훨씬 더 훌륭한 수학자가 아니겠는가. 케플러는 자신의 무능함과 부족함에 화가 났다. 코페르니쿠스 체계에 결점이, 그것도 중대한 결점이 있다는 것을 알면서도 그것을 찾아내는 일은 만만치 않았다. 밤이면 무덤 속에 있는 이 과학자가 자신을 비웃으며 몰아세우는 느낌에 화들짝 놀라 깨어나곤 했다.

　그러다 얼마 후 그는 놀라운 사실을 발견했다. 코페르니쿠스가 어떤 잘못을 **했다**기보다는 그의 태만이 문제라는 것이다. 코페르니쿠스는 우주와 자연의 이치를 설명하는 것이 아니라 있는 그대로 보여 주고 증명하는 데만 관심이 있었다. 프톨레마이오스의 세계관에 불만을 가졌던 그는 더 정교하고 발전된 체계, 혁신적으로 보이는 체계를 고안했지만 사실은 그저 있는 그대로의 현상을 학자의 언어로 정리한 것, 경험적인 진리는 담기지 않고 관측 결과에 따라 그럴듯해 보이는 모형을 제시한 것에 불과했다.

　그렇다면 코페르니쿠스는 자신의 체계가 현실을 그대로 보여 주는 그림이라고 믿었을까? 아니면 그것이 그저 우주 현상과 어느 정도 일치한다는 사실에 만족한 것일까? 또는 거기에 의문을 품기라도 했을까? 그의 우주 이론에는 일관되고 조화로운 음악이 존재하지 않았다. 그저 파편적인 가락들이 아무렇게나 조합되어 부조화를 이루다가 급하게 마무리되는 듯했다. 그것들을 잘 끼워 맞춰 제대로 된 곡을 만드는 것이 케플러의 몫이리라. 지금은 찾아볼 수 없는 온전한 음악이 진리일 테니까. 케플러는 시선을 들어 창으로 들어오는 쓸쓸한 겨울 햇살을 바라보며 두 팔로 자신의 몸을 감쌌다. 세상이 돌아가는 방식은 참으로 경이롭지 않은가? 코페르니쿠스는 정교하지 않은 프톨레마이오스 이론에 불만을 느끼고 태양을 중심으로 멋진 구조물을 세웠지만 거기엔 결점이 내재되어 있었다. 케플러에게 그것은 진주처럼 반드시 찾아야 하는 무엇이었다.

그러나 이 우주가 음악을 만들어 내기 위해 창조된 것은 아니었다. 신은 그렇게 경솔하고 어리석지 않다. 처음부터 케플러는 그렇게 믿었다. 음악은 세상의 조화에서 자연스레 나오는 부수물에 불과하다. 어찌 보면 진리 자체도 부수적인 것이다. 결국 중요한 것은 조화다. (뭔가 잘못되었다. 분명 뭔가가 잘못되었다! 하지만 그는 일단 신경 쓰지 않기로 했다.) 그리고 피타고라스가 보여 주었듯이 조화란 수학적 원리가 만들어 내는 것이다. 그러므로 천체들의 조화는 수학 공식을 따라야 한다. 케플러는 그런 공식이 존재한다고 믿어 의심치 않았다. 이 우주에서 신이 계획 없이 창조하는 것은 아무것도 없으며 이 계획의 토대는 기하학의 원리와 수에서 찾아야 한다는 것이 케플러가 세운 주요 원칙이었다. 또 인간은 신의 형상으로 창조되었으므로 신이 생각한 우주 원리를 이해할 수 있을 것이다. 그는 이렇게 적었다. '어떤 문제를 대할 때 그것의 근원이 되는 무언가에 가까이 접근할수록 더 정확하게 파악할 수 있다.' 따라서 우주의 구조를 파악하기 위한 방법론 역시 구조의 근원인 기하학에서 찾아야 했다.

그라츠에 봄이 찾아왔다. 봄은 언제나 케플러를 놀라게 했다. 어느 날 밖을 내다보니, 지구 전체가 점점 좁아지는 공간 속으로 빠르게 돌진하며 갑자기 거대한 기운이 덮치기라도 한 듯 활기와 들뜬 분위기가 가득했다. 술렁이는 창문들과 반짝거리는 벽에서도, 질척한 거리 곳곳에 고인 푸른색과 황금색의 빗물에서도 빛이 나는 듯 온 도시에 생기가 넘쳤다. 케플러는 대부분의 시간을 집 안에서 보냈다. 좀처럼 가라앉지 않는 흥분과 알 수 없는 갈망에 싸여 있는 자신의 심리 상태와 도시 분위기가 너무도 비슷해서 마음이 산란했다. 사순절을 앞둔 축제의 기간에도 케플러는 집에 틀어박혀 있었지만 이따금 광대들의 나팔 소리나 흥청거리는 취객의 노랫소리가 집중력을 흐트러뜨려 조용히 화를 삼키기도 했다.

어쩌면 그가 틀렸는지도 모른다. 어쩌면 우주의 질서를 지배하는 불변의 법칙이나 논리는 없는 것이 아닐까? 혹시 신께서도 당신이 창조한 피조물들처럼 영원보다는 일시적인 것을, 완성된 것보다는 미봉책을, 천구의 음악보다는 무질서한 나팔 소리와 환호를 더 좋아하시는 건 아닐까? 아니다. 그럴 리가 없다. 신은 무엇보다도 질서를 관장하는 존재니까. 우주는 기하학의 원리로 작동된다. 신의 생각을 담은 속세의 거대한 틀이 바로 기하학이다.

그는 밤늦게까지 책상 앞을 떠나지 않았고 낮이면 자기 존재를 잊을 만큼 무섭게 연구에 파고들었다. 여름이 되었다. 그때까지 6개월간 쉼 없이 연구하여 얻은 성과는, 성과라고 부를 수나 있다면, 그가 주목해야 할 것이 행성들 자체나 그 위치 및 속도가 아니라 각 행성의 공전 궤도 사이의 거리라고 확신하게 된 점이다. 이 거리는 코페르니쿠스가 측정한 값이 있었다. 프톨레마이오스의 측정보다 훨씬 믿을 만하다고 할 수는 없었지만, 제정신으로 연구를 계속하기 위해 일단 신빙성이 있다고 가정하기로 했다. 그는 이 수치들을 거듭 조합하고 연구하며 거기에 숨겨진 관계를 찾으려 노력했다. 왜 행성은 여섯 개뿐인가? 그것도 물론 의문이었다. 그러나 그보다 더 어려운 문제는 왜 행성 간의 거리가 그렇게 될 수밖에 없는가 하는 것이다. 그는 기다림 끝에 날갯짓 소리를 듣게 되었다. 여느 때와 다름없는 7월의 어느 아침, 천사가 답을 들고 찾아왔다.

그날 아침 케플러는 교실에서 학생들을 가르치는 중이었다. 날씨는 맑고 화창했다. 긴 창유리에 붙은 날벌레가 윙윙 소리를 내고, 창으로 쏟아지는 햇살이 케플러의 발치까지 들어와 있었다.

지루해하는 학생들은 흐리멍덩한 눈으로 선생님의 머리 위쪽 어딘가를 보고 있었다. 그는 칠판에 정삼각형을 그려 놓고 유클리드 기하학의 어떤 법칙을 설명하는 중이었다. 정확히 어떤 법칙이었는지는 아무리 생각해도 기억나지 않았다. 커다란 목제 컴퍼스를 집어 들다가 뾰족한 끝부분에 손가락이 찔리고 말았다. 다친 엄지손가락을 입에 문 채, 칠판으로 돌아서서 원 두 개를 그리기 시작했다. 하나는 삼각형의 세 변에 내접하는 원, 또 하나는 삼각형의 꼭짓점들을 지나며 외접하는 원이었다. 다 그린 뒤 먼지가 춤추는 햇살 안으로 한 걸음 물러서서 눈을 깜빡였다. 그 순간, 가슴속에서 뭔가가 쿵 떨어졌다가 튀어 올랐다. 곡예사가 재주를 부리듯이. 아마도 심장이었을 것이다. 뛸 듯이 기쁜 나머지 엉뚱하게 이런 생각마저 스쳤다. '아, 난 영원히 살지도 몰라!' 삼각형의 바깥쪽 원과 안쪽 원의 비율은 행성계에서 가장 멀리 있는 두 행성인 토성과 목성의 궤도의 비율과 일치했다. 이 비율을 결정하는 두 원과 접한 것은 바로 기하학의 첫 번째 도형인 정삼각형이었다. 그렇다면 목성과 화성의 궤도 사이에는 사각형, 화성과 지구의 궤도 사이에는 오각형, 지구와 금성 사이에는…… 그래, 바로 이거야! 이거야! 순간, 그의 눈앞에서 도형과 칠판, 교실의 벽면들이 하나로 녹아내리며 희미하게 가물거렸다. 젊은 케플러 선생의 학생들은 수업 도중에 선생님이 눈물을 훔치고 지저분한 손수건에 코를 푸는 진풍경을 목격하는 행운을 누렸다.

* * *

땅거미가 질 무렵, 케플러는 쇤부흐 숲을 막 빠져나오고 있었다.
화창하던 3월 날씨는 어느새 변해 비바람이 몰아쳤고 저편의 골
짜기 안으로 황갈색 해가 떨어지고 있었다. 옅은 어둠 속에서 암
청색 네카어 강물이 희미하게 반짝였다. 그는 말을 탄 채로 언덕
꼭대기에 멈춰 서서 광포한 바람을 깊게 들이마셨다. 그의 기억
속 슈바벤 지역은 이렇게 낯설고 날씨가 거칠지 않았는데. 내가
변한 것일까? 그는 새 장갑을 끼었고 지갑에는 20플로린이 들어
있었다. 학교 수업은 휴강했고 타고 있는 얼룩빼기 회색 암말은 그
의 친구이자 슈타이어마르크의 지역 서기관인 슈테판 슈파이델
이 빌려준 것이었다. 옆구리에 맨 가방 안에는 세상에서 가장 귀중
한 물건이 방수 천에 정성스레 싸여 있었다. 그의 원고였다. 집필이
끝난 원고를 출판하기 위해 튀빙겐에 온 것이다. 어둠 속 빗줄기를
뚫고 튀빙겐의 좁은 거리로 들어서자 멀리 호엔튀빙겐 성의 성벽
바깥쪽으로 돌출된 포루에서 명멸하는 불빛이 보였다. 지난여름
7월의 발견 이후 7개월이 넘는 시간 동안, 그는 자신의 계산과 논
리에 3차원 입체를 도입했고 드디어 이론을 완성해 《우주의 신비》
를 마무리했다. 비바람 몰아치는 밤, 숨죽이고 있는 우주의 장엄
함 속을 홀로 여행하는 나그네. 옷깃에서는 빗물이 떨어졌고 어깨
죽지는 어린 새의 날개처럼 가늘게 떨렸다.

얼마 후 그는 보아라는 여관의 은은한 갈색조의 방 안에서 더러운 담요를 턱밑까지 끌어올린 채 침대에 앉아 귀리 비스킷과 뱅쇼*를 먹고 있었다. 지붕 위에 듣는 빗소리가 요란했다. 여관 아래층에서 와자지껄한 소리가 올라왔다. 쾌활한 슈바벤 사람들과 술고래들의 노랫소리였다. 케플러도 학생 시절에는 소란스러운 이곳에서 잔뜩 취해 토할 만큼 술을 마셨었다. 고향에 와 있다는 생각을 하니 문득 기분이 좋아졌다. 그가 명예의 여신을 향해 마지막으로 건배를 외치며 남은 포도주를 들이켜고 있을 때, 사환 아이가 문을 두드리더니 그를 불러냈다. 케플러는 조금 취해서 게슴츠레한 눈을 하고 빙긋 웃으며 몸에 두른 담요를 붙잡은 채 낡은 계단을 힘겹게 내려갔다. 아래층 홀은 흡사 배의 객실 같았다. 비틀거리는 취객들, 아른거리는 촛불…… 빗물이 흐르는 창문 밖으로 짙게 깔린 어둠은 바다 같았다. 그에게는 친구와도 같은 스승 미하엘 메스틀린이 탁자 앞에 앉아 있다가 일어나서 그를 맞았다. 두 사람은 악수를 하며 예기치 못한 어색함을 애써 떨쳐 내려 했다. 케플러는 인사도 없이 불쑥 용건을 꺼냈다.

"책을 썼습니다."

그는 눈살을 찌푸리며 지저분한 탁자와 가죽 컵들을 바라보았다. 이렇게 굉장한 소식이라면 저 탁자가 마구 흔들려야 하지 않을까?

• 시나몬과 과일 등을 첨가해 따뜻하게 끓인 포도주.

메스틀린 교수의 시선이 담요에 꽂혔다.

"자네 어디 아픈가?"

"네? 아닙니다. 좀 추워서요. 비를 맞았어요. 도착한 지 얼마 안 됐습니다. 제 편지 받으셨어요? 아참, 그래서 오신 거겠죠. 치질이 더 심해졌어요. 이런 얘기를 해서 죄송합니다. 여행 때문에요."

"여기 묵을 생각은 아니겠지? 그건 안 돼. 나랑 같이 가세. 자, 내 어깨에 기대. 가서 자네 짐을 챙기세."

"전 안 아프다니⋯⋯"

"어서. 몸이 불덩이야. 손 좀 봐. 떨고 있잖아."

"아니에요. **정말** 아프지 않다니까요."

열은 사흘간 계속됐다. 케플러는 이러다 죽는 게 아닌가 생각했다. 그는 메스틀린의 집의 침대에 누워 요란한 파괴의 환영과 고통에 시달리며 헛소리를 하고 뭔가 간청하는 소리를 내기도 했다. 몸에서는 독성이 섞인 듯한 땀이 계속 나왔다. 이렇게 많은 독이 어디서 나오는 걸까? 메스틀린이 서투르지만 정성어린 손길로 그를 간호했다. 나흘째 되는 날 아침, 케플러는 깨지기 쉬운 유리병 같은 상태로 정신을 차렸다. 침대 옆 창문 크기만 한 네모난 파란 하늘에 느리게 떠가는 구름 조각이 눈에 들어왔고 몸이 가뿐했다.

열이 온몸을 깨끗이 청소해 주기라도 한 것 같았다. 그는 새로운 시각으로 자신의 책을 다시 훑어보았다. 어떻게 이걸 완성된 원고라고 생각했을까? 그는 어지럽게 널린 종이들 앞에 웅크리고 앉아 새로운 시각으로도 놀랍도록 정교하고 논리 정연한 글이 될 때까지 밑줄을 긋고, 내용을 쳐내거나 추가하고, 이론을 쪼개어 하나하나 재구성하며 열의를 불태웠다. 큰바람이 불어와 창문을 요란하게 흔들었다. 팔꿈치로 바닥을 짚고 몸을 일으켜 밖을 내다보니 뜰의 나무들이 부들부들 떨고 있었다. 모든 것을 휘젓는 저 거센 바람이 그의 몸속을 관통하는 것 같았다. 메스틀린은 생선찜과 수프, 내장 스튜 같은 음식을 가져다줄 뿐 케플러를 대체로 혼자 내버려두었다. 그는 자신보다 스무 살이나 어린 예민한 제자가 날마다 지저분한 잠옷을 입고 잠자리에 눌러앉아 움직이는 인형처럼 쉴 새 없이 무언가를 끼적거리는 모습이 걱정스러웠다. 메스틀린은 케플러에게 병이 아직 다 낫지 않았을지도 모른다고, 그가 아무리 가뿐해졌다고 떠벌려도 그 역시 병이 진행되는 과정일지 모른다고 충고했다. 케플러는 스승의 말에 동의했다. 지금 이렇게 무섭게 끓어오르는 연구열이, 원고를 수정하며 경험하는 환희가 병이 아니면 무엇이겠는가?

하지만 그 환희의 병마저도 물러가는 시점이 왔다. 일주일이 지날 무렵 회의와 걱정이 다시 밀려온 것이다. 그는 수정한 원고를 훑어보았다. 과연 이전보다 훨씬 나아졌을까? 초고에 있던 실수를 다른 오류로 맞바꿈 한 건 아닐까? 그는 메스틀린에게 조언을 구했다. 메스틀린은 제자의 집요한 요청에 주춤하더니 이마를 찌푸리며 먼 곳으로 시선을 던졌다. 마치 틀어막아야 하는 구멍을 몰래 들쑤시는 사람처럼.

"그래, 자네 발상은, 그러니까, 확실히 독창적이야."

그는 헛기침을 했다.

"하지만 그게 **옳다**고 생각하십니까?"

메스틀린의 이맛살이 더 깊어졌다. 일요일 아침이었다. 두 사람은 튀빙겐 대학 본관 뒤편의 공터를 걷고 있었다. 험악한 날씨 탓에 느릅나무들이 몸부림을 쳤다. 메스틀린 교수는 턱수염이 희끗희끗했고 코가 빨갛게 상기돼 있었다. 그는 생각을 말로 옮기기 전에 심사숙고하는 사람이었고 유럽 내에서 훌륭한 천문학자로 인정받는 인물이었다. 마침내 그가 입을 열었다.

"나는 수학자가 현상과 가능한 한 가깝게 일치하는 가설을 제시했다면 목표를 달성한 것이라고 생각하네. 만일 다른 누군가가 훨씬 더 타당한 이론을 내놓는다면 자네도 자네 이론을 철회하겠지. 실제 현상이 모든 학자들의 가설과 꼭 합치하는 건 아니야."

몸이 쇠약해져 예민해진 케플러는 얼굴을 찡그렸다. 열이 내린 이후 바깥 산책은 처음이었다. 자신의 속내가 비쳐 보이는 기분이 들었다. 높은 허공에서 윙윙거리는 바람 소리가 들리고 뒤이어 근처에서 돌연 요란한 종소리가 울려 케플러의 신경을 뒤흔들었다.

"단도직입적으로 말씀해 주시죠."

그가 큰소리로 말했다. 저 **빌어먹을** 종소리.

"기하학은 천지창조 이전부터 존재했고, 그것은 신과 함께 영원한 것이며 **신 그 자체**이기도 합……"

댕.

"아!"

메스틀린은 탄식하며 그를 쳐다봤다.

"……신이 아닌 존재가 신 안에 존재할 수는 없지 않나요?"

케플러가 부드럽게 말했다. 음산한 바람이 풀밭을 휩쓸고 그의 몸을 덮쳤다. 그는 부르르 몸을 떨었다.

"우리는 남이 한 말만 되풀이하고 있는 것 같네요. 선생님의 진짜 생각을 알고 싶습니다."

"이미 말했잖나."

메스틀린이 날카롭게 대답했다.

"외람되지만 그건 스콜라철학*의 미적지근한 태도 같은데요."

"그래, 난 스콜라 학자니까!"

"학생들에게, 또 **저에게도** 코페르니쿠스의 태양중심설을 가르치신 **분이** 스콜라 학자라고요?"

그러면서도 케플러는 예의 그 생각에 잠긴 표정으로 스승을 흘겨보았다.

메스틀린이 입을 열었다.

---

* 중세 유럽에서 이뤄진 신학 중심의 철학 또는 학문을 이르는 말.

"그래, 하지만 코페르니쿠스도 스콜라 학자였어. **그리고** 천문학의 선각자였고!"

"그는 단지……"

"스콜라 학자였다고! 코페르니쿠스는 고대의 학자들을 존경했어."

"저는 그렇지 않다는 말씀인가요?"

"내겐 그렇게 보이는군. 자넨 그 어떤 것도 존중하지 않는 것 같아!"

"저도 과거의 선배들을 존경합니다. 하지만 앞서 간 사람들의 가르침을 맹목적으로 따르는 것이 과연 학자의 본분일까요?"

케플러는 조심스럽게 말했다. 그는 정말 알고 싶었다. 정말 그게 학자의 본분일까?

돌로 포장된 길 위에 빗방울이 마법에 걸린 동전들처럼 흩뿌려졌다. 두 사람은 대강당 현관 앞으로 갔다. 문은 닫혔고 안에서 빗장이 걸려 있었지만 돌로 만든 플라톤 문장 아래서 비를 피할 수 있었다. 그들은 비를 바라보며 말없이 서 있었다. 메스틀린은 숨을 몰아쉬었다. 치미는 부아가 바람통의 역할을 하는 듯했다. 케플러는 스승의 불편한 심기는 아랑곳하지 않고 공터 한쪽에서 풀을 뜯고 있는 양떼를 멍하니 바라보았다. 양들은 애처로우면서도 고결한 모습으로 차분한 눈을 하고 까다롭게 풀을 골라 뜯어먹었다. 그저 배를 채우는 것이 아니라 아주 힘들고 성가신 노동을 하는 것처럼. 세상에는 말 못 하고 무의미한 신의 피조물이 너무 많다. 너무 많고 다양하다. 이따금 이렇게 세상이 갑자기 그의 앞으로 불쑥 다가오는 때가 있었다. 어떤 분명한 양식이나 모양이 없이 그저 **존재하는** 것들이 불현듯 느껴졌다. 바람이 높은 나무들을 흔들자 까마귀 몇 마리가 푸드덕 날아올랐다. 노랫소리가 희미하게 들려왔다. 어린 학생들이 거센 바람을 헤치며 공터 옆의 비탈길을 내려가고 있었다. 소년들이 부르는 루터교의 성가 소리가 거친 바람을 타고 울려 퍼졌다. 케플러는 그들이 입고 있는 볼품없는 신학교 제복을 보고 안쓰러운 마음이 들었다. 한때 자신도 입었던 옷이다. 빗방울이 굵어지자, 열 명쯤 되는 아이들은 뭐라고 고함을 지르며 뛰기 시작하더니 느릅나무 아래 성 안네 예배당으로 들어갔다.

메스틀린이 말을 하고 있었다.

"……슈투트가르트에 가야 해. 프리드리히 공작의 궁에 볼일이 있어서."

그는 잠시 말을 멈추고 반응을 기다렸다. 부드럽게 달래는 말투였다.

"공작의 분부로 점성력을 제작했는데 그걸 가져다주러……"

그는 케플러가 반응을 보였으면 하는 눈치였다.

"자네도 그런 작업을 했었잖아."

"네? 아, 점성력이요? 물론 했지요. 하지만 기껏해야 장난 같은 점치기예요."

메스틀린은 화들짝 놀랐다.

"기껏……?"

"그저 별을 보고 점치는 거잖아요. 그래도……"

그는 잠시 멈췄다 말을 이었다.

"별들이 우리 인간사에 어느 정도는 영향을 미친다고 생각합니다……"

그는 말을 멈추고 얼굴을 찌푸렸다. 머릿속에 과거의 일들이 하나하나 펼쳐지면서 알 수 없는 미래까지 이어졌다. 두 사람의 뒤쪽에서 덜거덕거리는 소리가 들리며 문이 열리더니, 해골처럼 비쩍 마른 사람이 고개를 쑥 내밀고 그들을 본 뒤 이내 다시 안으로 모습을 감췄다. 메스틀린이 한숨을 뱉으며 말했다.

"나와 슈투트가르트에 함께 가겠나?"

다음 날 아침 일찍 두 사람은 뷔르템베르크 공작령의 수도인 슈투트가르트를 향해 출발했다. 케플러는 전날보다 기분이 훨씬 좋아진 상태였다. 잠시 쉬려 첫 경유지에 멈췄을 즈음, 메스틀린은 세 시간 동안 케플러가 늘어놓는 행성 운동과 주기와 완벽한 도형에 관한 설명을 듣느라 지쳐서 마차 한구석에 말없이 늘어져 있었다. 그들은 슈투트가르트에 일주일쯤 머물 예정이었지만, 케플러는 결국 6개월 동안 남게 된다.

케플러는 자신의 천체 기하학 이론을 알리겠다는 포부를 품었다. 공작의 저택에 도착한 그는 여러 사람과 식사하는 자리에서 이렇게 말했다.

"제가 음료를 담는 그릇을 구상하고 있습니다. 크기는 이 정도쯤 되고, 제가 생각하는 태양계의 모습을 본뜨려고 합니다. 은으로 만들고 각 행성은 보석으로 조각해 넣을까 하는데요. 토성은 다이아몬드, 달은 진주…… 그런 식으로 말이지요. 아, 그리고 작은 꼭지 일곱 개를 달아 일곱 개의 천체에서 제각기 다른 음료가 나오게 할 겁니다!"

좌중이 조용히 그를 쳐다보았다. 케플러는 미소를 지으며 무언의 경외심을 음미했다. 풍채가 넉넉하고 가발을 쓴 남자가 입에서 작은 뼛조각을 빼내며 케플러에게 물었다. 불그레한 혈색이 도는 얼굴과 꼿꼿한 자세로 보건대 꽤나 높은 사람인 듯했다.

"그 멋진 계획에 누가 자금을 지원할 예정이오?"

"물론 공작님이시지요. 제가 여기 온 것도 그 때문입니다. 공작님들은 수준 높고 창의적인 노리갯감을 좋아하신다고 알고 있습니다만."

"그래요?"

목 주변에 자잘한 레이스가 잔뜩 달린 옷을 입고 안쪽에 포진이라도 생긴 듯 윗입술이 유난히 부풀어 오른, 천박한 느낌의 귀족 부인이 이 기이한 젊은이를 더 자세히 보려는 듯 몸을 앞으로 내밀었다. 그러고는 후드 달린 묵직한 망토 때문에 다소 불편하게 고개를 끄덕이며 말했다.

"그렇다면 제 남편을 잘 알아 두셔야겠네요."

그녀는 깔깔거리며 웃었다.

"제 남편이 보헤미아 대사의 이등 서기관이거든요."

케플러는 높은 분에게 예의를 갖추는 시늉이라도 하려고 고개를 끄덕여 인사했다.

"남편 분을 만나 뵌다면 제겐 무한한 영광이겠습니다."

부인은 환하게 미소 지으며 마치 귀한 음식을 내밀 듯 손바닥을 위로 한 채 탁자 위로 팔을 뻗어 가발 쓴 불그레한 혈색의 남자를 가리켰다. 남자는 갑자기 관직의 상징처럼 보이는 금니들을 드러내고 웃으며 말했다.

"미리 말해 두지만, 프리드리히 공작은 돈을 아무 데나 쓰시는 분이 아닙니다."

익숙한 농담인 듯 좌중이 모두 웃음을 터뜨리더니 곧 다시 음식을 먹기 시작했다. 콧수염을 기른 젊은 군인이 접시 위의 닭고기를 자르다 말고 케플러를 유심히 쳐다보며 물었다.

"일곱 가지 음료가 나오게 한다고요?"

케플러는 그의 호전적인 태도를 모르는 척하며 대꾸했다.

"네, 맞습니다. 태양에서는 가장 독한 술이, 수성에서는 브랜디, 금성에서는 벌꿀 술, 달에서는 물이 나오게 하는 겁니다."

그는 손가락을 꼽으며 부지런히 열거했다.

"화성에서는 베르무트, 목성에서는 백포도주, 그리고 토성은……"

그는 잠시 혼자 쿡쿡거리며 웃었다.

"……토성에서는 질 낮은 포도주나 맥주가 나올 겁니다. 천문학에 무지한 사람들이 골탕을 먹도록 말입니다."

"어떻게 골탕을 먹는다는 겁니까?"

퍽 하는 소리와 함께 닭다리가 잘렸다. 케플러는 대답 대신 우쭐하는 웃음만 지었다. 뚱뚱한 체구에 머리가 훤하게 벗겨진 유쾌한 남자로, 최근 영지의 규율이 바뀌면서 나그네들의 식사 자리에 함께 앉게 된 공작의 수석 정원사 텔루스가 웃으며 말했다.

"당신 같은 사람들이 골탕 먹겠군요!"

그러자 군인의 얼굴이 뻘게졌다. 기름기가 번드르르한 그의 갈색 곱슬머리가 벨벳 서코트°의 깃에 닿아 있었다. 이번에는 새처럼 생긴 남자가 케플러 옆자리 사람의 어깨 뒤에서 목을 길게 내밀고 시끄럽게 지껄였다.

"아, 저기 말입니다, 그러니까 당신 얘기는, 제가 제대로 알아들었나 모르겠습니다만, 당신의 그, 뭐냐, 그 훌륭한 이론을 지금 전부 설명해 주진 않을 모양입니다. 그런가요?"

그는 작은 두 손을 휘저으며 경박하게 웃어댔다.

"공작님께도 당분간은 비밀로 해주십시오. 모형의 각 부분은은 세공인 여러 명에게 나누어 맡기고 나중에 조립하려 합니다.

● 기사나 군인이 갑옷 위에 걸쳐 입는 길고 헐렁한 겉옷.

때가 되기 전에 제 **인벤툼**이 공개되는 걸 막으려고요."

케플러가 설명했다.

"인…… 뭐라고요?"

케플러 옆에서 귀머거리처럼 말없이 이 음식 저 음식 게걸스럽게 먹기만 하던, 가무잡잡하고 무뚝뚝한 농부 같은 남자가 불쑥 고개를 돌리며 물었다. 케플러는 나중에 그가 남작이라는 것을 알게 된다.

"라틴어로 발명품이라는 뜻입니다."

이등 서기관이 짧게 대답해 주고는 원망이 가득 담긴 엄한 표정으로 케플러를 보았다.

"네, 맞습니다. 발명품을 말한 겁니다……."

케플러가 온순하게 말했다. 순간 그는 불안과 낙담에 휩싸였다. 이 탁자에 둘러앉은 사람들, 그리고 온갖 부류의 사람들이 뒤섞여 앉아 있는 다른 탁자들, 총총걸음으로 돌아다니는 하인들과 식사하며 웅성거리는 소리……. 이 모든 것이 치유할 수 없는 혼란과 무질서의 상징처럼 느껴졌다. 마음이 무거워졌다. 이곳에 도착한 날 의욕에 가득 차서 공작과의 만남을 요청했지만 아직 아무런 답을 듣지 못했다. 일주일이나 지난 지금, 얼음처럼 차가운 침묵이 불현듯 서늘하게 가슴을 때렸다. 왜 이렇게 어리석단 말인가? 왜 그토록 터무니없는 희망을 품었단 말인가?

케플러는 당장 그라츠로 돌아가기로 결심하고 태양계 모형 설계도를 싸기 시작했다. 그러나 메스틀린이 조금만 더 참고 기다려 보자며 붙잡더니 공작에게 더 정성어린 간청의 편지를 써보라고 권유했다. 스승의 설득에 자신감을 되찾은 케플러는 다시 해보기로 했다. 이번에는 편지를 쓴 그날 저녁에 바로 응답이 왔다. 그가 써서 보낸 편지 여백에 어린아이 같은 글씨체로 모형의 제작을 돕겠다는 내용이 적혀 있었다. '당신이 말하는 모델이 은으로 만들 만큼의 충분한 가치가 있다는 판단이 들면, 거기에 필요한 자원과 수단을 부족하지 않게 지원하겠소.' 옆에 서 있던 메스틀린이 케플러의 어깨를 꽉 잡았다. 케플러는 자기도 모르게 환한 미소를 지으며 깊은 숨을 내쉬었다.

"드디어……!"

모형을 만드는 데는 꼬박 일주일이 걸렸다. 그는 바람이 들어오는 작은 탑 꼭대기 방의 차디찬 바닥에 앉아 가위와 풀과 색종이 조각들로 작업을 했다. 다 만들고 보니 푸른색 궤도들에 빨간색 행성을 붙여 만든 모양이 제법 예뻤다. 그는 흡족한 마음으로 모형을 손에서 떠나보낸 뒤, 공작에게 전달되기까지의 복잡한 절차를 그려보며 기다렸다. 여러 주가 지나고 한 달, 또 한 달, 그렇게 여러 달이 흘러갔다. 메스틀린은 《우주의 신비》 인쇄 작업을 감독하기 위해 오래전에 튀빙겐으로 돌아간 터였다. 케플러는 궁전의 무미건조한 생활과 풍경의 일부가 되어 갔다. 좀처럼 모습을 드러내지 않는 공작의 주변을 위성처럼 맴돌면서 무언가를 애걸

하고 간청하는 딱한 군상의 하나로 전락한 것이다. 얼마 후 메스틀린에게서 편지가 왔다. 프리드리히 공작이 그 모형에 관해 자신에게 전문가의 의견을 요청했다는 내용이었다. 알현이 허락되었다. 케플러는 분개했다. 전문가의 의견이라니!

그는 넓고 화려한 방으로 안내되었다. 한쪽에는 그의 키보다 큰 이탈리아산 대리석 벽난로가 버티고 서 있고 커다란 창문에 늘어뜨려진 희고 얇은 커튼으로 희미한 햇빛이 들어왔다. 석고로 만든 꽃 장식과 동물 머리모양 장식이 둘러진 화려한 샹들리에 위로 커다란 타원형 그림이 천장을 장식하고 있었다. 천사들이 수염 난 얼굴에 성난 표정을 짓고 어둠 속에 앉아 있는 신을 향해 올라가는 장면이 묘사된 아찔한 그림이었다. 별다른 목적이 없는 듯 보이지만 용무가 있는 게 확실한 사람들이 방 안을 왔다 갔다 했다. 그들은 마치 위에서 봐야만 온전히 알아볼 수 있는 춤사위를 구사하는 것 같았다. 제복을 입은 고용인이 케플러의 팔꿈치를 건드렸다. 케플러가 돌아보니 작고 연약해 보이는 남자가 그에게 다가왔다.

"혹시 레플레우스이십니까?"

"아닙니다, 저는……."

"뭐, 그렇다고 해두지요. 선생이 만든 우주 모형을 검토해 봤는데, 참으로 기가 차더군요."

남자는 부드럽게 웃으며 말했다.

프리드리히 공작은 금실과 명주를 섞어 짠 천으로 만든 긴 웃옷과 벨벳 브리치스를 멋지게 차려입고 있었다. 가는 손가락에서 보석들이 반짝거렸다. 짧게 깎은 반백의 곱슬머리는 마치 수많은 조그만 용수철이 다닥다닥 붙은 듯한 모양새였고 턱에는 작은 뿔 모양으로 수염을 길렀다. 공작은 침착하고 다정했다. 케플러는 화려하고 요란한 껍질 속에 들어앉아 있는 밤톨의 매끈하고 뽀얀 속살이 불현듯 떠올랐다. 주변을 왔다 갔다 하는 사람들의 장중하고 우아한 모습이 또다시 눈에 들어왔다. 케플러는 자신의 우주 이론과 기하학을 설명하기 시작했지만, 공작이 한 손을 들며 말허리를 잘랐다.

"분명 전부 다 맞는 얘기인 것 같고 흥미롭군요. 하지만 거기에 **어떤** 중요한 의미가 있다는 겁니까?"

광택이 나는 탁자 위에 그의 종이 모형이 놓여 있었다. 행성 궤도 중 두 개는 풀로 붙인 부분이 떨어져 망가져 있었다. 공작이 손가락으로 내부를 만지작거리다가 그런 것 같았다.

"공작님, 이 세상에 존재하는 정다면체는 다섯 개뿐입니다. 플라톤의 입체라고도 하지요. 모든 면이 동일한 정다각형으로 이뤄진 완전한 입체 말입니다."

파피우스 교장이라면 끈기 있게 설명하는 그의 모습에 감탄할 것이다.

"이 세상의 무한히 많은 3차원 입체 가운데 완벽한 입체는 오직 이 다섯 개뿐입니다. 피라미드 모양의 정사면체는 네 개의 정삼각형으로 이뤄지고, 정육면체는 여섯 개의 정사각형으로, 정팔면체는 여덟 개의 정삼각형으로 이뤄집니다. 정십이면체는 열두 개의 정오각형, 정이십면체는 스무 개의 정삼각형으로 만들어지지요."

"스무 개라."

공작은 고개를 끄덕였다.

"네, 여기 모형을 보시면 아시겠지만, 여섯 개 행성의 공전 궤도 사이에는 다섯 개의 간격이 생기는데, 이 다섯 개의 정다면체가······"

그때 누군가가 케플러를 옆으로 밀어제쳤다. 식사 자리에서 경박하게 웃던 새처럼 생긴 남자였다. 그는 여전히 웃으면서 케플러를 지나 공작에게 가며 미안하다는 듯 입술을 뾰족하게 오므렸다. 케플러는 팔꿈치로 남자의 옆구리를 찔러 밀어냈다.

"······정다면체에 외접······"

그는 다시 남자를 **밀며** 숨을 몰아쉬었다.

"······외접하는 구들이 고대 천문학자들이 관측한 행성 간의 거리와 정확히 일치합니다."

그는 미소를 지었다. 꽤 그럴듯한 설명이었다.

새처럼 생긴 남자가 다시 케플러를 건드렸다. 이제 보니 식사 자리에 있던 사람들이 모두 있었다. 천박한 귀족 부인, 수석 정원사 텔루스, 군인 카스파어, 가발 쓴 이등 서기관, 그리고 조금 떨어진 곳에 우울한 남작의 얼굴도 보였다. 다 모였으니 차라리 잘 됐다. 그를 함부로 대하지 못하게 콧대를 꺾어 줘야 한다. 그는 자기 자신이 젊고 아는 것이 많으며 총명하다는 사실을, 때로는 놀랄 만큼 쉽게 상처받는다는 사실을 갑자기 강렬하게 인식했다. 그는 우쭐한 목소리로 설명을 이어 갔다.

"그래서 보시다시피 토성과 목성의 궤도 사이에 정육면체를 넣고, 목성과 화성의 궤도 사이에는 정사면체를, 화성과 지구 사이에는 정십이면체를, 지구와 금성 사이에는 정이십면체를 넣은 것입니다. 또 마지막으로……"

그는 마치 과일 껍질을 벗겨 숨겨진 속살을 드러내듯이 태양계 모형을 모조리 분리했다.

"……금성과 수성 사이에는 정팔면체가 있습니다. 보세요!"

"그렇게 만든 게 확실하긴 한데 하나 묻지요. **왜** 그렇게 돼야 하는 겁니까?"

공작이 이맛살을 찌푸리며 물었다.

"왜냐고요?"

케플러는 분해된 모형에서 시선을 들어 앞에 있는 공작을 보았다.

"그게…… 그게 왜냐하면……"

깔깔대는 웃음소리가 그의 귓가에서 포말처럼 부서졌다.

* * *

결국 그의 계획은 무산되었다. 공작은 은으로 모형을 만들어도 좋겠다며 긍정적인 반응을 보였지만 금세 흥미를 잃어버렸다. 은세공인들의 반응도 시큰둥했고 궁전의 재무 담당관들도 반대하고 나섰다. 케플러는 낙담하여 그라츠로 돌아왔다. 모형을 제작하기 위해 공작의 비위를 맞추느라 6개월이나 시간을 낭비한 셈이다. 그는 잊어선 안 될 따끔한 교훈을 배웠다고 생각하자며 스스로를 다독였다. 그러나 곧 훨씬 중요한 일이 벌어지면서 그 모욕적인 기억도 금세 지워졌다.

그라츠에 돌아온 지 얼마 안 되었을 때, 학교 감독관이자 의사인 오베르도르퍼가 은밀한 미소를 띠고 한쪽 눈을 찡긋하며 케플러에게 접근했다. 정말 눈을 찡긋한 게 맞을까? 어쨌든 그는 날짜를 말해 주며 지역 상인이자 시장인 게오르크 하르트만 폰 슈투벤베르크의 집으로 오라고 했다. 케플러는 천궁도를 그리는 일이나 점성력 제작을 의뢰하려나 보다고 생각하며 그 집으로 향했다. 하지만 의뢰는 없었다. 심지어 하르트만도 만나지 못했다. 대신 그날 이후 하르트만이라는 이름은 커다란 불행의 시작점처럼 그의 기억에 남게 되었다. 케플러는 연한 포도주가 든 술잔을 손에 들고 오베르도르퍼에게 뭐라고 말할까 머리를 굴리며 한 시간 동안 계단을 서성댔다. 아래쪽 넓은 홀에 화려하게 차려입은 부인들, 풍채 넉

넉한 사업가들, 주교와 그를 수행하는 성직자들, 엉덩이까지 올라오는 부츠를 신어 켄타우로스*를 연상시키는, 대공의 꼴사나운 기마병 무리 등 다양한 사람이 보였다. 하르트만의 자녀 중 하나가 결혼을 앞두고 있었다. 홀 한쪽에서 현악단이 연주하는 음악이 마치 표적 없이 공중을 유영하는 가볍고 아름다운 화살처럼 집 안 전체에 흐르고 있었다. 케플러는 시간이 지날수록 불안해졌다. 공식적으로 초대받지 않은 터라, 누가 시비를 걸거나 쫓겨나면 어쩌나 하는 걱정마저 들었다. 오베르도르퍼가 왜 오라고 했을까? 턱 아래 살이 늘어지고 물기 어린 눈이 유달리 작으며 몸집이 크고 허여멀건 오베르도르퍼는 초조하고 들뜬 모습으로 아래층 홀을 왔다 갔다 하는 사람들을 훑어보았다. 그의 입에서 흘러나오는 씨근거리는 숨소리가 은방울이 굴러가는 듯한 민스트럴**들의 맑은 음색과 대조를 이뤘다. 마침내 그는 케플러의 소맷자락을 슬며시 잡아당겼다. 푸른 옷을 입은 뚱뚱한 젊은 여인이 계단 쪽으로 다가오고 있었다. 오베르도르퍼는 여인에게 눈길을 던지며 말했다.

"저 여자, 괜찮지 않아요?"

"아, 네. 그런 것 같네요."

케플러는 혹시 여인이 들을까 싶어 무표정한 얼굴로 허공에 시선을 둔 채 중얼거렸다.

---

* 상반신은 사람이고 하반신은 말인 그리스 신화의 괴물.
** 중세 유럽에서 여러 지방을 떠돌아다니며 시를 읊거나 노래한 직업 음유 시인.

오베르도르퍼는 커다란 머리를 케플러의 귀에 닿을 만큼 바싹 기울이고는 그의 옆에서 어설픈 복화술을 하듯 속삭였다.

"게다가 돈도 많다더군요."

여인은 잠시 걸음을 멈추더니, 무명 벨벳 바지를 입고 하얀 얼굴에 입술을 뾰로통하게 오므린 작은 남자아이의 머리 위로 상체를 굽히고 소리쳤다. 아이는 무표정한 얼굴을 돌리더니 자기 유모의 손을 세게 끌어당겼다. 이 부루퉁한 큐피드는 케플러의 기억 속에 영원히 남게 된다.

"아버지가 남쪽 지방에 땅을 꽤 많이 갖고 있답니다. 들리는 소문에 의하면 상당한 재산을 딸 명의로 해뒀다더군요."

그는 목소리를 더욱 낮췄다.

"뿐만 아니라……"

그는 잠시 머뭇거렸다.

"……전남편들이 남긴 재산도 어지간할 겁니다."

"전남편들……?"

오베르도르퍼는 작은 눈을 잠시 감았다 떴다.

"맞습니다. 참 딱하게도 됐지요. 남편을 두 번이나 잃었거든요. 저렇게 젊은 나이에!"

케플러는 단번에 상황을 알아차렸다. 놀란 그는 얼굴을 붉히며 계단 하나를 올랐다. 여인이 긴장된 눈빛으로 그를 흘긋 보았다. 오베르도르퍼가 다시 말을 이었다.

"이름은 바르바라 뮐러입니다. 결혼 전 성도 뮐러이고요."

케플러가 의아하다는 듯이 쳐다보자 그는 헛기침을 했다.

"아, 괴센도르프 지방의 뮐러 가문 딸인데 공교롭게도 두 번째 남편, 그러니까 바로 전 남편의 성도 뮐러였기 때문에……."

그는 말꼬리를 흐리고는 신음했다.

"그래요?"

케플러의 목소리는 들릴 듯 말 듯했다. 그는 오베르도르퍼의 축축한 눈에서 여인에게로 시선을 돌리며 덧붙였다.

"그런데 좀 뚱뚱하네요."

오베르도르퍼는 주춤하다가 이를 드러내고 크게 웃으며 어색하게 장난스러운 말투로 말했다.

"그보다는 보기 좋게 풍만하다고 해야죠. 추운 겨울밤을 함께 보내려면…… 하하하."

그러더니 케플러의 팔을 잡아끌며 계단을 올라가 벽 한쪽에 우묵하게 들어간 공간으로 안내했다. 그곳에는 제법 맵시 있게 차려입은 남자가 굳은 표정으로 기다리고 있었다. 남자는 시큰둥하게 케플러를 위아래로 훑더니 말했다.

"선생이군요."

연습한 듯한 말투. 다름 아닌 욥스트 뮐러였다.

그때부터 그의 결혼을 위한 복잡하고 기나긴, 탐욕으로 얼룩진 작업이 시작되었다. 처음부터 케플러는 풍만하고 젊은 과부인

바르바라에게 왠지 모를 두려움을 느꼈다. 그에게 여자란 모르는 언어를 쓰는 외국과도 같은 존재였다. 4년 전 어느 날 밤 바일데어 슈타트에 갔을 때, 그는 카드 판에서 돈을 왕창 잃고 허전한 마음을 달래기 위해 맥주에 거나하게 취한 상태에서 가냘픈 술집 소녀와 하룻밤을 보냈다. 그가 보기에 그녀는 숫처녀였다. 그것이 그의 유일한 여자 경험이었다. 일을 치른 후 소녀는 웃으면서 그가 준 동전을 작고 누런 이로 깨물어 진짜인지 확인해 보았다. 하지만 그들이 나눈 사랑의 행위나, 거세게 흐르는 강의 기슭에 가 닿으려고 바둥거리는 작은 개구리 같던 소녀의 몸짓과는 별개로, 케플러는 그녀의 여윈 옆구리와 가냘픈 가슴과 봉긋한 숲 아래 비릿한 냄새를 풍기는 사타구니에서 까닭 모를 애처로움을 느꼈다. 소녀는 그보다 몸집이 더 작았다. 바르바라 뮐러는 아니었다. 그는 바르바라에게 열정을 느낄 수 없었다. 그래도 이 정도면 행복하다고 말할 수 있지 않은가? 어쨌든 아내와 함께하는 삶에 대해 그가 예상한 것보다는 좀 더 행복하지 않은가? 훗날 결혼 생활이 실패에 이르자, 케플러는 자신을 결혼으로 몰아간 그 부적절한 거래가 큰 문제였다고 생각하게 된다.

케플러는 그라츠가 이렇게 작은 도시였던가 하는 생각이 들었다. 그가 아는 사람들이 전부 그의 결혼을 성사시키려고 팔을 걷어붙이고 나서기라도 한 것 같았다. 때로는 도시 전체가 음흉한 눈으로 그를 곁눈질하는 기분마저 들었다. 오베르도르퍼가 중매의 중심에 있었고 슈티프츠슐레의 교사였던 하인리히 오지우스가 그를 도왔다. 9월에 두 사람은 욥스트 뮐러가 제시하는 조건을 알아보기 위해 뮐렉으로 갔다. 이 제분업자는 딸이 또 결혼하는 것을 원치 않는다며 교묘하게 협상을 시작했다. 케플러라는 사람은 가진 돈도 없고 미래도 불투명한 별 볼 일 없는 젊은이 아닙니까? 집안은 어떻고요? 난봉꾼 같은 용병의 아들이 아닙니까? 오베르도르퍼는 케플러의 근면한 성품과 남다른 학식을 칭찬하며 뮐러를 설득하려 애썼다. 뷔르템베르크의 프리드리히 공작이 그의 후원자라는 점도 강조했다. 그러고 나자 입바른 소리를 잘한다는 이유로 끌려온 오지우스가 바르바라의 상황을 꼬집었다. 어린 나이에 벌써 두 번이나 과부가 됐잖습니까! 뮐러는 미간을 찌푸리며 턱을 씰룩거렸다. 귀에 못이 박히도록 들은 말이었을 것이다.

두 중개인은 자신만만하게 그라츠로 돌아왔다. 그런데 예상하지 못한 심각한 장애물이 떠올랐다. 케플러의 친구이자 지역 서기관인 슈테판 슈파이델이 결혼에 반대하고 나선 것이다. 바르바라와 아는 사이였던 슈파이델은 그녀가 형편이 더 나는 혼처에 가야 한다고 생각했다. 그는 그녀가 귀족 출신이자 명망 있는 인물로 한창 떠오르고 있는 자기 지인과 결혼하는 편이 나을 것 같다고 케플러에게 털어놓았다. 그러고는 손을 휘저으며 미안한 듯이 말했다.

"자넨 이해하지, 요하네스?"

케플러는 내심 잘됐다 싶은 마음을 숨길 수 없었다.

"물론이지, 슈테판. 자네가 진심으로 해준 말인데, 뭐. 그리고 형편이 맞는 사람끼리 결혼하는 편이 낫지. 당연히 이해하고말고!"

《우주의 신비》인쇄 작업은 계속 진행되었다. 메스틀린이 책의 출판과 관련해 튀빙겐 대학 이사회의 승인을 받을 수 있도록 힘써 주었고 그루펜바흐 인쇄소 상황도 감독해 주었다. 그는 들어가는 비용과 노력 때문에 조금 투덜거리기는 했지만 각 장의 인쇄가 끝날 때마다 꼬박꼬박 케플러에게 상황을 알려 주었다. 케플러는 책의 탄생을 지켜보는 산파인 메스틀린 역시 언젠가 값진 영예를 반드시 얻게 될 것이라는 격려를 담아 답장을 보냈다.

케플러도 나름대로 바쁜 하루하루를 보냈다. 그가 뷔르템베르크에서 제때 돌아오지 않고 6개월이나 자리를 비워서 화가 난 학교 당국은 감독관들의 권고에 따라 그에게 상급반의 수학과 수사학 수업을 맡겼다. 케플러에겐 고문과 같은 일이었다. 마지못해 그에게 경고했던 파피우스 교장도 케플러의 수업이 많아지는 것을 막으려 애썼지만, 그는 곧 튀빙겐 대학의 의과 교수로 발탁되어 그리로 옮겨 가고 말았다. 후임으로 온 요하네스 레기우스 교장은 엄격한 칼뱅교도였다. 그와 케플러는 처음부터 서로에게 적대적이었다. 레기우스 교장은 케플러를 무례하고 막돼먹은 젊은 교사로 여겼으며 이 건방진 애송이를 순하게 길들이려면 결혼을 시켜야 한다고 생각했다. 게다가 욥스트 뮐러는 슈파이델의 계획이 무산되고 다 큰 딸자식이 혼자 남을 처지가 되자 마치 패를 공개하는 노름꾼처럼 갑자기 결혼을 승낙했다. 케플러는 마음이 몹시 무거워졌다. 1597년 2월 약혼이 진행됐고, 바람이 유난히 부는 4월 말의 어느 날, 불길한 하늘 아래서 바르바라 뮐러는 상복을 벗고 그녀의 짧은 인생에서 세 번째이자 마지막 결혼식을 올렸다. 케플러의 나이는 스물다섯이었다. 정확히 말하면 스물다섯 7개월하고도…… 하지만 그는 그날 별자리가 좋지 않다는 것을 알고 있었기에 더 정확한 숫자를 따져 보고 싶은 마음도, 그럴 용기도 나지 않았다.

대성당에서 짧은 결혼식이 끝난 후, 바르바라가 상속받은 슈템퍼가세의 집에서 피로연이 열렸다. 어차피 거래가 끝났으니 이제 마음껏 멸시해도 좋다고 생각한 욥스트 뮐러는 가문에 모욕이 되는 결혼을 자기 집에서 할 수 없다고, 소작인들과 하인들이 보는 앞에서 축하하는 꼴은 절대 볼 수 없다고 못을 박았다. 그는 케플러에게 어느 정도의 돈과 포도농장에서 나는 수익, 그리고 손녀인 레기나의 양육비를 주기로 했다. 그 정도면 충분하지 않은가? 그는 피로연 내내 잔뜩 찌푸린 얼굴을 모자로 가린 채 뮐렉에서 가져온 포도주만 침울하게 마셨다. 케플러는 부루퉁해 있는 장인을 보고는 억지로 마음을 내서 끊임없이 그를 불러내 건배를 제안하거나 사람들 앞에서 한마디 해달라고 청했으며 그의 어깨에 팔을 두르고 흥겨운 괴센도르프 민요를 같이 부르자고 부추기기도 했다. 같이하세요, 장인어른. 에이, 그러지 마시고요.

케플러가 장인을 성가시게 한 것은 신부를 피하기 위해서였다. 결혼 협상이 진행되는 수개월 동안 케플러와 바르바라는 만난 적도 이야기를 나눈 적도 거의 없었다. 피로연장에서 서로 얼굴을 마주친 순간 두 사람은 수줍고 당황스러워 어쩔 줄 몰라 했다. 케플러는 우울한 기분으로 바르바라를 살폈다. 그녀는 뭐랄까, 빛이 났다. 그 표현이 적절할 것 같았다. 텅 빈 듯하지만 아름다웠다. 또 쉴 새 없이 재잘댔다. 높이 들어 올린 술잔을 부딪치며 환호하는 축하객들에 둘러싸여 그녀의 축축하고 떨리는 등을 어색하게 감싸 안으며 키스했을 때, 케플러는 의외로 생명력이 넘치는 존재, 이국적이고 매혹적이며 자신과는 다른 종의 존재를 품고 있음을 문득 깨달았다. 따스하면서도 짜릿한 체취를 맡자 묘한 흥분이 일었다. 그는 벌컥벌컥 술을 마시기 시작했고 이내 정신이 혼미할 만큼 취했다. 그럼에도 마음속 두려움은 떨쳐 내기 힘들었다.

결혼 이후 몇 달간은 그런대로 행복한 시간을 보냈다. 5월이 되자 튀빙겐에서 《우주의 신비》 초판본이 도착했다. 케플러는 그 얇은 책을 보고 매우 흡족했다. 그러나 그런 기분도 잠시, 막연한 부끄러움이 마음 한구석을 물들였다. 경솔하게도 엄청난 잘못을 저질렀는데 아직 사람들이 알아채지 못한 것 같았다. 그때 그는 처음으로 그 책에 그토록 자부심을 가진 자신이 부끄러워졌다. 몇 년 뒤 그 책은 스스로도 기억이 가물가물한 어설픈 풋내기가 의욕에 불타 쓴 저작으로 느껴지게 된다. 케플러는 몇몇 천문학자와 지식인, 슈타이어마르크의 영향력 있는 인물을 선별해 책을 한 권씩 보냈지만, 아무도 열렬한 찬사나 경탄을 표현하지 않자 분노하고 낙담했다.

계약한 부수의 인쇄비는 33플로린이었다. 결혼 전이라면 감당하기 힘든 금액이지만 이제는 그렇지 않았다. 욥스트 뮐러가 내준 재산 이외에 학교 봉급도 1년에 50플로린이 올랐다. 하지만 아내가 소유한 재산에 비하면 아무것도 아니었다. 그는 결국 죽을 때까지도 아내가 정확히 얼마만큼의 재산을 물려받았는지 알지 못했지만, 결혼 중매인들이 상상한 것보다도 훨씬 더 큰 액수임은 확실했다. 레기나만 해도 자신의 생부이자 바르바라의 첫 남편인 가구 제작자 볼프 로렌츠에게서 무려 1만 플로린을 상속받았다. 아이가 그 정도라면 그 애의 엄마는 얼마나 많은 재산을 받았겠는가? 케플러는 즐거운 마음에 손바닥을 마주 비비면서도 한편으로는 그런 자신의 모습에 흠칫 놀랐다.

금전적인 부분 말고도 케플러가 결혼으로 얻은 것은 또 있었다. 좀 더 직접적으로 느낄 수 있고 언제든 마음대로 탐할 수 있는 것. 바로, 끝없이 샘솟는 재산과 같은, 감각의 선물이었다. 바르바라는 우둔하고 수다스럽긴 했지만 형체를 가진 존재, 살로 이뤄진 하나의 세계였다. 케플러는 그녀를 만지면서 그 현실감에 화들짝 놀라곤 했다. 그것은 완전히 다른, 그러면서도 분명 실재하는 존재였다. 그녀의 눈빛, 체취, 보드라운 살갗에서 어렴풋이 느껴지는 찝찔한 맛이 그를 불타오르게 했다. 그러기까지는 시간이 걸렸다. 결혼 초반 그들의 잠자리는 신통치 않았다. 첫날밤, 슈템퍼가세 거리가 내려다보이는 침실의 커다란 침대 위 어둠 속에서 두 사람의 몸이 맞닿았을 때 그들은 덜컹거렸다. 케플러는 마치 육중하고 뜨거운 시체와 맞붙어 싸우는 기분이었다. 그의 몸을 덮친 바르바라가 숨을 거칠게 헐떡이며 팔꿈치로 연방 그의 가슴을 내리누르는 통에 그는 숨이 막힐 지경이었다. 침대는 삐걱거리며 신음을 토해냈다. 옛 주인인 마르크스 뮐러의 혼령이 한탄하기라도 하듯이. 절정에 이르고 나자 바르바라는 곧 돌아누워 잠에 빠졌다. 요란하면서도 단조롭게 반복되는 그녀의 코 고는 소리가 무언의 항의 같았다. 몇 달이 흘러 여름이 지나고 알프스산맥 저쪽에서 차가운 바람이 불어올 즈음에야 두 사람은 잠깐 동안이나마 서로를 받아들이게 되었다.

케플러는 그날 저녁을 선명하게 기억했다. 9월의 어느 날, 나무들이 옷 색깔을 바꿔 입기 시작하는 계절이었다. 그날의 연구를 마친 케플러는 자리에서 일어나 침실로 향했다. 바르바라가 석탄 화로를 피워 놓고 욕조에서 목욕을 하고 있었다. 쭉 뻗은 분홍빛 다리를 따라 비누 거품을 머금은 그녀의 손이 부드럽게 움직였다. 그는 황급히 시선을 돌렸지만 그녀는 고개를 들더니 따뜻한 온기에 나른해진 얼굴로 미소를 지었다. 뉘엿뉘엿 넘어가는 석양의 어스레한 햇빛이 창문으로 들어와 비스듬히 침대에 떨어졌다. 그녀는

'아!' 하고 작은 탄성을 냈다. 욕조에서 일어나자 거품과 목욕물이 여인의 몸을 타고 주르르 미끄러져 내렸다. 실오라기 하나 걸치지 않은 여인의 알몸이 그의 앞에 서 있었다. 아내의 벗은 모습은 처음이었다. 낯설기만 한 발가벗은 몸 위에 그녀의 머리가 어색하게 얹혀 있었다. 희미한 김이 올라오는 발그레해진 살갗, 풍만한 엉덩이, 마치 금방이라도 뛰어오를 것만 같은 통통한 다리, 양 다리 사이에서 물기를 머금고 빛나는 거뭇거뭇한 삼각형의 골짜기, 놀란 눈동자처럼 부풀어 있는 젖가슴과 단단해진 젖꼭지……. 케플러는 아내에게 다가갔다. 마치 조각난 껍데기처럼 옷을 하나씩 바닥으로 떨어뜨리며. 그녀는 발끝으로 서더니 그의 어깨 너머로 창문 밖 거리를 흘겨보았다. 그러곤 입술을 깨물며 작은 웃음소리를 냈다.

"누가 **보겠어**, 요하네스."

침대 시트가 그녀의 곡선을 따라 축축하게 젖었다. 기울어 가는 어스름한 햇살이 두 사람 몸 위로 쏟아졌다.

그것은 지나친 동시에 충분치 않았다. 둘 사이의 가장 진실하고 본질적인 어우러짐이 그저 욕정에 불타 살을 섞는 행위 이상의 의미를 갖지 못한 것이다. 케플러는 오랜 시간이 지나서야 그것을 깨달았고 바르바라는 끝내 깨닫지 못했다. 그들은 공통점이 거의 없었다. 그녀가 남편의 연구를 이해하려는 노력을 했을지 모르지만 그것은 그녀의 역량을 넘어서는 일이었고 바로 그 점 때문에 그녀는 그의 연구를 싫어했다. 케플러 역시 아내의 과거에 대해, 부유한 상인이었던 첫 남편 볼프 로렌츠나, 지역 회계관이었던 마르크스 뮐러가 공금을 횡령했다는 소문에 대해 물어볼 수도 있었지만, 둘 다 처음부터 금지된 화제였다. 마치 고인들이 질투하며 지켜보고 있기라도 한 것처럼. 순수한 사랑과 교제가 아닌 계약에 의해 엮어진 둘 사이에는 너무나도 자연스럽게 미움이 싹텄다. 케플러는 결혼 생활에 채 쏟지 못한 애정을 조심스럽게 의붓딸 레기나에게 주기 시작했다. 레기나는 차가워 보이기는 해도 엄마에게서 볼 수 없는 영리한 면이 있었다. 똑같은 조건에서 아무것도 이해하지 못하는 바르바라는 갈수록 변덕스러워지고 불평이 많아졌다. 가끔 레기나를 때리기도 했다. 그녀는 남편에게 점점 더 많은 시간을 요구했고 앞뒤도 맞지 않는 산만한 대화를 시도했으며 갑작스럽게 울음을 터뜨리기도 했다. 어느 날 밤 케플러는 아내가 부엌에 쭈그리고 앉아 절인 생선을 게걸스럽게 먹고 있는 모습을 보았다. 다음 날 아침, 그녀는 실신하여 케플러의 품 안으로 쓰러졌다. 하마터면 케플러도 함께 쓰러질 뻔했다. 그녀는 임신 중이었다.

바르바라는 매사에 그랬듯 임신 기간에도 생동감이 넘쳤으며 툭하면 불안해하고 눈물을 흘렸다. 그녀는 무시무시한 아름다움을 지닌 여인으로 변해 갔다. 배가 크고 젖가슴이 풍만하게 늘어진 고대의 여인상처럼 나름대로 이상적인 조화를 지닌 체형이 되었다. 케플러는 아내를 피하기 시작했다. 그에게 아내는 그 이느 때보다도 커다란 두려움의 대상이 되었다. 그는 많은 시간을 방 안에 들어앉아 연구를 하고 편지를 쓰거나 적자를 면치 못하는 장부를 몇 번이고 다시 훑어보면서 이따금 고개를 들어 여신의 무거운 걸음 소리가 들리지 않는지 귀를 기울이곤 했다.

어느 날 아침 귀가 찢어질 듯 날카로운 비명과 함께 예정보다 일찍 바르바라의 산통이 시작되었다. 그녀가 내뱉는 고통의 파문이 끊임없이 집안을 뒤흔들었다. 의사인 오베르도르퍼가 도착했다. 숨을 헐떡이고 무어라고 중얼거리면서 검은색 지팡이를 짚고 무거운 몸으로 계단을 오르는 모습이 마치 침몰하는 배 위에서 안간힘을 쓰며 노를 젓는 사람 같았다. 케플러는 그가 당황하고 있다는 인상을 받았다. 자기 때문에 인생이 꼬여 버린 부부가 천박한 유희에 탐닉하는 것을 목격하기라도 한 듯이. 산모의 진통은 이틀간 계속되었다. 2월의 비가 바깥세상을 뿌옇게 흐리면서 고통으로 몸부림치는 케플러의 집만이 세상에 남은 듯했다. 케플러는 양손을 꼭 맞잡은 채 흥분과 두려움 속에서 초조하게 계단을 오르내렸다. 아기는 정오경에 태어났다. 사내아이였다. 케플러는 가슴에 벅찬 기쁨이 차오르는 것을 느꼈다. 생명이 고동치는 작은 핏덩이를 조심스럽게 안으며 아빠가 되었음을 실감했다.

"내 동생 이름을 따서 하인리히라고 지어야겠어. 하지만 넌 더 훌륭하고 멋진 하인리히가 될 거야. 그렇지, 아가야?"

케플러가 말했다. 피로 얼룩진 침대 위에 창백하게 누워 있는 바르바라가 기운 없는 흐릿한 눈으로 남편을 쳐다보았다.

케플러는 점성술로 아이의 인생을 점쳐 보았다. 이것저것 조금 수정하고 나자 더할 나위 없이 좋은 점괘가 나왔다. 영민하고 총명한 머리, 수학과 공학 쪽의 적성을 타고난 데다 상상력이 풍부하며 부지런하고 매력적인 성품을 지녔다는 것이다. 케플러의 행복은 겨우 두 달 만에 끝이 났다. 다시 한 번 귀가 찢어질 듯한 비명이 터졌다. 바르바라가 토해 내는 육중한 울부짖음이 아득하게 메아리쳤고 오베르도르퍼가 다시 힘겹게 계단을 올라왔다. 케플러는 아기를 품에 안고 제발, 제발 죽지 말라고 기도했다. 그는 바르바라에게 화를 냈다. 애가 그렇게 괴로워했다면 상태가 심각하다는 뜻이었을 텐데 왜 아무 말도 하지 않았느냐고, 왜 자기에게 의논하지 않았느냐고 욕까지 퍼부으며 화를 냈다. 오베르도르퍼 박사는 혀를 차며 안타까움을 표했다. 케플러는 그에게 대들며 따졌다. 당신…… 당신 때문에……! 눈물에 가려진 세상이 흐릿하게 물결쳤다. 케플러는 아기를 더 꼭 껴안으며 돌아섰다. 아기는 잠시 경련을 하다가 기침을 뱉어 내고 놀란 듯 움찔하더니 갑작스레 숨을 거두었다. 축축하게 젖은 뜨겁고 조그만 머리가 그의 손 안에서 힘없이 늘어졌다. 어떤 매정한 존재가 이 가엾고 어린 것을 잃는 고통을 그에게 보냈단 말인가? 그는 이후에도 아이를 잃는 경험을 몇 번 더 하지만 이번처럼 그의 일부가 떨어져 나와서 눈도 뜨지 못한 채 가냘픈 핏덩이로 죽음에 이른 듯 느껴진 적은 없었다.

* * *

암울한 나날이 이어졌다. 하인리히의 죽음이 그의 삶과 결혼 생활에 일으킨 균열 사이로 어둠과 우울함이 스며들었다. 바르바라에게는 위로도 소용이 없었다. 그녀는 작은 방에 문을 걸어 잠그고 들어앉아 이불 속에서 고통과 슬픔을 곱씹었다. 이따금씩 흐느끼는 소리만 희미하게 새어 나왔다. 그 소리가 들릴 때마다 마치 손톱으로 무언가를 긁을 때처럼 케플러의 머리칼이 쭈뼛쭈뼛 곤추섰다. 그는 아내를 내버려 두었다. 그 역시 방에 웅크리고 앉아 상황이 어떻게 흘러갈지 조용히 지켜보았다. 두 사람이 미처 인지하지 못한 채로 즐기던 유희는 이제 끝이 났다. 삶의 무게가 갑자기 그들을 덮쳐 왔다. 케플러는 어릴 적 어머니에게 처음으로 맞은 일이 떠올랐다. 불같이 화가 나서 낯설게 보이던 무서운 어머니의 모습, 그녀의 주먹, 깜짝 놀랄 만큼 생생한 고통. 그 순간 세상이 다르게 와닿았었다. 물론, 지금이 더 절망적이었다. 그는 이제 어른이니까. 유희는 끝났다.

시간이 흐르고 겨울이 지나갔다. 이번 봄은 헛된 희망에 휘둘리지 않으리라. 케플러는 무엇인가가 은밀하게 진행되고 있음을 느꼈다. 커다란 폭풍이 봄의 미풍과 구름, 새들의 노래에서 재료를 뽑아내고 있는 것 같았다. 4월이 되자 오스트리아의 통치자인 페르디난트 대공이 이탈리아 로레토 성지에 순례를 갔다가 신앙의 환희에 젖어 자신의 통치 지역의 이단자들, 즉 신교도들을 압박하여 가톨릭으로 돌려놓겠다는 맹세를 하고 돌아왔다. 슈타이어마르크 지역의 루터교도들은 두려움에 떨었다. 여름 내내 당국의 위협과 경고가 계속되었고 군대까지 동원되었다. 9월 말에는 루터파 학교들과 교회들이 폐쇄되고, 마침내 '모든 루터파 성직자와 교사는 일주일 안에 오스트리아 영토를 떠나야 하며 그렇지 않으면 종교재판을 통해 사형에 처해질 것이다.'라는 칙령이 발표되었다.

욥스트 뮐러가 급히 뮐렉에서 그라츠로 왔다. 이미 가톨릭으로 개종한 그는 사위에게도 당장 개종하라고 종용했다. 케플러는 코웃음을 쳤다. 절대 그럴 수 없습니다. 저는 교회의 개혁을 지지하며 그 외의 것은 인정하지 않습니다. '저는 여기 서 있습니다!'*라는 말은 차마 하지 못했다. 그건 지나치다는 생각이 들었다. 또 그렇게 말할 만큼 대담하지도 못했다. 케플러는 추방의 두려움에 시달렸다. 추방당하면 어디로 가야 한단 말인가? 튀빙겐으로? 아니면 바일데어슈타트에 있는 어머니의 집으로? 바르바라는 평소와 달리 열의를 보이며 절대 그라츠를 떠나지 않겠다고 고집했다. 그렇다면 그는 레기나를 잃을 것이다. 모든 것을 잃는다. 안 된다. 생각할 수도 없는 일이었다. 그러나 결국 그는 짐을 쌌다. 타고 갈 말은 슈파이델이 빌려주었다. 튀빙겐에 있는 메스

• 'Here I Stand!': 루터가 종교 재판정에서 자신의 신념을 나타내기 위해 한 말.

틀린에게 갈 생각이었다. 그가 반기든 말든. 안녕! 바르바라가 촉촉한 입술에 슬픔을 담아 그의 귀에 입맞춤을 했다. 그녀는 얼마간의 돈과 음식과 깨끗한 옷가지를 남편의 떨리는 손에 쥐어 주었다. 레기나가 머뭇거리며 다가오더니 그의 망토에 얼굴을 묻고 무어라고 속삭였지만 그는 알아듣지 못했다. 레기나는 다시 말해 주지 않았고 케플러는 그 작고 소중한 하나의 연결 고리를 평생 되찾지 못했다. 그는 끊임없이 눈물을 흘리면서 집과 말 사이를 더딘 걸음으로 오가며 떠날 채비를 했다. 연방 흐르는 콧물을 닦을 손수건을 찾아 주머니를 뒤지며 비탄 섞인 말을 작게 중얼거렸다. 눈치도 없이 황금빛과 푸른빛이 찬란하게 쏟아지는 10월의 오후, 마침내 그는 젖은 자루처럼 풀 죽은 모습으로 안장 위에 올라타 그라츠를 벗어났다.

케플러는 무어강 골짜기를 따라 북쪽으로 말을 달리며, 갈수록 더 웅장하게 모습을 드러내는 알프스산맥의 눈 덮인 봉우리들을 근심 어린 눈으로 바라보았다. 길은 북적거렸다. 그는 도중에 빙클레만이라는 남자를 만났다. 유대인인 빙클레만은 린츠에 사는 렌즈 연마공이었다. 누르스름한 얼굴에는 턱수염이 조금 났으며 눈빛이 짙고 묘했다. 두 사람이 린츠에 도착했을 때는 비가 내리고 있었다. 떨어지는 빗방울에 도나우강 수면이 튀어오르는 모습이 마치 마맛자국처럼 보였다. 케플러는 몸이 아팠다. 오한에 몸을 떨고 쿨럭거리며 손톱까지 창백해진 이 여행자를 딱하게 여긴 유대인 남자는, 튀빙겐으로 가기 전에 하루 이틀 정도 자기 집에서 머물며 쉬라고 제안했다.

빙클레만의 집은 도나우강에서 가까운 좁은 거리에 있었다. 그는 손님에게 자신의 작업실을 구경시켜 주었다. 길고 천장이 낮은 방 안쪽에서 뚱뚱한 소년이 화덕을 지키고 있었다. 작업실 바닥과 작업대 위에는 깨진 주형과 모래, 기름이 잔뜩 묻은 걸레 따위가 어지럽게 널려 있었다. 모든 물건에 푸르스름하고 미세한 가루가 엷게 앉아 있었다. 발밑의 어둠 속에서 작은 유리 조각들이 반짝거렸다. 축축한 자갈길과 삼각형 모양의 목재 지붕들과 부두가 내다보이는 낮은 창유리로 들어오는 희끄무레한 빛조차도 이곳에서 만들어지는 물건처럼 보였다. 케플러는 선반에 꽂힌 책들을 흘끗 보았다. 노스트라다무스, 파라켈수스*, 《자연의 마술》**……. 빙클레만은 케플러를 보고 미소 지으며 가무스름한 손으로 흐릿한 석영 조각을 높이 들어 올렸다.

"여기서 변신이 일어납니다. 인간이 이해할 수 있는 마술이지요."

뒤에 있던 소년이 풀무질을 하자 화덕이 더욱 시뻘겋게 타올랐다. 열이 나서 머릿속이 윙윙거리던 케플러는 무언가가 살그머니 그를 덮쳐 오는 것을 느꼈다. 커다란 그림자라고나 할까.

둘은 작고 어둑한 방들이 오밀조밀 붙어 있는 위층으로 올라갔

---

* 독일 태생 스위스의 의사이자 연금술사.
** 이탈리아의 학자인 잠바티스타 델라 포르타의 저작. 원제는 《Magia naturalis》.

다. 빙클레만의 가족이 사는 곳이었다. 하얀 얼굴에 비둘기처럼 통통하고 빙클레만보다 한참 어려 보이는 그의 아내가 수줍어하며 저녁식사로 소시지와 흑빵, 맥주를 내왔다. 묘하게 달콤한 냄새가 집안을 가득 메웠다. 머리칼에 기름을 발라 땋아 내린 창백한 소년들이 자못 엄숙하게 다가와 아버지와 손님에게 인사를 했다. 케플러는 어떤 고대 의식이 진행되는 곳에 와 있는 듯한 기분이 들었다. 식사 후 빙클레만이 담배 파이프를 꺼내 왔다. 케플러는 태어나서 처음으로 담배를 피워 보았다. 그리 불쾌하지 않은 낯설고 묘한 느낌이 온몸의 혈관을 따라 퍼졌다. 양귀비와 맨드레이크* 증류액을 살짝 가미한 포도주도 마셨다. 밤사이 그는 요동치는 말에서 떨어져 소란한 어둠 속으로 곤두박질치는 꿈을 꿨지만, 아침에 깨어 보니 열이 떨어졌다. 어리둥절했지만 평온한 기분이었다. 수수께끼 같은 상서로운 기운이 그를 둘러싸고 있는 것 같았다.

빙클레만은 자신이 사용하는 연장들을 보여 주었다. 예리하게 간 무릎돌과 연마용 숫돌뿐 아니라, 원료인 모래에서부터 완성된 프리즘에 이르기까지 다양한 형태의 유리도 보여 주었다. 보답으로 케플러는 자신의 우주 체계와 다섯 개의 정다면체 이론을 들려주었다. 두 사람은 화덕을 뒤로한 채 거미줄이 쳐진 창문 아래 있는 기다란 의자에 앉아 이야기를 나눴다. 케플러는 튀빙겐 대학

---

* 독성과 약효, 흥분 효과가 있는 허브의 일종.

시절 메스틀린 교수와 기나긴 토론을 하면서 느꼈던 흥분과 묘한 즐거움을 아주 오랜만에 경험했다.

빙클레만은 라우헨*이 코페르니쿠스 이론에 관해 쓴 《서설》을 읽었다고 했다. 이 새로운 이론에 그는 혼란과 즐거움을 동시에 느꼈다.

"그런데 코페르니쿠스 이론이 **진실**이라고 생각합니까?"

케플러가 진부한 질문을 던졌다.

빙클레만은 어깨를 으쓱했다.

"진실이요? 진실이란 참으로 정의하기 어려운 말입니다."

그는 웃으며 얘기할 때의 그 유대인이 아니었다.

"진실일지도 모르지요. 트리스메기스투스**가 말한 것처럼 태양이 세상의 중심이자 우리 눈에 보이는 신일지도요. 하지만 코페르니쿠스의 그 유명한 이론이 그것을 입증한다고 한들 우리가 이전에 알던 것보다 더 놀라운 점이 무엇입니까?"

케플러는 이해할 수가 없었다.

"하지만 과학은 지식을 위한 도구입니다."

케플러가 미간을 찌푸리며 말했다.

"지식이라고요? 좋습니다. 그렇다면 진정한 이해는요? 기독교와 유대교의 차이점을 말씀드리지요. 당신은 언어로 표현할 수 있는 것만을 진리라고 생각합니다. 모든 걸 언어화하려 하지요. 당신

• 게오르크 요하힘 레티쿠스라는 이름으로 활동한 16세기 천문학자.
•• 고대 이집트 신화에 등장하는 지식의 신 토트를 말한다.

이 믿는 예수 그리스도는 말씀이 육화^{肉化}한 존재니까요!"

케플러는 미소를 지었다. 이 사람은 나를 조롱하는 걸까? 그가 물었다.

"그럼 유대교는 어떤가요?"

"이런 우스갯소리가 있습니다. '태초에 하느님께서 그분이 선택한 백성들에게 모든 것을 말씀해 주셨으므로 우리는 모든 것을 알고 있다. 허나 아무것도 진정으로 이해하지 못한다.' 나는 그것이 단순한 우스갯소리가 아니라고 생각합니다. 내가 믿는 종교에서는 말로 표현해서는 안 되는 것들이 있습니다. 근원적인 것을 언어로 표현하면…… 그것을 해하게 되기 때문이지요. 당신이 믿는 과학도 마찬가지 아닐까요?"

"해라면 어떤……?"

"저도 정확히는 모릅니다."

빙클레만은 어깨를 으쓱했다.

"전 렌즈를 만드는 사람일 뿐입니다. 우주의 구조 이론 같은 건잘 알지도 못하고 새로 공부하기엔 나이가 너무 많지요. 하지만 당신은……"

그는 또 미소를 지었다. 케플러는 그가 자신을 비웃고 있음을 알았다.

"당신이라면 훌륭한 연구를 해낼 수 있을 겁니다."

바로 그곳 린츠에서, 비웃음이 담긴 빙클레만의 어두운 눈을 보면서 케플러는 우주의 음악을 만들어 내는 그 위대한 다섯 음계의 소리를 아련하게나마 처음 들었다. 그때부터 어디서나, 건축과 그림 안에 담긴 규칙에서, 시의 운율에서, 노래의 복잡한 리듬에서, 심지어는 색깔과 냄새와 맛에서도, 인체의 비율에서도, 우주를 형성하는 관계와 조화가 보이기 시작했다. 그의 내면에서 흥분이 가느다란 은빛 현처럼 끊임없이 팽팽해지고 있었다. 그는 저녁이면 작업실 위층 방에서 빙클레만과 마주 앉아 술을 마시고 담배를 피우며 시간 가는 줄 모르고 대화를 나눴다. 튀빙겐으로 떠날 수 있을 만큼 건강이 회복됐지만 움직이지 않았다. 이곳은 오스트리아 영토였으므로 대공의 부하들이 언제 그를 붙잡으러 올지 모를 일이었다. 빙클레만은 특유의 차분하고 으쌕한 태도로 케플러를 주시했다. 케플러는 담배와 포도주로 몽롱한 상태가 될 때면 깊게 응시하는 그의 눈빛에 이끌려 자신에게서 무언가가, 눈에 보이지 않는 소중한 무언가가 천천히 빠져 나가는 느낌이 들었다. 케플러는 이 유대인의 책장에 있던 노스트라다무스와 알베르투스 마그누스*의 저작들, 집 안을 메운 정적, 닫힌 문 안에서 들려오는 중얼거림, 작업실 선반에서 얼핏 보았던, 닫힌 병 안에 담긴 잿빛의 먼지 낀 형체들을 떠올리며 생각했다. 내가 마법에 걸린 걸까? 그런 생각이 들자 혼란과 죄책감이 뜨겁게 일었다. 당혹스러웠다.

---

* 도미니쿠스 수도회의 주교이자 철학자.

유대인이 어린 아내 앞에서 애정 어린 미소를 보낼 때면 절로 고개를 돌리게 하는, 그런 당혹감이었다. 그렇다. **이런** 게 추방자의 신세이리라.

그런 생활도 결국 끝나는 날이 왔다. 비바람이 몰아치는 새벽, 슈테판 슈파이델이 보낸 심부름꾼이 급히 말을 달려 빙클레만의 집에 도착했다. 잠이 덜 깬 케플러는 몸을 떨면서 맨발로 문 앞에 서서 빗기 섞인 바람을 맞으며 떨리는 손으로 친구의 익숙한 필체가 적힌 봉투를 뜯었다. 푸르릉거리는 말의 턱에서 침방울이 떨어져 그의 눈썹에 튀었다. 페르디난트 대공이 신교도 추방 칙령에 예외를 허용했다는 내용이었다. 케플러는 집으로 돌아갈 수 있게 되었다.

나중에 그는 그물처럼 얽혀 있는 복잡한 인맥이 자신을 구했다는 사실을 알게 되었다. 가톨릭 예수회 사람들은 나름의 미심쩍은 이유로 그의 연구에 호의적인 태도를 보였다. 가톨릭교도이자 아마추어 학자인 바이에른 대법관 헤르바르트 폰 호엔부르크가 고대 우주론에 관해 자문하는 서신을 처음 케플러에게 띄운 것도 그라츠의 예수회 사제인 그린베르거를 통해서였다. 이후 케플러와 호엔부르크는 프라하에 있는 바이에른 대사이자 페르디난트 대공의 비서관인 카푸친 수도사 페터 카잘을 통해 편지를 교환했다. 또 호엔부르크는 대공의 사촌인 막시밀리안 공작의 충실한 조력자이며, 이 두 사람은 잉골슈타트의 요한 피클러 아래서 함께 공부한 적이 있었다. 그리고 마침 요한 피클러는 독실한 예수회 수도 사이자 케플러의 고향인 바일데어슈타트 출신이었다. 이렇게 인맥이 줄줄이 이어져 있었다. 가만 생각해 보니 그를 도와줄 사람이 곳곳에 있었다! 하지만 한편으로는 막연히 걱정되기도 했다.

케플러는 돌아오면서 남몰래 아쉬워했다. 좀 더 있었다면 추방당한 시간을 어떻게든 활용할 수도 있었을 텐데. 학교는 여전히 문을 닫은 상태였으므로 그나마 여유 시간을 누릴 수 있었다. 그러나 이제 그에게 그라츠라는 도시는 의미가 없었다. 상황이 조금 나아져서 다른 추방자들도 조용히 하나둘씩 돌아왔지만 당분간은 집밖에 나가지 않고 몸을 사리는 것이 현명할 듯싶었다. 11월에 바르바라가 다시 임신 소식을 알렸고 케플러는 은신처 같은 연구실에 틀어박혔다.

그는 플라톤과 아리스토텔레스, 니콜라우스 쿠자누스, 피렌체의 다양한 아카데미 학자들을 비롯해 고대에서 당대에 이르기까지 다양한 이들의 저서와 이론을 무섭게 파고들기 시작했다. 빙클레만이 준 신비주의자 코르넬리우스 아그리파의 책에 담긴 사상은 굉장히 독특하면서도 케플러의 생각과 유사한 면이 있었다. 그는 이제껏 곤봉처럼 마음대로 휘두르던 수학에도 다시 매달려 한층 날카롭게 갈고 닦았다. 한편 음악을 집중적으로 연구하기 시작하면서 피타고라스의 조화의 법칙에 매료되었다. '태양계에는 왜 여섯 개의 행성만 존재하는가?' 하는 것이 예전에 품은 의문이라면, 이제는 음악적 조화와 관계의 수수께끼를 풀고자 노력했다. 줄의 길이가 3대 5일 때는 아름다운 화음이 생기는데 왜 5대 7일 때는 그렇지 않은가? 그토록 오랫동안 경멸하던 점성학에서도 새로운 의미를 찾기 시작했다. 이제 그의 눈에는 세상이 온통 기호와 형태로 가득했다. 그는 복잡한 벌집의 형태와 꽃의 구조, 소름끼칠 만큼 완벽한 눈송이의 모양에 대해 끊임없이 생각하고 연구했다. 린츠에서 지적 유희로 삼았던 주제들이 이제는 그의 가장 중요한 관심사가 되었다.

새해의 시작은 그런대로 순조로웠다. 무섭게 불타는 연구열의 한가운데서 그는 평온함을 느꼈다. 그러나 차츰 무섭고 거대한 힘이 몰려오기 시작했다. 신교도 탄압의 열기가 다시 끓어오르면서 이전보다도 훨씬 더 거세졌다. 칙령이 쉴 새 없이 쏟아졌고 갈수록 가혹한 내용을 담고 있었다. 모든 형태의 루터교 신앙 행위가 철저히 금지되었다. 아이들은 반드시 가톨릭 신자로 세례를 받아야 했으며 예수회 학교에 다녀야 했다. 뒤이어 당국은 책을 공략했다. 루터와 관련된 책들을 모두 압수해 불태우기 시작한 것이다. 책을 태우는 연기가 장막처럼 도시를 뒤덮었다. 날마다 무서운 위협이 공기를 흔들었다. 케플러는 몸을 떨었다. 책을 다 태우고 나면 책을 쓴 사람들까지 불태워 죽이지 않겠는가? 사태는 걷잡을 수 없이 악화되어 갔다. 그는 가파른 낭떠러지를 향해 무서운 속도로 돌진하는 기계에 끈으로 꽁꽁 묶인 듯, 머리와 어깨는 뒤로 젖혀지고 극도의 공포로 눈알이 튀어나올 것 같았다. 그해 6월, 둘째 주자나가 태어났다. 그날 케플러는 꿈에서 드넓은 바다를 보았다. 실제로는 바다를 한 번도 본 적이 없는데 말이다. 평온하고 고요하며 끝 간 데 없이 펼쳐진 우윳빛의 바다는 영원히 변하지 않을 듯했고, 두려움마저 불러일으키는 장관을 이뤘다. 수평선은 현실에 존재하지 않을 듯 가늘었다. 세상의 껍데기에 머리카락 한 올이 붙어 있는 것 같았다. 아무런 소리도 움직임도 없었고 그 어떤 살아 있는 생명체도 보이지 않았다. 바다를 보면서 느낀 공포와 불안감이 몇 주가 지나도록 머릿속에서 지워지지 않았다. 그 바다의 환영처럼 적막한 대기가 무겁게 가라앉아 있던 7월의 어느 저녁, 케플러는 분위기가 험악한 시내로 아주 오랜만에 외출했다가 돌아오는 길에 문득 걸음을 멈췄다. 거리에서 한 꼬마가 둥그런 링을 갖고 놀고, 맞은편에서는 늙은 여인이 팔에 바구니를 건 채 느릿느릿 걸어서 멀어지고, 길가의 얕은 도랑에서 개 한 마리가 정신없이 뼈다귀를 물어뜯고 있었다. 그 풍경, 무한한 빛 속에 순수하게 펼쳐진 듯한 그 풍경이 어쩐지 오싹하게 느껴졌다. 마치 어떤 은밀한 귀띔을 해주기라도 하듯. 현관홀에서 기다리고 있던 오베르도르퍼 박사가 비탄에 잠긴 눈빛으로 그를 맞았다. 아기는 죽어 있었다. 첫째 하인리히와 마찬가지로 심한 고열에 시달리다 숨을 거뒀다고 했다. 케플러는 아내의 괴로운 울음소리를 들으며 침실 창가에 서서 어둑어둑해지는 바깥을 가만히 응시했다. 마음속에서 자신의 어처구니없는 목소리가 들려왔다. 연구를 계속하기 어렵겠군.

그는 갈등과 지독한 슬픔을 마음속 가득 품은 채 아이의 조그만 관을 직접 무덤까지 메고 갔다. 빈 아래쪽 지역에서 튀르크족이 60만의 군사를 집결했다는 소식이 남쪽에서 들려왔다. 가톨릭 당국은 아이의 장례식을 루터교 방식으로 치렀다는 이유로 케플러에게 벌금 10플로린을 부과했다. 그는 메스틀린에게 편지를 썼다. '아무리 시간이 흘러도 아내의 슬픔과 그리움은 잦아들지 않습니다. 아, 제 마음엔 공허함만이 있을 뿐입니다……'

욥스트 뮐러가 다시 그라츠에 와서 케플러에게 개종을 강권했다. 가톨릭으로 돌아서든지 아니면 영영 떠나라고, 자기 딸과 레기나를 뮐렉으로 데려가겠노라고 엄포를 놓았다. 케플러는 자존심을 세우며 대답조차 하지 않았다. 슈테판 슈파이델도 찾아왔다. 마른 체구에 검은 옷을 입고 차가운 태도로 입을 굳게 다문 채였다. 그가 가져온 소식은 잔인했다. 이번에는 당국이 내린 칙령에 누구도 예외가 될 수 없다는 것이었다. 케플러는 이성을 잃었다.

"슈테판, 이제 어쩌지? 어떻게 **해야** 해? 내 가족은 어떡하고!"

그는 친구의 차가운 손을 잡으며 말을 이었다.

"결혼에 반대했던 자네가 옳았어. 그걸로 자네를 책망하고 싶지 않아. 자네 생각이 옳았어……"

"알아."

"슈테판, 나는……"

케플러는 하려던 말을 삼켰다. 둘 사이를 잇는 끈이 **툭** 끊어지는 소리가 작지만 분명하게 들렸다. 파피우스 교장의 방에서 두 사람이 처음 만난 날 슈파이델은 그에게 플라톤의 《티마이오스》를 빌려줬다. 이제는 그걸 돌려줘야 할 때였다.

"그래…… 아, 주여, 어찌하면 좋을까요."

케플러는 힘없이 중얼거렸다.

"튀코 브라헤가 있잖아?"

슈파이델은 망토에 붙은 작은 보푸라기를 손으로 떼어 내며 돌아섰다. 그리고 두 번 다시 케플러의 삶에 들어오지 않았다.

그래, 튀코 브라헤가 있었다. 6월부터 튀코는 3,000플로린의 봉급을 받고 루돌프 황제의 제국 수학자로 임명되어 프라하에 정착했다. 튀코는 케플러에게 그리로 와서 황제의 은혜를 함께 누리자는 편지를 여러 차례 보냈다. 프라하는 너무 먼 곳이 아닌가! 하지만 달리 뾰족한 수가 있을까? 메스틀린에게서 편지가 왔지만 튀빙겐에는 케플러가 일할 만한 자리가 없다는 내용이었다. 한 세기가 저물고 있었다. 루돌프 황제의 고문관이자 가끔 케플러의 후원자가 돼주었던 요한 프리드리히 호프만 남작이 그라츠에 다니러 왔다가 이 젊은 천문학자에게 프라하로 돌아가는 자신의 일행과 동행하자고 제안했다. 케플러는 짐을 싸서 아내와 딸을 데리고 낡은 마차에 올랐다. 새로운 세기의 첫날, 그는 조금 부푼 마음을 안고 새로운 세상을 향해 길을 떠났다.

고생스러운 여정이었다. 그들은 비가 새는 요새나 쥐가 들끓는

군사 초소에서 밤을 보냈다. 케플러는 가는 내내 고열에 시달렸고 정신을 잃고 잠들어 있는 시간이 많았다. 바르바라가 혹시 죽은 게 아닌가 겁을 먹고 그를 흔들어 깨울 때면 위에서 내려다보는 그녀의 모습이 꿈속에서 보던 형상과 비슷해 보여서 기겁하기도 했다. 그는 부득부득 이를 갈며 말했다.

"이봐요, 누군지 몰라도 자꾸 나를 이렇게 깨우면 귀싸대기를 올릴 테요."

그러면 바르바라는 울음을 터트렸고 그는 한심한 자신을 책망하며 한탄했다.

케플러 가족은 2월에 프라하에 도착했다. 호프만 남작이 그들을 자신의 집에 묵게 해주며 식사를 제공하고 얼마간의 돈도 빌려주었다. 또 튀코 브라헤를 만나러 갈 때 입을 깔끔한 옷과 모자도 빌려주었다. 하지만 아직 튀코에게선 별다른 연락이 없었다. 케플러는 프라하라는 도시가 마음에 들지 않았다. 진흙과 밀짚과 제대로 손질되지 않은 널빤지를 그러모아 어설프게 만든 집들이 비뚤비뚤 좁은 거리를 따라 이어져 있었다. 거리 곳곳이 구정물과 오물로 오염되고 악취도 풍겼다. 프라하에 도착한 지 일주일쯤 되었을 때, 튀코의 아들인 튀게와 프란스 그란스네브 텡나겔이 술이 취해 부루퉁한 얼굴로 나타났다. 그들은 튀코의 편지를 전했다. 귀한 손님을 직접 맞으러 가지 못해 대단히 유감이라는 튀코의 말은 정중하긴 했지만 지나친 아첨 같아서 한편으론 불쾌했다.

튀게와 텡나겔이 케플러를 베나테크성으로 데리고 갈 예정이었지만 중요한 이유도 없이 일주일이나 시간을 끌었다. 드디어 출발하는 날, 눈이 내리고 있었다. 베나테크성은 프라하시에서 북쪽으로 30킬로미터쯤 떨어진 교외에 있었다. 홍수 때면 강물이 범람하는 평원이었다. 성에 도착한 케플러는 손님방에서 오전 내내 초조하게 기다리다가 깜빡 잠이 들었고 정오경에 튀코의 호출을 받고 방에서 나왔다. 고열과 긴장 때문에 혼란스러운 상태로 성의 돌계단을 내려갔다. 튀코 브라헤는 고압적인 사람이었다. 그는 벌벌 떨고 있는 한 하인에게 험악한 얼굴로 말하고 있었다.

"내 엘크, 내가 그토록 애지중지한 엘크가 죽다니! 그놈의 이탈리아 촌뜨기 때문이야!"

그는 화려한 무늬가 수놓아진 옷차림을 한 채 팔을 들어 손짓을 하며 손님을 천장이 높은 방으로 데리고 들어갔다. 그곳에서 두 사람은 아침 식사를 했다.

"……하룻밤 묵으려고 반츠베크성에 갔을 때 맥주를 한 병 마시고는 취해서 계단에서 굴렀다는군. 다리가 부러져 죽었대. 가엾은 내 엘크!"

커다란 창문으로 햇빛이 비치는 강물과 평원, 그 너머 멀리 푸르스름한 풍경이 보였다. 케플러는 태엽 감는 장난감 인형처럼 기계적으로 미소를 짓고 고개를 끄덕이며 자신의 혼란했던 지난날과 위태로운 앞날, 그리고 어떤 숫자를 떠올렸다. 0.00…… 9.

제2부

신新천문학●

● 1609년에 출간된 케플러의 저서. 원제는 《Astronomia Nova》.

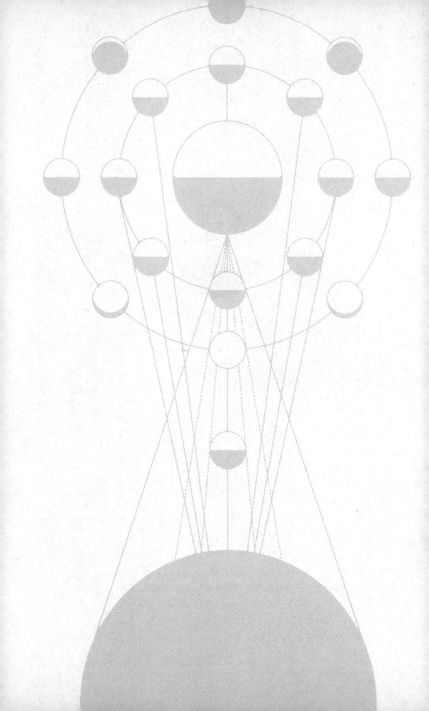

해도 너무하는군. 케플러는 가파른 계단을 뛰어 내려가다 멈춰 서서 성의 안뜰을 매서운 눈으로 둘러보았다. 화가 치밀고 혼란스러웠다. 손수레를 끌고 가던 절름발이 하인이 카악 하며 가래침을 뱉었고 주방 하녀 둘이 비눗물이 담긴 물통을 뒤집어 비웠다. 세상에, 저들은 나를 그저 일개 조수로 생각하는 거야. 그것도 조수의 조수!

"케플러 선생, 케플러 선생, 잠깐만······!"

호프만 남작이 숨을 헐떡이며 급히 쫓아 내려왔다. 튀코 브라헤는 무관심한 표정으로 계단 꼭대기에 서서 단호하게 먼 곳을 바라보고 있었다.

"왜 그러십니까?"

케플러가 물었다.

눈에 물기가 많고 머리가 희끗희끗하며 체구가 작은 남작이 양손을 내보이며 말했다.

"저분에게도 시간을 줘야지요. 선생의 요구 조건을 생각해 봐야 하니까."

"저분에겐······"

어디선가 개 짖는 소리가 요란하게 들려오자 케플러는 목소리를 높였다.

"이미 한 달이나 시간이 있었습니다. 내가 원하는 조건도 얘기했고요. 최소한의 조건이었어요. 그런데 아무것도 들어주지 않잖아요."

그는 계단 위까지 들리도록 고개를 돌리고 한층 더 목소리를 높였다.

"아무것도!"

튀코 브라헤는 여전히 먼 곳에 시선을 둔 채 눈썹을 약간 치올리곤 한숨을 쉬었다. 한 무리의 사냥개가 시끄럽게 컹컹 짖으며 낮은 우리 문을 통과해 뜰로 달려 나왔다. 다리가 짧은 개들은 작고 팽팽한 암갈색 음낭을 흔들며 무섭게 이를 드러낸 채 씩씩거렸다. 케플러는 놀라서 허겁지겁 계단을 다시 올라가다가 중간쯤에서 튀코와 마주쳐 멈칫했다. 튀코는 손에 장갑을 끼면서 심기가 불편한 얼굴로 케플러를 흘긋 내려다보았다. 호프만 남작이 마지막으로 뭔가를 묻는 듯 이 베나테크성의 주인을 올려다본 뒤 어깨를 으쓱하며 케플러에게 말했다.

"정말 가실 건가요?"

"갈 겁니다."

하지만 케플러의 목소리는 떨렸다.

텡나겔과 튀게가 지난밤 마신 술이 덜 깬 모습으로 햇살에 눈을 찌푸리며 밖으로 나왔다. 그들은 당황한 케플러를 보고 즐거워하는 듯했다. 마부들이 말을 꺼내고 있었다. 사냥개들은 어느새 조용해져서 등을 둥글게 구부리고 얌전히 앉아 몸 여기저기를 핥거나 벽 앞에 서 있다가 사냥 나팔이 울리자 다시 미친 듯이 짖기 시작했다. 은빛 먼지를 실은 연무가 산들바람을 타고 돛을 펼치며 성문 쪽으로 느릿느릿 나아갔다. 발코니에서 한 여인이 웃으면서 아래를 굽어보고 있었다. 해를 가렸던 구름조각이 미끄러지듯 옆으로 비켜나며 베나테크성 위로 4월의 햇살이 쏟아지자 허공을 떠다니던 먼지가 황금빛으로 변했다.

호프만 남작은 마차를 가지러 갔다. 케플러는 생각했다. 튀코가 인색하게 굴긴 하지만 그의 원조를 거부한다면 내겐 무엇이 남겠는가? 과거는 사라졌다. 튀빙겐도, 그라츠에서의 생활도 이젠 기억 속에만 존재할 뿐이다. 튀코는 양 엄지손가락을 벨트에 걸고 퉁퉁한 손가락들로 불룩한 아랫배를 두드리며 계단을 내려갔다. 호프만 남작이 마차에서 내리자, 케플러가 그의 소매를 잡아당기며 기어들어가는 목소리로 말했다.

"저기…… 그러니까……"

남작은 손을 동그랗게 만들어 귀에 갖다 댔다.

"시끄러워서 잘 안 들립니다. 뭐라고요……?"

"사과하고 싶습니다!"

케플러가 소리쳤다. 그러곤 잠시 눈을 감았다 떴다.

"죄송합니다. 저는……"

"아, 그러실 필요 없습니다. 괜찮아요."

"네?"

"저는 제가 할 수 있는 한 어떻게든 선생을 돕고 싶습니다."

남작은 밝게 미소 지었다.

"아, 아뇨. 제 말은, **저분**에게 사과하고 싶다고요."

여기는 내 희망과 포부를 걸 수 있는 보헤미아가 아닌가! 튀코는 하인 두 명의 도움을 받아 힘겹게 말 위에 오르고 있었다. 호프만 남작과 케플러는, 가죽옷을 입고 커다란 궁둥이를 흔들며 끄응하는 소리와 함께 안장 위에서 쓰러질 듯 몸을 앞으로 기울이는 그를 미심쩍은 눈으로 바라보았다. 호프만이 한숨을 내쉬고는 튀코에게로 다가갔다. 튀코는 이제 허리를 꼿꼿이 세우고 앉아서 숨을 몰아쉬며 성마른 얼굴로 남작의 말에 귀를 기울였다. 텡나겔과 튀게는 말에 올라탄 채 출발 전 마지막 술잔을 비우며 몹시 재미있다는 표정으로 그 모습을 지켜보았다. 한 달 전쯤 케플러가 성에 온 이후, 이 신참 조수와 튀코 사이의 말다툼은 그들에게 재미난 구경거리였다. 사냥 나팔이 울렸다. 튀코와 사냥 일행은 육중한 기계가 움직이듯 요란한 소리를 내며 황토색의 텁텁한 먼지를 남긴 채 멀어져 갔다. 호프만 남작은 케플러의 간절한 시선을 마주치지 않으려고 애썼다.

"프라하로 데려다줄게요."

그가 조용히 말하며 마치 몸을 피하려는 듯 황급히 마차에 올라탔다. 케플러는 멍하니 고개를 끄덕였다. 시야가 혼탁해지며 우울한 두려움이 그의 몸을 휘감았다. 내가 무슨 일을 저질렀단 말인가?

그들은 덜거덕거리는 마차에 몸을 싣고 좁은 언덕길을 내려갔다. 베나테크성을 굽어보는 하늘은 잿빛 구름으로 뒤덮였지만 사냥 일행이 가고 있는 저 멀리 평원에는 여전히 해가 비쳤다. 케플러는 그들이 하루 종일 허탕만 치기를, 튀코의 목이라도 부러지기를 속으로 바랐다. 좁은 마차 안에서 케플러 옆에 끼어 앉은 바르바라는 '대체 무슨 짓을 한 거야?' 하는 표정으로 분노와 책망을 곱씹고 있었다. 그는 아내의 얼굴을 보고 싶지 않았다. 그렇다고 창문 밖의 흔들리는 풍경을 오래도록 보고 있을 수도 없었다. 시력이 좋지 않은 데다 수많은 작은 호수와 끊임없이 강이 범람하는 저지대가 주변을 에워싸고 있는 탓에(튀코는 편지에서 이곳을 '보헤미아의 베니스'라고 했다!) 물에 반사된 빛과 멀리 요동치는 암청색 풍경이 어른거려 눈이 아팠다.

"……튀코는 당연히 사과를 받아 줄 겁니다. 다만, 서면으로 받았으면 하더군요."

남작이 말하고 있었다.

"제가……"

케플러는 그를 바라보았다. 한쪽 눈과 한쪽 눈썹이 동시에 움씰 올라갔다.

"그러니까 제가 **사과 편지**를 쓰길 원한다고요?"

"네, 그렇게 말했어요."

남작은 침을 꿀꺽 삼키더니 능글맞은 웃음을 지으며 시선을 돌렸다. 옆에 앉은 레기나가 시선을 떼지 않고 남작을 빤히 쳐다보았다. 레기나는 어른들을 볼 때면 늘 그랬다. 마치 상대가 갑자기 설명할 수 없는 신기한 행동을 하거나, 느닷없이 울음을 터뜨리거나, 원숭이처럼 고개를 뒤로 젖히고 깍깍대기를 기대하기라도 하듯. 케플러도 그를 바라보며 그가 코페르니쿠스와 연결돼 있는 사람이라는 생각에 서글퍼졌다. 어린 시절 남작은 라우헨의 제자인 팔렌티네 오토를 가정교사로 두고 수학을 배웠다.

"그리고 튀코는 비밀 유지 서약을 요구할 겁니다. 연구하는 동안 선생에게 내줄 천문학 자료를…… 누구에게도 발설하지 않겠다는 서약입니다. 그는 화성 관측에 관한 한 질투와 경쟁심이 남다릅니다. 그렇게만 해주면 선생과 가족의 숙식을 보장해 줄 겁니다. 또 황제에게 강력하게 건의해서 슈타이어마르크에서 선생이 받던 봉급을 계속 받을 수 있게 해주거나, 그렇지 않으면 황제께서 직접 월급을 주게 한답니다. 이게 튀코가 제시하는 조건입니다, 케플러 선생. 제 생각엔……."

"받아들이라고요? 물론입니다. 그러고말고요."

못할 이유가 있겠는가? 이제 자존심을 세우는 것도 지겨웠다. 남작이 빤히 쳐다보자 케플러는 눈을 깜빡이며 생각했다. 저 물기 어린 눈에 담긴 건 경멸일까? 제길, 알 게 뭐람. 이 사람은 가난이 뭔지도, 갈 곳 없이 쫓겨나는 게 어떤 기분인지도 모르는 사람이다. 땅과 지위, 황실에서 마련해 준 저택도 있으니까. 때때로 케플러는 고생이라곤 모르는 이런 점잖은 귀족들을 보면 목구멍에서 욕지기가 올라왔다.

"하지만 **우리가** 원하는 것들, **우리가** 요구한 다른 조건들은요?"

바르바라가 목멘 소리로 물었지만 아무도 대답하지 않았다. 아무리 울먹이며 간절하게 얘기해도 언제나 상대방이 멀거니 쳐다보거나 말없이 헛기침만 한다면 어떤 기분일까. 케플러는 마음 한구석에 약간의 죄책감을 느끼며 생각했다. 길바닥에 움푹 팬 구멍이 있었는지 갑자기 마차가 심하게 덜커덩거렸다. 말에게 거칠게 욕지거리를 하며 재촉하는 마부의 목소리가 들렸다. 케플러는 한숨을 쉬었다. 그가 사는 세상은 이보다 훨씬 더 훌륭한 태곳적 공간의 파편들로 이뤄져 있었다. 파편들은 가슴이 시릴 만큼 아름답고 소중했지만 서로 잘 들어맞지 않았다.

남작의 저택은 황궁 옆 흐라트차니 언덕에 있었다. 클라인자이트 거리에서부터 강과 유대인 광장, 저 멀리 교외 구시가까지 내려다보이는 위치였다. 정원에 늘어선 포플러나무들이 오솔길에 그늘을 만들어 냈고 한쪽 연못에서는 잉어들이 여유롭게 헤엄쳐 다녔다. 황궁이 있는 북쪽으로 난 창문에서는 평화롭게 펼쳐진 잔디밭과 엷은 황갈색 건물 벽이 보였다. 뾰족한 첨탑이 하늘 높이 솟아 있고 보랏빛 긴 삼각 깃발들이 공중에서 세차게 펄럭였다. 언젠가 케플러는 이 창문에서 의기양양하게 걸어가는 말과 에메랄드빛 의복을 입은 무서운 황제의 모습을 본 적이 있었다. 짙은 턱수염과 창백한 손, 서글픈 눈동자가 인상적이었다. 그러나 그 후 오랫동안 그는 황제에게 그 이상 다가갈 수 없는 운명이었다.

서재에서는 남작의 부인이 접이식 책상 앞에 앉아 상아로 만든 도구로 양피지 위에 백악 가루를 뿌리고 있었다. 남작 일행이 방으로 들어서자, 그녀는 자리에서 일어나 양피지 위를 가볍게 혹 불고는 희미한 미소를 지으며 그들을 일별했다.

"아, 케플러 선생님 그리고 케플러 부인. 다시 찾아 주셨군요."

남작보다 키가 더 크고 남작만큼이나 마른 체구 때문에 늙은 독수리를 연상시키는 그녀는 광택 나는 푸른빛 새틴 실내복을 입고 있었다. 손님들에게 인사를 건네면서도 여전히 마음은 손에 든 편지에 가 있는 듯했다.

"여보, 나 왔소."

남작이 지친 몸으로 고개를 까닥이며 웅얼거렸다.

잠시 침묵이 흘렀다. 조금 후 남작 부인이 다시 희미하게 웃으며 물었다.

"브라헤 선생님은 함께 안 오셨나 봐요?"

"부인, 저는 튀코 브라헤에게 비참하게 이용당했답니다. 저에게 이곳 보헤미아로 오라고 그렇게 **간청**하더니, 막상 오니까 견습생 취급을 하지 뭡니까!"

케플러가 울컥해서 대답했다.

"브라헤 선생님과 다투셨나요? 저런, 안타깝네요."

남작 부인은 갑자기 케플러 가족에게 온전히 관심을 돌렸다. 부드럽게 살랑거리는 말투에서 왠지 불온한 낌새를 느꼈는지, 엄마 뒤에 있던 레기나가 푸른 옷을 입은 이 키 큰 여인을 더 자세히 보려고 앞으로 몸을 기울였다.

"제가 남아서 연구를 계속하길 원한다면 몇 가지 조건을 들어 달라고 튀코에게 제안했습니다. 그중 하나로, 저와 가족이 살 독립 된 집을 마련해 달라고 했지요. 그 성은 정말이지 정신병원처럼 소 란하기 그지없으니까요. 또 먹고살 음식도……"

"그리고 땔감도요!"

바르바라가 끼어들었다.

"네, 겨울용 땔감도 요구했습니다……"

"맞아요, 우리가 쓸 걸로요."

바르바라가 또 끼어들었다.

"……네, 그랬지요."

케플러는 거친 콧바람을 내쉬었다. 바르바라를 한 대 치면 어 떻게 될까 하는 생각이 들었다. 찰싹 소리가 나도록 손바닥으로 그 통통한 팔뚝을 때려 주고 싶은 마음이 굴뚝같았다.

"황제로부터 봉급을 받을 수 있게 해달라는 부탁도 했습니다 만……"

"황제 폐하는…… 어려운 분입니다."

남작이 서둘러 말했다.

"지금 저희 처지를 좀 보세요. 구걸이나 하는 꼴이 됐잖아요? 저희가 여기 처음 왔을 때 부인께서 어찌나 친절히 대해 주셨던지 요. 묵을 방도 내주시고……"

바르바라가 조잘댔다.

"아, 네."

남작 부인이 조심스럽게 대답했다.

"두 분께서는 제가 터무니없는 요구를 한다고 생각하십니까?"

케플러가 소리 높여 물었다.

호프만 남작이 천천히 의자에 앉았다.

"실은 어제 브라헤와 케플러 선생과 나, 이렇게 셋이 만나 그 문제를 논의했소."

남작이 아내의 치맛단을 바라보며 말했다.

"그래요? 어떻게 됐어요?"

호기심을 보이는 부인의 모습이 독수리와 더욱 비슷해졌다.

"이렇게 된 거예요! 보시다시피 길바닥으로 쫓겨났다니까요!"

바르바라가 요란스럽게 나섰다.

"꼭 그런 건 아닙니다, 케플러 부인…… 하지만 튀코 브라헤가 화가 난 건 사실입니다."

남작은 입술을 오므렸다.

"아…… 왜 화가 나셨죠?"

남작 부인이 낮은 목소리로 물었다.

해가 비치는 창문에 빗방울이 후두둑 떨어졌다. 케플러는 어깨를 한번 으쓱하고 입을 열었다.

"저도 모르겠습니다."

바르바라가 그를 보았다.

"……그분은 제가 자기 이론이 틀렸다고 했다는데, 저는 그런 적이 없습니다! 다만…… 그 이론에서 한두 개의 결함을 집어냈을 뿐입니다. 확실하지 않은 전제를 너무 성급하게 받아들인 결과라고 생각하는데요. 너무 서두르면 일을 그르칠 수밖에 없으니까요."

남작 부인이 터져 나오는 기침을 막으려고 재빨리 손을 입에 갖다 댔다. 케플러가 이 여인을 몰랐다면, 심각한 분위기를 충분히 이해할 만큼 점잖은 귀부인이라는 사실을 몰랐다면, 낄낄거리는 모습으로 오해할 수도 있었다.

"그리고 어쨌거나, 그의 우주 체계가 틀린 건 **사실**입니다. 프톨레마이오스나 헤라클레이데스의 이론을 토대로 한 기괴한 가설이지요. 그는 지구가 우주의 중심에 있고, 나머지 다섯 개의 행성이 태양 주위를 돈다고 합니다! 물론, 현상만 놓고 보면 말이 되지만, 그렇다면 지구가 아닌 다른 어떤 행성을 우주 중심에 놓아도 천문 현상을 설명할 수 있을 겁니다."

"천문…… 뭐라고요?"

부인은 도움을 청하는 표정으로 남작을 쳐다보았다. 남작은 손가락으로 턱을 만지작거리며 시선을 돌렸다.

케플러가 대답했다.

"천문 현상이요. 하지만 튀코 브라헤는 교묘한 편법을 쓰고 있는 겁니다. 코페르니쿠스를 완전히 부정하지 않으면서 학계에서도 인정을 받기 위해서지요. 그 자신도 그 사실을 잘 알고 있습니다. 저는 진리를 말한 것에 대해 사과하지 않는다고 내쫓긴 거고요!"

케플러는 부글부글 끓어오르는 분노를 주체하지 못하고 벌떡 일어났다.

"요점은 간단합니다. 그는 저를 시샘하고 있습니다. 제 과학적 소양을 시샘한다니까요. 틀림없어요."

케플러는 애꿎은 바르바라를 향해 화를 내며 말을 이었다.

"그겁니다, 질투. 게다가 자기는 이제 늙어 가고, 쉰 살도 훌쩍 넘었으니……."

남작 부인의 왼쪽 눈썹이 작은 반원 모양으로 씰룩 올라갔다.

"……그리고 자기 명성도 걱정되겠지요. 그래서 제가 자기 이론을 토대로 삼도록 강요해서 그 형편없는 이론이 옳다고 증명하게 하려는 겁니다……."

케플러는 잠시 멈칫했다. 밖에서 무슨 소리가 들려 그는 몸을 돌렸다. 경쾌하면서도 고풍스러운 음악 소리가 멀리서 작게 들려왔다. 그는 마치 사냥감에 몰래 접근하는 사람처럼 천천히 창가로 다가갔다. 소나기는 지나갔고 정원에는 햇살이 가득했다. 그는 뒷짐을 진 채 발뒤꿈치와 발가락에 번갈아 무게를 실어 천천히 몸을 흔들며, 포플러나무와 아름다운 연못과 빗방울을 흠뻑 머금은 꽃들, 발코니 난간의 작은 돌기둥들 사이로 조각난 그림처럼 보이는 잔디밭을 응시했다. 눈에 보이는 세상은 얼마나 순수하고, 얼마나 공허하게 아름다운가! 단순한 자연물의 신비로움이 그를 엄습했다. 제비 한 마리가 경쾌한 몸짓으로 공중에서 빠르게 날아 내려와 자주색 라벤더 꽃무리를 마구 휘저었다. 다시 비가 내릴 것이다. 딩딩딩……. 케플러는 미소를 지었다. 우주의 음악일까? 마침내 창가에서 돌아선 그는 방 안의 사람들이 여전히 그를 조용히 주시하며 기다리는 광경을 보고 화들짝 놀랐다. 바르바라가 한탄하듯 나지막이 신음했다. 그녀는 알고 있었다. 아무렴, 알고말고. 그 눈빛, 다정하게 웃고 있는 가면 속에서 꿰뚫어 보는, 정신 나간 과학자의 이글거리는 눈을 알고 있었다. 그녀는 남작 부부에게 속사포처럼 쏟아내기 시작했다. 저희가 가장 걱정하는 건, 가장 힘든 건……. 케플러는 한숨을 쉬며 생각했다. 저렇게 얼간이처럼 쓸데없이 주둥이 좀 나불거리지 말았으면. 그는 양손을 비비며 사무적인 태도로 창가에서 사람들 쪽으로 걸어갔다.

"하겠습니다."

케플러의 목소리가 바르바라의 조잘거림을 압도했다. 그럼에도 그녀는 놀란 물고기가 보글보글 물거품을 내뿜듯 끝까지 할 말을 포기하지 않았다.

"편지로 사과하고 화해하겠습니다."

사람들의 얼굴이 밝아지면서 금방이라도 박수갈채가 터질 것 같았다. 음악이 다시 들려왔다. 이번에는 좀 더 가까웠다. 황궁에서 들려오는 취주악대의 연주 소리였다.

"조만간 저를 다시 불러 주겠지요. 다 이해할 겁니다."

생각해 보면, 그런 다툼 따위가 뭐 그리 중요하단 말인가?

"다시 시작하겠습니다! 펜 좀 빌릴 수 있을까요, 부인?"

땅거미가 질 무렵 케플러는 베나테크성으로 돌아갔다. 그가 튀코에게 사과 편지를 전달하고 비밀 서약을 하고 나자 튀코는 화려한 축하연을 열었다. 음악이 울리고 모두가 흥청거리며 즐기는 가운데 살찐 송아지 꼬치가 지글지글 익어 갔다. 홀은 왁자지껄했고 가끔 접시 깨지는 소리나 하녀들이 장난치며 내지르는 작은 비명소리가 들렸다. 낮부터 계속되던 비바람이 갑자기 창문을 세차게 때리면서 거기에 비친 촛불이 함께 흔들렸다. 성을 호령하는 주인인 튀코는 고함을 지르며 술을 벌컥벌컥 들이켜고는 커다란 빈잔을 쿵 내려놓았다. 반짝거리는 코밑수염 끝에서 술이 방울져 떨어졌다. 그의 왼쪽 옆에는 텡나겔이 튀코의 딸 엘리사베트의 허리에 팔을 두르고 앉아 있었다. 엘리사베트는 짧게 깎은 은갈색 머리와 분홍빛 콧방울이 돋보이는 토끼 같은 여인이었다. 그녀의 어머니인 크리스티네는 뚱뚱한 몸에 화려하게 치장한 모습이었다. 크리스티네가 20년간 튀코와 정식으로 결혼하지 못한 채로 지낸 것에 대해 누구도 개의치 않았지만 본인만은 아직도 불만스러워했다. 튀코의 아들 튀게는 시종 냉소적인 태도로 앉아 있고, 튀코의 수석 조수인 젊은 크리스티안 롱베르는 얼굴이 부스럼투성이에다 성공에 대한 야망으로 몸을 혹사한 탓에 초췌한 모습이었다.

케플러는 다시금 부아가 났다. 그는 이런 흥청망청하는 파티를 원한 것이 아니다. 그는 튀코의 귀중한 관측 자료들을 당장 오늘밤에라도 얻어 내고 싶을 뿐이었다.

"제가 한 말씀 드리겠습니다. 저에게 화성 궤도를 맡기셨잖아요. 화성 궤도는 가장 풀기 어려운 문제인데 저에게 그걸 맡기시고 화성에 관한 자료는 하나도 넘겨주지 않으셨어요. 그러면 제가 어떻게, 아뇨, 제 말씀을 들어 보세요. 제가 어떻게 그 문제를 풀겠습니까? 네?"

튀코는 천천히 어깨를 으쓱하더니 좌중을 모두 보며 덴마크어로 말했다.

"독일 사람들은 다들 조금씩 미쳤다니까."

탁자 아래 주인의 발 옆에 쪼그리고 앉아 있던 광대 예페가 킥킥대며 웃었다.

"제 아버지는 평생 돼지처럼 술만 마시다가 장님이 되셨죠. 여보, 술이나 한 잔 더 하세요."

크리스티네 부인이 갑자기 말했다.

크리스티안 롱베르가 기도라도 하려는 듯 두 손을 깍지 끼며 말했다.

"화성 문제를 풀겠다고요, 케플러 선생?"

그의 얼굴에 희미한 미소가 스쳤다. 케플러는 어째서인지 그가 누군가와 닮았다는 사실을 깨달았다. 그에게 등을 돌린 슈테판 슈파이델이 문득 떠오른 것이다.

"제가 못할 거라고 생각합니까? 내기할까요? 100플로린 어떻습니까?"

"굉장한데요! 100플로린이라!"

튀게가 소리쳤다.

"잠깐, 롱베르. 기한을 정하는 게 좋을 텐데요. 그렇지 않으면 돈을 따기까지 영원히 기다려야 할걸요."

텡나겔이 나직하게 말했다.

"7일로 합시다!"

케플러가 주저 없이 대답했다. 겉으로는 미소를 띠며 허세를 부렸지만 속은 타들어갔다. 7일이라니.

"다른 일을 모두 제쳐 놓고 7일 동안 집중할 수 있게 해주면 할 수 있습니다."

그는 초조하게 입술에 침을 바르며 덧붙였다.

"그리고 관측 자료들을 자유롭게 볼 수 있게 해주신다면요. 전부 다 보게 해주십시오."

튀코는 케플러의 제안을 들으며 얼굴을 찌푸렸다. 돌이킬 수 없는 상황이 되었다. 이제 탁자에 앉은 사람 모두가 그를 주시했고, 게다가 그는 취한 상태였다. 그러나 튀코는 망설였다. 관측 자료들은 그가 지난 20년간 온갖 고생과 노력으로 쌓은, 목숨과도 같은 보물이었다. 후대 사람들은 그의 저작들을 무시하거나 그의 우주 이론을 조롱하고 기이한 삶을 비웃을지도 모르지만 아무리 매정한 자라 해도 그의 천재적인 정확성을 인정하는 데는 주저함이 없으리라 생각해 왔다. 그런데 새파랗게 젊은 애송이한테 그 자료들을 넘겨준다? 결국 그는 고개를 끄덕이고 어깨를 으쓱한 뒤 술을 더 가져오라고 지시했다. 그러면서 불쾌한 상황을 어떻게든 참아 내려 애썼다. 케플러는 잠깐 그에게 연민을 느꼈다.

"자, 그럼 내기하는 겁니다."

롱베르가 날카로운 표정으로 말했다.

순회 곡예사들이 공중제비를 하며 홀 안으로 들어와 손뼉을 치며 뛰어다녔다. 7일! 100플로린! 홀 안은 금세 소란스러워졌다.

* * *

7일은 어느새 7주가 되었다. 케플러는 자신의 계획이 산산이 부서지는 것을 느꼈다. 처음에는 굉장히 간단해 보였다. 그는 화성의 위치 세 개를 골라 간단한 기하학으로 궤도를 규명하면 된다고 생각했다. 그는 튀코의 자료들을 무섭게 파고들며 때때로 혼자서 작은 기쁨의 탄성을 중얼거렸다. 그는 튀코가 벤 섬에서 10년 동안 얻어 낸 관측 값 가운데 세 개를 골라 연구에 들어갔다. 그러나 결국 앞이 보이지 않는 자욱한 연기에 놀라 귀가 먹먹해진 상태로 계산 결과의 파편들을 머리카락에 붙인 채 기침을 하며 비틀비틀

뒷걸음질 쳤다.

베나테크성 사람들은 모두 쾌재를 불렀다. 그들은 눈엣가시 같던 애송이가 자신의 허풍으로 망신당하는 꼴을 은근히 즐겼다. 바르바라마저도 롱베르가 100플로린을 요구할 텐데 그 돈을 어떻게 마련할 거냐고 다정하게 물으면서 통쾌한 표정을 숨기지 못했다. 튀코 브라헤만이 침묵하고 있었다. 조바심이 난 케플러는 롱베르에게 일주일만 더 시간을 달라고 부탁하며 자신의 궁핍한 형편과 건강상의 문제를 설명했고 내기한 사실을 부인하기도 했다. 사실 케플러의 마음 깊은 곳에서는 모욕과 비웃음 따위는 아무렇지도 않았다. 그는 그저 연구만으로도 너무 바빴다.

케플러는 내기를 위해서, 그리고 튀코의 자료를 빼내기 위해서 자신을 속인 셈이었다. 화성은 그렇게 만만한 대상이 아니었다. 그보다 똑똑한 학자들이 수없이 도전했음에도 화성은 수천 년간 비밀을 내주지 않았다. 코페르니쿠스의 이론대로 우주에서 행성이 태양이 아닌 지구의 위치에 따라 그 값이 결정되는 왕복 운동을 하고 있다면, 그 행성을 어떻게 이해해야 할까? 행성이 일정한 속도로 완벽한 원을 그리며 돈다면, 궤도상에서 동일한 거리를 이동하는 데 걸리는 시간이 달라지는 까닭은 무엇일까? 그는 화성의 궤도를 규명하기에 앞서 이런 의문점을 비롯해 여러 문제를 해결해야 한다고 생각했다. 그러나 오히려 그는, 시치미를 뗀 채 곳곳에 흩어져 있는 중요한 사실들을 손끝으로 더듬어 가며 매끈하고 복잡한 설계도를 재구성해야 하는 장님이 된 기분이었다. 7주는 어느새 7개월이 되었다.

1601년 초, 케플러 가족이 보헤미아에서 거의 혼돈의 1년을 지냈을 무렵, 그라츠에서 전갈이 왔다. 욥스트 뮐러가 위독한 상태이며 딸을 보고 싶어 한다는 내용이었다. 케플러에게는 연구를 잠시 중단할 수 있는 반가운 구실이었다. 그는 짐승처럼 자신의 손목을 물고 있던 연구의 송곳니를 살며시 떼어 냈다. 자자, 착하지. 울지말고 기다리렴. 그는 차분하게 물러나면서 그 교활한 녀석이 웅크린 채 기다리고 있다가 결정적인 순간에 화성의 수수께끼에 대한 해답을 발톱에 움켜쥐고 뛰어나오는 상상에 젖었다. 케플러 가족이 그라츠에 도착했을 때 욥스트 뮐러는 이미 저세상 사람이었다.

바르바라는 아버지의 죽음으로 심한 우울과 무기력에 빠졌다. 자기 안으로 움츠러져들어 가 구석에 있는 비밀의 방에 틀어박힌 듯 조용히 있다가 이따금씩 한바탕 불평을 쏟아 냈다. 케플러는 아내가 정신이 나간 건 아닌지 걱정됐다. 바르바라는 아버지가 남긴 유산에 병적으로 집착했다. 마치 사체에 코를 들이밀고 킁킁대는 짐승처럼 집요하게 그에 관해 떠들어 댔다. 사실 그녀가 걱정하는 데에는 그럴 만한 이유가 있었다. 대공이 여전히 루터교도들을 탄압하고 있었기 때문이다. 케플러가 아내가 상속받은 부동산을 현금으로 바꾸려고 하자 가톨릭 당국은 그를 위협하며 교묘히 피했다. 그러나 한편으로 당국은 그를 수학자이자 천문학자로서는 열렬히 환영했다. 장인이 남긴 재산을 전부 몰수당할 듯한 조짐이 느껴지던 5월 어느 날, 그는 그가 예측했던 일식을 관찰할 수 있는 기구를 직접 만들어 시내 광장에 설치해 달라는 의뢰를 받았다. 수많은 군중이 모여들어 마법사 같은 과학자와 그가 만든 기구를 보며 감탄했다. 행사는 대성공이었다. 카메라 오브스쿠라*를 통해 가물거리는 상像을 직접 눈으로 본 그라츠 시민들은 케플러 주변으로 몰려들어 불룩한 배로 그를 치며 그의 총명함을 침이 마르도록 칭찬했다. 케플러는 그날 낮 일식 때문에 주변이 어두워진 사이에 소매치기에게 30플로린을 도둑맞은 사실을 나중에야 알았다. 슈타이어마르크 당국에 세금으로 뜯긴 돈에 비하면 얼마 안 되는 금액이지만, 결국 바르바라의 고향을 떠나야 하는 슬픈 현실에 마침표를 찍는 사건처럼 느껴져 씁쓸했다.

그라츠를 떠나는 날 바르바라는 끝내 울음을 터뜨렸다. 어떤 말도 위로가 되지 못했다. 그녀는 케플러가 자기 몸에 손을 대지 못하게 하며 가만히 서서 떨리는 입으로 비탄과 고통의 말을 한참 쏟아냈다. 케플러는 안쓰러운 마음에 아내 옆을 서성이며 몸집에 비해 유난히 긴 팔로 그저 공기를 껴안을 뿐이었다. 그라츠는 이제 그에게 별다른 의미가 없는 도시였고 욥스트 뮐러는 더더욱 그랬지만, 적어도 슈템퍼가세의 잿빛 하늘 아래 서 있는 그 순간에 그는 뚱뚱하고 바보 같은 여자가 아니라 한 명의 성숙한 여인으로

---

* 어두운 밀폐 공간의 한쪽 벽면에 구멍을 뚫어 외부 풍경이 반대쪽 벽에 거꾸로 투사되도록 만든 기구.

서 아내가 느끼는 슬픔을 충분히 이해할 수 있었다.

케플러가 다시 보헤미아로 돌아왔을 때, 튀코와 그의 무리는 프라하에 있는 황금독수리라는 숙소에서 지내고 있다가 흐라트차니 언덕에 있는 쿠르티우스의 저택으로 막 거처를 옮기려던 참이었다. 고인이 된 부대법관 쿠르티우스의 아내가 소유한 집을 황제가 구입해 튀코에게 하사한 것이다. 케플러는 기가 막혔다. 카푸친 수도원의 종소리가 시끄럽다고 하시지 않았나요? 베나테크성과 그곳의 재건축에 쏟아부은 그 많은 돈과 노력은 어떻게 하고요? 튀코는 그저 어깨를 으쓱했다. 그는 흥청망청 돈 쓰는 낙으로 사는 사람이었다. 황금독수리 여관의 간판 아래서 마차가 기다리고 있었다. 바르바라와 레기나가 타면 꽉 차는 크기라 케플러는 걸어가야 했다. 그는 혼잣말을 중얼거리고 혼란스러운 머리를 내저으며 가파른 언덕을 헐떡헐떡 올라갔다. 가는 길에 하마터면 황실 기병대에 치일 뻔했다. 언덕 꼭대기에 올랐을 때, 그는 설명 들은 집의 위치를 잊어버렸다는 것을 깨달았다. 지나가는 사람에게 물었지만 그 사람이 잘못 가르쳐 주는 바람에 한참을 더 헤맸다. 그가 바쁜 걸음으로 세 번씩이나 지나가자 황궁 정문의 보초병들이 의심스러운 눈으로 쳐다봤다. 저녁이 가까워 오는데도 아직 무더웠다. 뜨거운 태양이 그를 심술궂게 내려다보았다. 그는 자신을 자꾸 헷갈리게 하는 복잡한 거리를 황급히 걸어가며, 혹시나 낯익은 풍경이 보이지 않나 계속 사방을 두리번거렸다. 호프만 남작의 저택에 들러 도움을 청할까 생각했지만 남작 부인의 차가운 눈빛이 떠올라 그만두었다. 마침내 길모퉁이를 돌자 목적지가 나타났다. 문 앞에 마차가 서 있고, 짐을 진 건장한 사내들이 비틀거리며 힘겹게 계단을 올라가고 있었다. 크리스티네 부인이 위층 창문에서 몸을 내민 채 덴마크어로 뭐라고 외치자 일꾼들은 잠시 멈춰 서서 어리둥절한 표정으로 올려다 보았다. 집 안은 황량하고 어수선한 분위기였다. 케플러는 텅 비어 있는 커다란 방들을 둘러보고는 현관의 넓은 홀로 다시 돌아왔다. 여름 저녁 햇살이 문간에 걸쳐 있었다. 커다란 거울 속에 비친 벽이 평행 사변형 모양으로 비스듬히 보였고, 그림이 걸렸던 자리인지 벽 한쪽이 사각형으로 하얗게 바래 있었다. 하늘은 황금빛 저녁놀로 물들었고 그 아래 정원에서는 지빠귀가 아름다운 목소리로 노래했다. 바깥 계단에서 뭔가를 뚫어지게 바라보며 서 있는 레기나의 모습은 마치 금박을 입힌 작은 동상 같았다. 케플러는 그늘에서 잠시 걸음을 멈추고 자신의 심장박동을 들었다. 저 아이는 무얼 보기에 저리 열중하는 걸까? 아이는 마치 결혼식 날 아침 창가에 서서 밖을 내다보는 작은 신부 같았다. 갑자기 들려오는 요란한 발소리에 뒤를 돌아보니, 크리스티네 부인이 한 손으로 치맛자락을 부여잡고 다른 손으로는 부지깽이를 휘두르며 급히 계단을 내려오고 있었다.

"저자가 우리 집에 발을 들여놓는 꼴, 난 못 봐!"

케플러는 눈을 둥그렇게 뜨고 부인을 쳐다봤다. 레기나는 고개를 숙이고 재빨리 그의 곁을 지나 집 안으로 들어갔다. 고개를 돌려보니, 계단 밑에 기진맥진한 노새를 타고 있는 남자가 보였다.

다 해진 누더기를 입고 붕대를 칭칭 감은 한쪽 팔을 옆구리에 꼭 붙인 폼이 흡사 더러운 짐 꾸러미를 옆구리에 낀 걸인 같았다. 남자는 노새에서 내려 계단을 터벅터벅 올라왔다. 크리스티네 부인이 현관에 버티고 서 있었지만 남자는 아랑곳하지 않고 산만하게 두리번거리며 집 안으로 들어섰다.

"베나테크성에 갔더니 아무도 없더군요!"

남자는 툴툴대며 말했다. 마치 그게 재미있다는 투였다. 그는 거울 옆에 있는 의자에 앉더니 팔에 감은 붕대를 천천히 풀기 시작했다. 풀려나온 붕대가 둥그렇게 바닥에 쌓여 갈수록 거기에 묻은 게 모양의 핏자국이 점점 커졌고, 마침내 선명한 진홍색 중심점이 드러났다. 칼에 깊게 베인 상처가 꽤 심각하게 감염돼 있었다. 그는 눈을 찌푸리고 상처를 자세히 들여다보더니 흙빛으로 변한 주변 살을 아주 조심스럽게 눌러 보았다.

"에이, 염병할!"

그는 이탈리아어로 욕을 내뱉고는 바닥에 침을 뱉었다. 크리스티네 부인이 포기했다는 듯 양손을 휙 올리더니 혼잣말을 중얼거리며 저쪽으로 가버렸다.

"제 아내더러 붕대를 다시 감아 달라고 할까요?"

케플러가 물었다.

이탈리아 사내는 가죽조끼 주머니에서 지저분한 헝겊을 꺼내 이로 물어 찢은 뒤 그것으로 상처를 감쌌다. 그러고는 천 조각의 양끝을 빼내 단단히 묶었다. 케플러가 몸을 굽히자 곪아 가는 살에서 열기와 고약한 냄새가 올라왔다.

"놈들이 아직 당신을 교수대에 올리진 못했나 보군."

이탈리아 사내가 말했다. 케플러는 그를 빤히 보다가 천천히 시선을 들어 거울을 보자 뒤에 서 있는 예페의 모습이 보였다.

"예, 아직입니다. 그런데 나리는요?"

예페가 이를 드러내고 빙긋 웃으며 말했다.

"다쳤잖아. 저 팔을 봐……."

케플러가 광대를 돌아보며 말했다.

이탈리아 사내는 웃음을 터트리고는 거울에 등을 기대며 조용히 자신의 반영과 하나가 되었다.

펠릭스라는 이 사내는 이력이 남달랐다. 한때는 군인으로 튀르크족과 싸웠고 나폴리 함대에 승선한 경력이 있었다. 그의 말로는 로마의 추기경 가운데 자기가 매춘부를 엮어 주지 않은 사람이 없다고 했다. 그는 2년 전 프라하로 향하던 튀코를 라이프치히에서 처음 만났다. 당시 그는 매춘부를 놓고 벌어진 싸움에서 바티칸 호위병 한 명이 죽는 바람에 쫓기는 중이었다. 굶주린 도망자 신세인 그에게 튀코가 무슨 변덕인지 보기 드문 호의를 베풀었다. 프라하까지 가는 동안 자기 가축들을 책임지고 돌봐줄 사람으로 그를 고용한 것이다. 하지만 끝이 좋지 않았다. 엘크가 죽자 튀코는 그를 용서하지 않았다. 크리스티네 부인이 가고 나자 그는 다시 자기를 내쫓을 사람을 찾으려는 듯 고함을 지르며 안으로 들어갔다. 케플러와 예페는 얼른 그를 위층으로 데려갔다.

사내는 아무래도 죽을 것 같았다. 그는 저택의 맨 꼭대기에 있는 휑뎅그렁한 방의 낡은 침대에서 며칠 동안 고열과 출혈에 시달리며 헛소리를 하고 사경을 헤맸다. 이 변절자가 자기 집에서 죽어 나가 이상한 소문이 돌까 봐 걱정한 튀코는 신중하기로 소문난 황실 의사 미하엘 마이어를 불렀다. 그는 의료용 거머리로 나쁜 피를 빼내고 하제를 사용해 환자의 장을 깨끗이 했다. 또 심하게 감염된 팔을 절단할까 신중하게 생각해 보았다. 날은 덥고 방 안은 찜통 같았다. 마이어가 해로운 공기가 들어오는 것을 막기 위해 창문을 전부 닫고 커튼을 치라고 지시한 탓이다. 케플러는 환자 옆에서 많은 시간을 보냈다. 사내의 이마에 흐르는 땀을 닦아 주고, 사내가 대야에 초록빛 앙금을 토해 낼 때면 어깨를 잡아 주기도 했다. 환자의 토사물은 매일 저녁 황궁에 있는 마이어에게 검사를 받기 위해 전달되었다. 이따금 케플러는 한밤중에 책상 앞에 앉아 있다가 문득 고개를 들고 귀를 기울이곤 했다. 때로는 울음소리가 들린 듯했고 어떤 때는 책상 앞의 촛불이 만들어 내는 둥그런 그림자가 찌그러지면서 고통의 신호가 오는 듯했다. 그럴 때면 고요한 집 안을 가로질러 꼭대기 방으로 올라가서는 괴로워하는 사내의 곁을 한참 동안 지켰다. 악취가 진동하는 그 방에서 케플러는 이상하게도 자신의 존재감을 생생하게 느꼈다. 마치 낮 동안이나 다른 생활을 할 때는 숨겨져 있던 자신의 또 다른 모습이 짧은 순간 되살아나는 것 같았다. 광대 에페가 먼저 와서 그저 빠르고 고른 숨소리를 내며 말없이 바닥에 가만히 웅크리고 있는 날도 있었다. 둘은 미친 예언자의 유골이 모셔진 사당에 온 사람들처럼 아무 말도 하지 않고 조용히 기다렸다.

어느 날 아침 튀게가 방으로 올라왔다. 그는 허연 이 사이로 붉은 혀끝을 비죽이 내민 채 옆 걸음질로 가만가만 들어왔다.

"삼총사가 되셨군."

그는 침대 옆으로 어슬렁어슬렁 다가와 이불과 뒤엉켜 누워 있는 이탈리아 사내를 내려다보았다.

"아직 죽지는 않은 모양이지?"

"잠들었습니다, 나리."

에페가 말했다.

"어휴, 냄새."

튀게는 기침을 했다. 그는 창가로 걸어가 커튼을 휙 잡아 젖히고 청명한 하늘을 올려다보았다. 정원에서 새들이 지저귀고 있었다. 그는 몸을 돌리더니 옅은 미소를 띠고 물었다.

"**선생이** 보기엔 환자의 예후가 어떤가요?"

"팔에서 온몸으로 독성이 퍼졌습니다. 죽을지도 모릅니다."

케플러가 어깨를 으쓱하며 대답했다. 저 자식이 어서 가버렸으면 싶었다.

"그런 말이 있지요. 칼로 일어선 자는 칼로……"

튀게는 말을 하다 말고 크게 껄껄댔다.

"아, 인생이란 얼마나 잔인한지."

그는 한 손을 가슴에 갖다 댔다.

"만리타향에서 저렇게 개처럼 죽어 가다니!"

그는 에페를 보며 물었다.

"야, 너 같은 놈도 눈물이 나려고 하지 않냐?"

"나리께서는 역시 훌륭하십니다."

에페가 웃으며 말했다.

"그렇고말고."

튀게는 광대를 한번 쳐다보더니 샐쭉한 표정으로 돌아서서 환자를 다시 내려다보았다.

"전에 로마에서 이 사람을 만난 적이 있어요. 그 동네에서 유명한 포주였어요. 사람들 말로는 이자가 남자를 더 좋아한다고 했지만, 이탈리아 놈들은 다 그렇다고 하더군요."

그는 케플러를 흘긋 보고는 말을 이었다.

"선생은 이 친구의 상대로는 너무 원숙한 것 같네요. 아마 여기 이 개구리 같은 놈이 취향에 더 맞을 겁니다."

그는 방을 나가다가 문간에 서서 말했다.

"어쨌거나 아버지는 이 사람이 빨리 낫기를 바라십니다. 그래야 속 시원히 내쫓을 수 있으니까요. 둘이서 간호사 역할을 제대로 하고 있군요. 잘 보살피십쇼."

펠릭스는 차츰 회복했다. 어느 날 케플러는 그가 지저분한 셔츠를 입고 창가에 기대 있는 모습을 보았다. 사내는 아무 말도 하지 않고 돌아보지도 않았다. 다시는 못 볼 뻔했던 세상을, 안개 낀 먼 풍경과 하늘의 구름, 얼굴에 쏟아지는 여름 햇살을 넋 놓고 감상하는 이 순간을 감히 방해하지 말라는 듯이. 케플러는 조용히 방을 빠져나왔다. 그날 저녁 케플러는 다시 그 방을 찾았다. 이탈리아 사내는 마치 처음 보는 사람처럼 케플러를 쳐다보며 붕대를 갈아 주려는 손을 뿌리쳤다. 사내는 먹을 것과 술을 가져다달라고 했다.

"난쟁이 광대는 어디 간 거요? 난쟁이를 데려와요, 네?"

그 후 며칠 동안 케플러는 서서히 충격적인 현실을 깨달았다. 이탈리아 사내는 계속 케플러를 본체만체했다. 그는 사내에게서 무얼 기대했던 걸까? 사랑은 아니었다. 물론, 우정도. 그런 진부한 게 아니었다. 어쩌면 그는 지독한 동지를 원한 게 아닐까? 그를 이용해 행동과 치열함의 세계, 지극히 이탈리아 같은 세계, 이 변절자가 전파하는 그런 세계에 발을 들여놓으려 했던 건 아닐까? 그게, 그런 게 인생이었다! 케플러는 이탈리아 사내를 보면서 간접적으로나마 드디어 진짜 인생을 맛본 것 같았다. 더럽고 탐욕스럽지만 눈부시게 빛나고 신나는, 그런 인생 말이다.

튀코 가족은 케플러가 너무도 잘 아는 그 가식적인 태도로 펠릭스가 마치 온 집안에 희망을 주는 존재라도 되는 양 그의 회복을 축하했다. 그들은 펠릭스를 초라한 방에서 불러내 새 옷을 준비해 주고, 정원의 포플러 그늘 아래 기다란 탁자에서 모두가 함께 식사하는 자리를 마련했다. 튀코는 사내를 자기 오른편에 앉혔다. 식사는 서로 건배하고 등을 토닥이며 유쾌하게 시작됐지만, 술이 웬만큼 들어가자 속에 있는 원한이 조금씩 나오기 시작했다. 몸이 아픈 데다 얼근히 취한 튀코는 죽은 엘크 얘기를 다시 꺼내며 흥분해서 한참 욕을 퍼붓다가 돌연 접시 위로 고꾸라져 잠이 들었다. 이탈리아 사내는 먹이를 지키려고 잔뜩 긴장한 개처럼 사방을 살피며 허겁지겁 음식을 먹었다. 그는 튀코의 변덕스러운 성격을 잘 알고 있었다. 그는 튀코의 딸 엘리사베트가 만들어 준 검은색 실크 삼각붕대를 팔에 두르고 있었다. 텡나겔이 이탈리아 사내에게 엘리사베트 근처에 또다시 얼씬하면 결투를 신청하겠다고 으름장을 놓더니, 의자를 넘어뜨리며 벌떡 일어나 멀찍이 떨어진 자리로 성큼성큼 가버렸다. 펠릭스는 웃음을 터트렸다. 텡나겔만 빼고 모두가 알고 있는 사실이 있었으니, 바로 그가 오래전에 베나테크성에서 이미 이 처자와 놀아난 적이 있다는 것이다. 그렇다고 그가 그녀 때문에 돌아온 것은 아니었다. 얼간이가 통치하는 프라하의 황실은 돈이 많다고 들었다. 어쩌면 루돌프 황제에게 독특한 재능을 가진 사람이 필요할 수도 있지 않을까? 난쟁이 광대가 케플러에게 의견을 묻자 케플러는 빈정대는 투로 대답했다.

"오호, 난 네 주인이 황제를 만나게 해주기까지 1년을 기다렸어.

그리고 그 뒤로 황궁에 다시 간 것도 겨우 두 번뿐이야. 그런 나한 테 무슨 영향력이 있겠나?"

"하지만 곧 영향력을 갖게 될 겁니다. 선생님이 생각하는 것보 다 더 빨리요."

예페가 속삭였다.

케플러는 아무 말도 하지 않고 고개를 돌렸다. 난쟁이의 예지 력이 그를 불안하게 했다. 튀코 브라헤가 불쑥 잠에서 깼다.

"선생님은 꼭 필요하신 분이니까요."

예페가 나지막이 말했다.

"그래, 난 자네가 필요해."

튀코가 침침한 눈을 비비며 화난 투로 말했다.

"네, 저 여기 있습니다."

그러나 튀코는 지친 모습으로 못마땅하게 그를 바라볼 뿐이었다.

"흥."

튀코는 영락없는 병자의 모습이었다. 뒤에서 미소 짓고 있는 광 대가 케플러의 눈에 들어왔다. 저 난쟁이는 그들의 미래에 관해 무 얼 보고 있을까? 더운 기운을 실은 세찬 바람이 불어오면서 저녁 햇살이 그 바람에 멍든 것처럼 암갈색으로 물들어 갔다. 포플러나 무들이 흔들렸다. 순간 케플러에게는 주변의 모든 사물이 온몸을 떨며 무언가를 드러내려 하는 듯, 이 무작위적인 햇살과 날씨와 사 람들의 행동이 어우러지면서 말과 비슷한 형태로 변하고 있는 듯 느껴졌다. 펠릭스는 엘리사베트 브라헤에게 귓속말을 하고 있었다. 투명하리만치 새하얀 그녀의 귓불이 흥분으로 물들었다. 떠나야 한다. 올해가 가기 전에. 이번에는 영영. 황제의 후원 따위에는 이제 관심이 없었다. 그러나 그때쯤이면 예페의 예언이 실현될지도 모른다. 정말 그가 영향력 있는 인물이 되어 있을지도 모를 일이다.

* * *

케플러는 다시 화성 연구에 매달렸다. 상황은 훨씬 나아졌다. 크리스티안 롱베르는 입씨름에 지쳐 덴마크로 돌아갔기 때문에 이제 내기 따위를 걱정할 필요가 없었다. 튀코 브라헤도 좀처럼 보이지 않았다. 흑사병이 돌 거라느니, 튀르크족이 침입할 거라느니 하는 소문이 돌아서 별점을 칠 일이 많아졌다. 루돌프 황제는 갈수록 불안감에 시달려서 베나테크성에 살던 제국 수학자 튀코를 프라하로 부른 것이었다. 그러나 쿠르티우스의 저택조차도 멀다고 느꼈는지 수시로 튀코를 궁으로 불러들였다. 날씨는 계속 화창했다. 낮은 모젤 포도주˚ 빛깔을 띠었고 밤하늘도 유리처럼 맑았다. 케플러는 바르바라와 정원에 앉아 시간을 보내기도 하고, 가끔은 레기나와 흐라트차니 언덕을 거닐며 화려한 저택들을 감상하거나 황실 기병대의

● 독일의 모젤 지방에서 생산되며 주로 연둣빛에 가까운 색을 띤다.

행렬을 구경했다. 그러나 8월이 되자 흑사병 소문 때문에 저택들이 잠시 폐쇄되고 기병대 행렬도 뜸해졌다. 황제는 튀코 브라헤를 데리고 벨베데레에 있는 별장으로 피신했다. 여름날의 감미로운 슬픔이 황량한 흐라트차니 언덕을 뒤덮었다. 케플러는 툭하면 아팠던 어린 시절, 병을 앓고 일어나 후들거리는 다리로 거리를 거닐던 일이 떠올랐다. 학교 친구들이 없는 거리는 마법에 걸린 듯 황량했다.

화성 연구가 급격한 진전을 보이기 시작했다. 그는 코페르니쿠스의 왕복 운동 이론에 오류가 있다는 것을 의외로 쉽게 밝혀냈고, 튀코의 관측 자료를 이용해 화성 궤도가 지구 궤도와 일정한 각을 이루며 태양을 지나간다는 사실을 알아냈다. 그 밖에도 부수적인 성과들을 얻었다. 그러나 거기서 더 나아가려 할 때마다 행성의 운동 속도가 변화하는 것 같다는 수수께끼에 부딪혔다. 그는 과거 과학자들의 이론으로 눈을 돌렸다. 프톨레마이오스는 속도 불변의 원칙을 지키기 위해 원 궤도의 직경 위에서 일정한 속도의 원운동이 관측되는 가상의 점인 등각속도점을 도입했다(케플러는 그 점에 서 있는 가상의 관찰자로 금속 인조 코를 단 성질 고약하고 독선적인 늙은이를 상상하며 재미있어 했다). 한편 코페르니쿠스는 프톨레마이오스의 편법에 경악하며 등각속도점를 허술한 개념으로 치부하면서도, 일정한 속도의 주전원 운동* 다섯 개를 겹쳐 놓는, 역시 허

---

* 원의 원주 위를 도는 점을 중심으로 하는 또 하나의 작은 원을 주전원이라고 하고, 주전원의 원주 위를 도는 운동을 주전원 운동이라고 한다.

술한 대안을 제시했을 뿐 다른 뾰족한 수를 찾지 못했다. 그렇다고는 해도 그들의 논리는 정교하고 복잡했으며 우주의 현상을 꽤 훌륭하게 설명했다. 하지만 그 위대한 선배들이 이런 이론들로 만물의 이치를 확실하게 입증했는가? 이런 의문이 케플러를 괴롭혔다. 그 안에 경험적인 논리를 뛰어넘는 본질적인 장엄함이, 나에게는 없는 어떠한 고결함이 있는가? 물리학적인 원리와 실재를 추구하는 나의 방식은 지독하게 저속한 것일까?

어느 토요일 밤, 케플러는 클라인자이트 거리의 한 술집에서 광대 예페와 이탈리아 사내를 만났다. 그들은 황실 주방 일꾼 두 명을 우연히 만나 합석하게 되었다. 한 명은 애꾸눈에 체구가 큰 세르비아 남자, 한 명은 뷔르템베르크에서 왔으며 키가 작고 족제비처럼 생긴 남자로 자기가 헝가리 전장에서 케플러의 동생과 함께 군대 생활을 했다고 주장했다. 그의 이름은 크룸프였다. 세르비아 남자는 바지 앞의 불룩한 주머니를 뒤적여 1플로린을 꺼내더니 모두에게 네덜란드 진을 한 잔씩 사서 돌렸다. 한쪽에서 바이올린 연주가 시작되자 창녀 셋이 요란한 노래를 부르며 춤을 췄다. 크룸프가 여인들을 곁눈질로 흘겨보고 바닥에 침을 뱉으며 말했다.

"저년들 다 병 걸렸어. 내가 잘 알거든."

하지만 세르비아 남자는 홀딱 빠졌는지, 하나뿐인 음흉한 눈으로 창녀들에게 추파를 던지며 경쾌한 리듬에 맞춰 주먹으로 연방 탁자를 두드렸다. 이번에는 케플러가 술을 한 잔씩 돌렸다.

"아, 오늘은 수학자 선생님이 기분이 좋으신가 봐요? 저희 주인님께서 봉급이라도 챙겨 주셨나요?"

예페가 말했다.

"뭐, 비슷해."

케플러는 방탕아가 된 기분이었다. 그들은 카드 놀이를 하며 술을 더 마셨다. 이탈리아 사내는 검은색 벨벳 정장을 입고 챙이 처진 중절모자를 쓰고 있었다. 케플러는 그가 손바닥에 잭을 숨기는 것을 목격했다. 사내는 그 판을 이기고 나서 케플러에게 이를 드러내며 씩 웃어 보였다. 그는 춤곡을 한 번 더 연주하라고 외치더니, 자리에서 일어나 창녀에게 허리를 숙이며 춤을 청했다. 술집 탁자의 촛불들이 쿵쾅거리는 그들의 발소리에 맞춰 흔들렸다.

"유쾌한 친구지요."

예페가 말했다. 케플러는 눈을 게슴츠레 뜬 채 빙긋 웃으며 고개를 끄덕였다. 이내 술집은 춤판으로 바뀌었고 어느새 그들은 술집 앞 거리로 나와 있었다. 창녀들 중 하나가 바닥에 쓰러지더니 통통한 다리로 허공에 발길질을 하며 깔깔댔다. 케플러는 벽에 기대어 서서 술집의 창문으로 쏟아져 나오는 불빛 속에서 난잡하게 춤추는 사람들을 바라보았다. 그때 갑자기 어디선가, 아니, 어디서든, 바이올린 소리와 가물거리는 불빛에서, 요란한 구두 굽 소리에서, 빙글빙글 돌며 춤추는 사람들과 이탈리아 사내의 취한 눈빛에서 어떤 생각의 파편들이 그의 머리를 치고 지나갔다. 틀렸어. 뭐

가? 그 원칙 말이야. 창녀가 고양이처럼 그를 어루만졌다. 그래, 그
거야. **속도 불변의 원칙이 틀렸어**. 너무도 우스웠다. 케플러는 웃으
면서 몸을 돌려 하수구에 대고 속에 있는 것을 한참 게워 냈다. 크
룸프가 그의 어깨에 손을 올리며 말했다.

"이봐요, 친구. 토하다가 작고 둥근 뭔가가 나오면 뱉지 마세요.
당신 똥구멍이니까."

뒤쪽에서 이탈리아 사내가 껄껄 웃었다. 세상에, 그거야. 그 원
칙이 틀린 거야!

그들은 술집을 두어 군데 더 들렀다. 세르비아 남자는 도중에
어디론가 가버렸고, 펠릭스와 예페는 창녀들과 팔짱을 끼고 비틀거
리며 어둠 속으로 사라졌다. 둘이 남은 크룸프와 케플러는 고향 뷔
르템베르크의 구슬픈 노래들을 부르면서 넘어졌다가 다시 일어나
고래고래 소리를 지르기도 하며 비틀비틀 흐라트차니 언덕을 올라
갔다. 몇 시간 후, 드디어 침침한 케플러의 눈에 집이 보였다. 머릿
속에서 창녀의 음탕한 몸짓이 떠나지 않았다. 그는 취기로 눈을 붉
게 이글거리며 아내에게 달려들었다. 수없이 쉿, 쉿, 하고 킬킬거리
면서 그녀의 뻣뻣한 몸을 기묘한 체위로 바꿔 놓고 일을 치렀다. 다
음 날 아침 목이 타는 듯한 갈증과 지독한 두통에 괴로워하며 잠에
서 깼을 때, 자기가 도대체 왜 그랬는지 알 수 없었다. 바르바라의
커다란 엉덩이 모양을 따라, 그리고 아내의 소변으로 톡 쏘는 냄새
를 풍기는 침대 밑 요강 안에도, 지난밤 저지른 방탕한 실험의 흔적

이 남아 있었다. 바르바라는 일주일 동안 그와 말을 하지 않았다.

그날 오후 머릿속을 자욱하게 덮고 있던 숙취가 사라지자 케플러는 가난뱅이 수집가가 훔친 보물을 몰래 끄집어내 보듯, 속도 불변의 원칙이 틀렸다는 사실을 떠올리며 다시 곰곰이 머리를 굴려 보았다. 그것은 모든 행성 중에서도 특히 화성의 수수께끼를 해결할 단 하나의 자명한 열쇠인데 2천 년이 넘도록 어떤 위대한 천문학자도 접근하지 못했다. 그렇다면 그에게 이런 계시가 내려온 까닭은 무엇이며 어떤 천사가 그의 귀에 속삭여 준 것일까? 그는 술에 취해 흥청망청 추태를 부리며 창녀에게 욕정을 느끼는 와중에 어떻게 자기 안의 또 다른 존재가 은밀하고 고요하게 이런 발견을 할 수 있었는지 놀랍기만 했다. 어쩐지 겸허해지는 듯했다. 이제 더 나은 사람이 되어야 한다. 더 행동을 조심하고 바르바라의 불평을 들어주며 튀코의 고약한 성질을 인내하고 기도를 올려야 한다. 적어도 다른 문제들이 나타나기 전까지는.

새로운 문제들이 나타나기까지는 그리 오랜 시간이 걸리지 않았다. 행성이 일정한 속도로 움직인다는 가설을 부정하자 모든 것이 어그러져 처음부터 다시 시작해야 했다. 그는 낙담하지 않았다. 충분히 가치 있는 일이었다. 《우주의 신비》에서 수행한 것은 추상적이고 이론적인 고찰이지만 이번 것은 실재를 다루는 작업이었다. 실제 행성의 정확한 관측 자료와 좌표들, 실질적인 현상이었다. 케플러가 화성 연구를 맡은 것은 우연이 아니었다. 질투심 많은 얼간이 크리스티안 롱베르가 그동안 맡았던 달의 궤도를 넘겨주지 않겠다고 고집했기 때문이다. 케플러는 웃음이 났다. 천사의 떨리는 날개 끝과 하늘을 가리키는 손가락이 어렴풋이 보이는 듯했다. 화성이야말로 우주 운행의 비밀을 푸는 열쇠라는 것을 알았기 때문이다. 그는 연구하는 내내 긴장감 가득한 우주 공간을 떠다니며 헤엄치는 기분을 느꼈다. 7개월은 이제 17개월이 되어 가고 있었다.

튀코 브라헤는 케플러에게 제정신이 아니라고 했다. 행성의 속도가 일정하다는 것은 의문의 여지가 없는 진리라는 것이다. 다음엔 행성들의 궤도가 완전한 원이 아니라고 하겠군! 케플러는 어깨를 으쓱했다. 속도 불변의 원칙이 틀렸음을 보여 준 것은 바로 튀코의 관측 자료들이었다. 튀코는 커다란 대머리를 흔들었다. 아니, 아니야. 분명히 다른 해답이 있을 거야. 케플러는 혼란스러웠다. 정답을 찾았는데 왜 다른 답을 찾아야 한단 말인가? 그의 마음의 출입문에 펜과 석판을 든 냉정한 서기관이 지키고 서 있었다. 그는 다른 생각을 허용하지 않을 것이다. 튀코 브라헤는 돌아섰다. 그는 슈바벤에서 온 이 엉뚱한 과학자가 화성의 비밀을 풀어 줄지도 모른다고 막연히 기대했건만 이제 그 가능성은 사라졌다. 케플러는 그의 소매를 붙잡았다. 잠깐만요. 내 컴퍼스, 컴퍼스가 어디 갔지? 자, 들어 보시면 알 거예요! 행성의 속도가 변한다고 가정하더라도, 원 궤도의 반지름을 구한 뒤 원일점(천체가 태양에 가장 멀어지는 위치)과 근일점(천체가 태양에 가장 가까워지는 위치)을 연결하는 장축의 방향이 항성을 기준으로 어떠한지 알아내면, 또 그 장축 위에서의 태양의 위치와 궤도의 중심과 등각속도점의 위치만 알면 궤도를 구할 수 있습니다. 일단 계산을 위한 장치로 등각속도점을 이용할 겁니다. 물론, 시행착오는 있겠지만…… 잠깐, 잠깐만요! 하지만 튀코는 중얼거리며 가버렸다.

케플러는 일흔 번 시도했다. 그리고 마침내 900쪽의 종이를 빽빽한 계산으로 채운 끝에, 불과 2각분의 오차로 튀코의 관측에 부합하는, 정확한 화성의 위치를 말해 주는 계산 값을 얻었다. 케플러는 지독하게 따분한 계산의 터널에서 빠져나와 만나는 사람마다 붙잡고 자신의 성공을 자랑했다. 덴마크에 있는 롱베르에게 편지를 써서 내기를 마무리 짓자고 제안하기도 했다. 연구하는 동안 제발 찾아오지 말았으면 하고 간절히 바랐던 고열이 미친 연인처럼 다시 와서 그를 괴롭혔다. 열이 가라앉자 그는 마지막 확인을 위해 다시 계산에 매달렸다. 승리를 자축하는 단계일 뿐이었다. 그는 다른 관측 자료를 선택해 자신의 가설에 적용해 보았다. 이번에는 들어맞지 않았다. 아무리 계산해도 늘 8각분의 오차가 발생했다. 그는 책상에서 터벅터벅 물러나며 단검과 독배를, 흐라트차니의 높은 성벽에서 허허벌판으로 쫓겨나는 자신의 모습을 상상했다. 그러나 지금까지 해온 모든 것을 버리고 다시 시작해야 한다는 생각에 가슴속 깊은 곳에서 기이한 설렘이 일었다. 그것은 그의 세포에 각인된 열성분자의 기쁨이자 손에 움켜쥔 채찍과도 같았다. 최후의 해답을 알아내기까지는 7개월이 아니라 7년이 걸린다는 사실을 케플러는 아직 모르고 있었다.

　과부하가 걸린 케플러의 뇌는 남아도는 열정의 불씨도 부채질하기 시작했고, 덕분에 그는 온갖 종류의 기발하고 독특한 고안물을 만들었다. 그는 원뿔곡선을 이용해 포도주 통의 부피를 측정하는 방법을 생각해 냈다. 황제의 포도주 저장소 관리인은 몹시 흡족해했다. 케플러는 자신의 시력을 측정한 뒤 린츠에서 옛 친구 빙클레만이 만들어 준 렌즈를 이용해 정교한 안경을 만들기도 했다. 오래전부터 물이 만들어 내는 시시한 기적에 매료되었던 그는 물시계를 제작하고 새로운 종류의 펌프를 만들어 황궁의 기술자들을 놀라게 했을 뿐 아니라, 그 밖의 여러 기구로 튀코 집안사람들을 즐겁게 했다. 톱니바퀴가 달린 이중 밸브 주름상자가 흡입장치의 역할을 하는 자동 바닥청소기를 설계하기도 했다. 또 부엌하녀들과 상의해 가며 커다란 빨래 통에 발판으로 움직이는 노를달아 놓은, 일종의 세탁기를 설계하기도 했다. 하녀들은 세탁통을보고 깔깔대며 재미있어 했다. 케플러는 이런 발명을 즐거운 오락으로 삼았지만 하루의 끝에는 언제나 화성이라는 오래된 연구 주제가 그를 기다리고 있었다.

　케플러는 밤에 연구하기를 좋아했다. 밤의 적막과 촛불의 불빛, 주변을 온화하게 감싸는 어둠을 음미하다가 새벽이 오면 여전히 새롭고 오염되지 않은 세상의 모습을 잠시나마 엿볼 수 있다는 사실에 놀라곤 했다. 그는 쿠르티우스 저택의 맨 꼭대기에 있는 작은 방에 틀어박혀 좀처럼 나오지 않았다. 그렇게 여름이 지나갔다. 10월의 어느 이른 아침, 문 앞에서 발소리가 들려 내다보니 튀코 브라헤가 팔짱을 낀 채 깊은 생각에 잠긴 듯이 발끝을 쳐다보며 복도에 서 있었다. 잠옷 위에 망토만 걸친 차림이었다. 그의 뒤쪽 멀리 벽 앞에서 예페가 슬금슬금 걸어오고 있었다. 둘은 잃어버린 물건을 찾다가 낙담한 사람들처럼 지친 모습이었다. 튀코는 고개를 들어 케플러를 보았지만 놀라는 기색은 없었다.

"더 잘 수가 있어야 말이지."

마치 그 말이 신호가 된 듯 밖에서 요란하게 뎅그렁거리는 소리가 울렸다. 케플러가 귀를 기울이며 미소 지었다.

"종소리네요."

튀코는 얼굴을 찌푸렸다.

마치 상자 같은 케플러의 비좁은 방은 작은 침대와 등받이 없는 의자 하나, 종이들이 어지럽게 쌓여 있는 낡은 탁자로 발 디딜 틈이 없었다. 튀코는 망토를 휘저으며 천천히 의자에 앉았다. 예페가 종종걸음으로 다가와 탁자 밑에 자리를 잡았다. 갑자기 빗방울이 후두둑 창문을 때렸다. 하늘이 갈라지면서 물결치듯 도시 위로 낮게 내려왔다. 케플러는 머리를 긁은 뒤 손톱 밑을 별 생각 없이 쳐다보았다. 또 이가 생겼다.

"연구는 잘돼 가나?"

튀코가 팔꿈치 옆에 어질러진 종이들을 고갯짓으로 가리키며 물었다.

"네, 그럭저럭요."

"아직도 코페르니쿠스 체계를 믿고 있나?"

"계산을 하는 데는 유용한 기본 이론이고······."

아니, 이건 튀코가 원하는 대답이 아니다.

"네, 저는 코페르니쿠스 이론을 믿습니다."

케플러는 단호하게 대답했다.

튀코는 그 말을 못 들은 것 같기도 했다. 그는 문 쪽으로 고개를 돌리고 있었다. 문에 박힌 옷걸이에는 장식 띠가 둘러진 황실 예복과 깃털 장식이 달린 모자가 걸렸고 흰곰팡이가 피어 있었다. 집의 옛 주인인 부대법관 고故 쿠르티우스의 영혼이 힘없이 늘어져 있는 듯했다. 탁자 밑에서 예페가 몸을 움직이며 혼자 중얼거렸다.

"얘기를 하려고 왔네."

튀코가 말했다. 케플러는 기다렸지만 튀코는 말을 잇지 않았다. 케플러는 우둔한 짐승의 발처럼 마룻바닥에 붙어 있는 그의 커다랗고 누런 맨발을 쳐다보았다. 한창 때 튀코 브라헤는 별 수백 개의 위치를 관측했고 프톨레마이오스의 체계보다 훨씬 더 정교한 우주 이론을 정립했다. 1572년 신성新星에 관해 쓴 책으로 유럽 전역에서 유명한 인물이 되었다.

"행성의 운동과 관련해 한 가지 발견한 점이 있습니다."

케플러는 손에 든 펜을 보며 미간을 찌푸렸다.

"결국 속도가 변하지 않는다는 걸 깨달았나?"

튀코가 갑자기 웃음을 터뜨렸다.

"그게 아니라, 행성이 공전 궤도를 회전할 때 행성과 태양을 연결한 직선은 동일한 시간에 동일한 면적을 쓸고 지나가는 것 같습니다."

케플러는 튀코를 흘끗 쳐다보았다.

"제 생각엔 분명한 법칙 같습니다."

"수학자 모세가 탄생하셨군요."

예페가 낄낄거리며 말했다.

여전히 비가 내리고 있었지만 동쪽 하늘에서 구름이 갈라지며 햇빛이 새어 나왔다. 창문턱에서 새들이 푸드덕 날아오르는 소리가 들렸다. 케플러의 펜은 밖에서 요란하게 퍼붓는 비에 질세라 종이 위에서 끼익거리는 소리를 내며 크고 검은 잉크 얼룩을 만들어 냈다.

"또 종소리군."

튀코가 조그맣게 말했다.

그날 밤 튀코는 근처 로젠베르크 남작의 집에서 열리는 만찬에 갔다가 잔뜩 취해서 돌아와서는 중앙 홀 벽난로에 소변을 누며 고래고래 고함을 질러 집안 사람들을 전부 깨웠다. 소변에서 지독한 악취가 났다. 그는 예페를 발로 걷어찬 뒤 비틀거리며 계단을 올라가 자기 방 침대에 풀썩 쓰러졌다. 화가 머리끝까지 난 크리스티네 부인은 이미 다른 방으로 가고 없었다. 집안 사람들이 다시 잠들었을 즈음, 튀코는 침대에서 벌떡 일어나더니 불을 켜고 메추라기알과 브랜디를 가져오라고 소리를 질렀다. 다음 날 정오경 그는 케플러를 침실로 불렀다.

"병이 난 거 같아."

그의 손에는 커다란 맥주잔이 들렸고 침대 위에는 빵 부스러기가 흩어져 있었다.

"술을 너무 많이 드시지 않는 게 좋겠습니다."

케플러가 부드럽게 말했다.

"제길. 배 속에서 뭐가 터졌나 봐. 저걸 봐!"

튀코는 짜증스러운 표정으로 케플러의 발 옆 바닥에 놓인 대야를 가리켰다. 핏빛 오줌이 담겨 있었다.

"어젯밤에 로젠베르크 저택에서 방광이 터지려고 하는 걸 세 시간이나 참았어. 결례가 될까 봐 자리에서 일어날 수가 없었거든. 어떤 상황인지 자네도 알 거야."

"아뇨, 잘 모릅니다."

케플러가 대답했다.

튀코는 못마땅한 표정을 짓더니 맥주를 꿀꺽꿀꺽 마셨다. 그리고 잠시 날카로운 눈빛으로 케플러를 쳐다보았다.

"내 가족을 조심하게. 자네 연구를 훼방 놓으려 할 테니까. 특히 텡나겔을 조심해. 멍청한데 야심은 많거든. 내 불쌍한 난쟁이 광대도 잘 보살펴 주고."

그는 잠시 말을 멈췄다.

"나를, 내가 자네한테 해준 모든 것을 잊지 말게. 내 삶을 헛되게 하지 말아 줘."

케플러는 웃으면서 자기 방으로 올라갔다. '내가 자네한테 해준 모든 것'이라니! 방에 돌아오니 바르바라가 그의 앞에 버티고 서서 꼬치꼬치 캐물었다. 케플러는 그녀를 피해 책상으로 곧장 걸어가 중얼거리며 책을 펼쳤다.

"좀 어때?"

그녀가 물었다.

"응? 누구?"

"누구긴!"

"아, 별일 아니야. 술을 너무 많이 마셔서 그래."

바르바라는 잠시 말이 없었다. 그녀는 케플러의 뒤에 팔짱을 끼고 서서 솟구쳐 올라오는 화를 꾹 참고 있다가 마침내 입을 열었다.

"당신 어떻게…… 어쩜 그렇게……"

케플러는 아내를 돌아보았다.

"무슨 말이야?"

"그가 죽으면 우리가 어떻게 될지 생각해 봤어?"

"말하는 거 하곤! 만찬에 갔다가 평소처럼 술을 많이 마셨는데, 귀찮아서 오줌을 오래 참는 바람에 방광에 무리가 갔나 봐. 내일이면 괜찮아질 거야. 나도 죽을병 정도는 구분할 수 있을 만큼 안다고. 그리고……"

"당신은 아무것도 몰라!"

바르바라가 침을 튀기며 빽 소리쳤다.

"당신이 살아 있긴 해? 그놈의 별들이랑 중요한 이론, 이런저런 법칙에만 빠져서……."

그녀의 목소리가 갈라지고 눈에서는 굵은 눈물이 뚝뚝 떨어졌다. 결국 그녀는 방을 나갔다.

튀코의 상태는 급속도로 악화됐다. 일주일도 안 돼 케플러는 또 튀코의 방으로 불려 내려갔다. 방 안을 가득 메운 그의 가족과 조수들, 황실 사절들은 꿈의 언저리에서 보았던 어둡고 우울한 장면을 연상하게 했다. 튀코는 높은 침대 위에서 등불의 불빛을 받고 있었다. 초췌한 얼굴에는 주름살이 가득했고 눈은 초점을 잃어 흐릿했다. 그는 케플러의 손을 잡고 말했다.

"나를 잊지 말게. 내 삶을 헛되게 만들지 말아 줘."

케플러는 할 말이 떠오르지 않아서 그저 빙긋 웃으며 연신 고개를 끄덕거렸다. 크리스티네 부인은 드레스를 뜯으며 마치 뭔가를 떠올리려는 사람처럼 멍한 표정으로 주변을 둘러보았다. 눈물범벅이 된 난쟁이 예페가 침대 위로 기어오르려 하자 뒤에서 누군가가 끌어내렸다. 케플러는 엘리사베트 브라헤가 임신 중이라는 사실을 알아챘다. 텡나겔은 그녀의 옆에 숨어 있었다. 문밖에서 시끄러운 소리가 나더니 펠릭스가 벌컥 들어오며 밖에 있는 누군가에게 욕을 퍼부었다. 그는 성큼성큼 침대로 다가가 케플러를 옆으로 밀치고 튀코의 손을 덥석 잡았다. 튀코는 이미 숨을 거둔 뒤였다.

튀코의 시신은 프라하식 예배를 겸한 장례를 치른 뒤 틴 성모 교회에 묻혔다. 흐라트차니 언덕 위 그가 살던 저택은 갑자기 커다란 날개 하나가 조용히 사라진 듯 충격과 고통에 휩싸였다. 어느 날 아침 펠릭스가 예페를 데리고 어디론가 떠났다는 사실이 밝혀졌다. 어디로 갔는지는 아무도 알 수 없었다. 케플러도 떠날까 생각했다. 하지만 어디로 간단 말인가? 얼마 후 황실에서 그를 튀코의 후임 제국 수학자로 임명했다는 전갈이 도착했다.

* * *

사람들은 루돌프 황제가 정신이 조금 나가긴 했어도 악하지는 않다고 했지만, 케플러는 마침내 처음 황제를 알현하러 가는 날이 왔을 때 두려움에 온몸이 마비될 것 같았다. 튀코 브라헤가 세상을 떠나기 10개월 전의 일이었다. 그즈음 케플러는 보헤미아에 온 지 거의 1년이 되어 가고 있었지만, 튀코는 거만한 태도로 어떤 기미도 내비치지 않았다. 케플러가 용기를 내어 도대체 언제까지 소개를 미룰 거냐고 따져 물었을 때 튀코는 그저 어깨를 으쓱하며 웅얼거렸다.

"황제 폐하는…… 어려운 분이야."

두 사람을 태운 마차가 흐라트차니 언덕길을 올라 황궁의 정문으로 이어지는 높은 성벽 사이로 들어섰다. 주변 풍경은 눈에 뒤덮여 있었다. 온통 새하얀 세상 가운데 바퀴가 지나간 자리만 짙은 색이고 성벽은 희끄무레한 빛을 띠었다. 머리 위 하늘은 산토끼의 털 빛깔이었다. 꽁꽁 언 얼음길을 지나갈 때 말이 비틀거렸다. 지네처럼 기분 나쁘게 생긴 걸인이 달려와 마차 창문 가까이 얼굴을 대고 저주를 퍼붓는 듯한 표정을 지었다. 마차는 궁전 정문 앞의 나무 다리를 느릿느릿 건너다가 멈춰 섰다. 말이 발을 구르며 푸르릉 하고 세차게 콧김을 내뿜었다. 케플러는 창밖으로 고개를 내밀었다. 바람이 칼날처럼 차가웠다. 두꺼운 털옷을 입은 뚱뚱한 문지기가 초소에서 뒤뚱거리며 걸어 나와 마부와 뭔가 얘기를 나누더니 들어가라는 손짓을 했다. 튀코가 문지기에게 동전을 휙 던져 주었다.

"아, 나는 이 나라가 정말 싫어."

튀코가 말했다. 그는 다시 양가죽 덮개로 다리를 덮으며 부산을 떨었다. 그들은 이제 황궁의 정원에 들어섰다. 마치 추위에 놀라 하늘로 팔을 휙 들어 올리기라도 한 듯 벌거벗은 가지들을 벌리고 서 있는 겨울나무들이 창밖으로 미끄러지듯 지나갔다.

"내가 덴마크를 왜 떠난 줄 아나?"

"그야……"

"안다고?"

튀코는 어디 말해 보라는 듯 험악한 눈빛으로 케플러를 쏘아보았다. 케플러는 한숨을 쉬었다.

"모릅니다. 말씀해 주세요."

튀코는 창밖의 뿌연 하늘로 시선을 돌렸다.

"우리 브라헤 가문은 덴마크 왕실에 농락당했어. 내 삼촌인 요르겐 브라헤가 코펜하겐 근처 외레순 해협에서 물에 빠진 프레데리크 왕을 구하고 목숨을 잃었거든. 자네가 그걸 알아?"

케플러는 알고 있었다. 자주 듣는 이야기였다. 튀코는 점점 흥분해서 분노에 몸을 떨었다.

"그런데도 어린 국왕 놈인 크리스티안은 뻔뻔스럽게 나를 내 보금자리인 섬에서, 내 멋진 우라니보르그에서 쫓아냈어. 그놈이 유모 품에서 어리광이나 부리던 코흘리개 시절에 내가 왕실에서 하사받은 영지인데 말이야. 그것도 알고 있었나?"

물론 다 아는 얘기였다. 아는 정도가 아니었다. 튀코는 전제 군주처럼 벤 섬을 다스렸고, 결국 온화한 크리스티안 국왕마저도 더는 묵인할 수 없게 되었다.

"아, 케플러, 왕실에 뒤통수를 맞았다니까!"

튀코는 차가운 오후의 햇살 속에서 점점 가까워지는 궁전 건물을 노려보았다.

두 사람은 접견실 밖에서 기다렸다. 그들보다 먼저 온 사람들도 있었는데, 모두 풀이 잔뜩 죽은 얼굴로 한숨을 쉬며 다리를 꼬았다 풀었다 했다. 지독한 추위에 케플러는 발이 얼어 감각이 없을 지경이었다. 지루한 기다림 앞에서 불안감이 웬만큼 사그라졌을 때 자그마한 체구에 반듯한 옷차림을 한 온화한 인상의 궁내관이 종종걸음으로 다가와 튀코의 귀에 뭐라고 속삭였다. 케플러는 벌써 가슴이 죄어 오는 느낌이 들었다. 마치 오랫동안 갈망하고 두려워하던 순간을 맞이하기 직전에 그의 폐가 충격을 완화하기 위해 빠르게 공기를 빨아들이고 있는 것 같았다. 갑자기 오줌이 마려웠다. 지금 갈까? 잠깐 실례한다고 말하고……?

"이거 아는가?"

황제가 말했다.

"이곳에 있는 수학자 하나가 그러는데, 어떤 두 자리 수든 수의 자리를 바꿔 새로 두 자리 수를 만든 뒤 원래의 수에서 빼거나 아니면 새로운 수에서 원래의 수를 빼면, 그러니까 더 큰 수에서 작은 수를 빼면 돼. 그러면 그 값은 언제나 9로 나눠진다네. 신기하지 않은가? 항상 9로 나눠진다니까."

황제는 작달막하고 통통했고 눈이 우울해 보였다. 돌출한 턱은 둥지에 들어앉은 비둘기처럼 부드러운 턱수염에 싸여 있었다. 열의를 보이는 동시에 지친 초연함이 엿보이기도 했다.

"하지만 선생은 수학자니까, 숫자들이 신기하고 경이로운 방식으로 작동한다는 사실이 별로 놀랍지 않겠지?"

케플러는 머릿속으로 두 자리 수를 바꾸고 빼고 하느라 바빴다. 황제를 처음 알현하며 비위를 맞춰야 하는 사람들이 반드시 거치는 시험 같은 것일까? 황제는 입을 벌린 채 작은 숨소리를 내며 불안하리만치 강렬한 탐욕이 담긴 눈으로 케플러를 응시했다. 케플러는 자신이 황제의 시선에 천천히 삼켜지는 느낌이 들었다.

"네, 저는 수학자입니다, 폐하."

케플러는 머뭇머뭇 미소를 지었다.

"그렇지만 그와 같은 현상이 일어나는 원리는 지금 당장 설명드릴 수가 없습니다……"

그는 지금 신성로마제국의 통치자, 신권에 의한 왕이자 샤를마뉴 대제의 대관을 이어 받은 제국의 황제와 수학을 논하고 있었다.

"폐하께서는 해답을 알고 계시리라 사료되옵니다만."

루돌프 황제는 고개를 저었다. 그는 집게손가락으로 아랫입술을 만지작거리며 잠시 생각에 잠겼다. 그러더니 한숨을 쉬었다.

"숫자에는 합리적으로 설명할 수 없는 마법이 있다네. 필경 선생도 연구를 하면서 느꼈을 테지? 선생도 가끔은 이런 마법을 사용할 것 같은데, 어떤가?"

"그렇진 않습니다."

케플러는 갑자기 힘 있게 튀어나온 대답에 자신도 놀랐다.

"저는 숫자의 신비로 무언가를 증명하려 하지 않습니다. 그것이 가능하다고 생각하지도 않고요."

정적이 이어지자 그의 뒤에서 튀코 브라헤가 헛기침을 했다.

황제는 손님에게 궁전과 그 안의 화려한 방들을 구경시켜 주었다. 케플러는 다양한 기계 장치와, 실물과 똑같은 밀랍 인형, 태엽이 달린 인체 모형, 희귀한 동전과 그림들, 이국적인 조각물, 외설적인 원고들, 바바리마카크* 한 쌍, 등에 혹이 달리고 암갈색 털로 덮였으며 우울한 표정을 한, 크고 호리호리한 아라비아산 동물, 어둑하고 거대한 연구실과 연금술 실험실, 암수한몸인 아이의 해골, 태양열을 받으면 노랫소리가 나는 석상 등을 구경하면서 놀라기도 하고 미신의 기운에 현기증이 나기도 했다. 장소를 옮길 때마다 웅성거리며 그를 따르는 신하의 수가 늘어났다. 섬세한 남자들과 우아한 여자들. 황제는 신경 쓰지 않았지만 그들은 꼭두각시처럼 길게 늘어섰다. 우아하고 여유 있는 모습이지만 케플러는 그들의 나른한 모습 속에서 꼭두각시의 줄, 그 숨죽인 고통의 실이 팽팽하게 당겨지는 것을 보았다. 마치 유리구슬을 문지를 때처럼 그 실 한 가닥 한 가닥에서 원숭이의 숨죽인 울음과 암수한몸인 아이의 말없이 응시하는 눈빛이 한데 섞여 뿜어져 나오는 듯했다. 귀를 기울이면 궁전 구석구석에서 황제의 마법에 걸린 포로들의 희미한 노랫소리가, 그들의 낮은 한탄 소리가 들리는 것 같았다.

그들은 여러 장식물과 그림이 걸려 있고 웅장한 아치형 천장이 있는 넓은 홀 안으로 들어갔다. 바닥에는 흰색과 검은색 대리석이 바둑판처럼 깔려 있었다. 창밖으로 눈 덮인 도시가 내려다보였다.

---

* 긴꼬리원숭이과의 포유류.

그 풍경은 어딘지 바둑판무늬의 바닥과 비슷했지만 안개 자욱한 겨울 햇살 때문에 어지럽게 뒤섞인 잔해처럼 보였다. 방 한쪽에는 몇몇 신하가 레이스 달린 노란색과 하늘색, 살색의 옷차림으로 마치 입상처럼 꼼짝 않고 서 있었다. 이곳은 공식 알현실이었다. 걸쭉한 갈색 음료와 달콤한 간식이 담긴 쟁반이 들어왔다. 황제는 먹지도 마시지도 않았다. 그는 불편한 기색으로 왕좌를 흘긋 보았다. 마치 거기에 보이지 않는 생물체가 웅크리고 있기라도 한 듯. 그것이 방심하는 사이에 덮쳐 굴복시킨 뒤에 앉으려 하는 것 같았다.

"인간은 사회제도나 관습 때문이 아니라 천체 운행의 영향을 받는다는 사실 때문에 다른 동물과 구별되는 존재라고 한다면 동의하겠나? 이 관점을 어떻게 보는가?"

황제가 물었다.

입술이 얇고 눈빛이 우울한 이 땅딸한 남자, 그의 경청하는 자세가 조금은 뭉클하게 느껴졌다. 하지만 이 남자는 일국의 황제가 아닌가! 혹시 가는귀가 먹은 걸까?

"네, 저도 그렇게 생각합니다. 하지만 별점은 따분하기도 하고 오류투성이입니다, 폐하."

케플러는 멈칫했다. 내가 무슨 말을 하고 있는 거지? 누가 점성술 얘기를 꺼내기라도 했나? 그러나 튀코의 말에 따르면 루돌프 황제는 황실의 봉급을 받게 해달라는 케플러의 청원을 받아들였다. 케플러는 그저 돈 몇 푼으로 사서 그의 소장품에 더할 수 있는 마법사가 아니라는 점을 황제에게 이해시켜야 했다. 그는 다시 말을 이었다.

"물론 저는 별들이 분명히 우리에게 영향을 미치며 통치자는 이따금 그러한 영향력을 이용해도 좋다고 생각합니다. 그렇지만, 감히 말씀드리옵건대, 거기에는 위험이 따르기도……"

황제는 엷은 미소를 띠고 고개를 끄덕이며 듣고 있었지만 그러면서도 어렴풋이나마 확실하게 경고하는 느낌을 풍기고 있었다.

"폐하, 그러니까 제 말씀은……"

그가 일부러 목소리에 힘을 주자 튀코 브라헤가 주의를 주려는 듯 헛기침을 했다.

"한 나라의 통치자가 별점으로 돈을 벌려는 자들의 말에 너무 흔들리면 위험해질 수 있다는 뜻입니다. 최근 영국에서 강령술사 켈리와 마술사 디가 교묘한 책략으로 궁정을 속였다는 얘기를 들었습니다."

황제는 여전히 경계하는 기색이 담긴 공허한 미소를 띤 채 고개를 끄덕이며 천천히 시선을 돌렸다. 튀코 브라헤가 재빨리 끼어들어 큰 목소리로 화제를 돌리기 시작했다. 케플러는 부아가 났다. 도대체 그에게 무얼 기대하는 것인가! 그는 무릎을 꿇고 왕의 손에 입맞춤하며 굽실거려야 하는 신하가 아니었다.

땅거미가 내리기 시작하자 궁전 안에 불이 켜지고 음악이 흘렀다. 황제는 드디어 왕좌에 앉았다. 방 안에 의자라고는 그것뿐이었다. 케플러는 다리가 아프기 시작했다. 이 알현에 너무 큰 기대를 걸었다. 모든 게 엉뚱한 방향으로 흘러가고 있었다. 하지만 그는 최대한 정직하고 올곧은 태도를 보였다. 어쩌면 오늘은 그런 태도가 필요한 게 아니었을지도 모르지만. 케플러는 터무니없는 허례허식이 끊임없이 이어지는 이 제국에 맞지 않는 사람이었다. 악기의 현에서 한숨 소리 같은 음률이 차분하게 흘러나와 궁전의 공기를 채웠다.

튀코가 입을 열었다.

"제가 이 학문에 발을 들여놓게 된 건 예측 가능한 천체 현상의 매력 때문이었습니다. 그런 예측이 바다의 항해자나 달력 제작자, 나라의 통치자와 왕자 들에게 유용할 거라고 생각했지요……."

그러나 튀코의 노력도 소용이 없었다. 황제는 턱을 가슴 쪽으로 당기고 앉아 그의 말을 듣지 않고 있었다. 이윽고 황제는 자리에서 일어나 케플러의 어깨에 손을 올리더니 그를 커다란 창문 앞으로 데리고 갔다. 저 아래 보이는 프라하 시내가 어스름 속으로 녹아들고 있었다. 두 사람은 잠시 말없이 서서 여기저기서 명멸하는 작은 불빛들을 바라보았다. 케플러는 문득 이 작고 우울한 남자에게 연민이, 사악하고 거친 세상으로부터 그를 보호해 주고픈 마음이 밀려오는 것을 느꼈다.

황제가 낮은 목소리로 입을 열었다.

"선생이 굉장한 일들을 해냈다고 하더군. 우리 황실에서는 그런 일에 관심이 많다네. 시간이 있었다면……"

그는 한숨을 토해 냈다.

"난 세상이 싫어. 갈수록 이 모든 걸 벗어 내고 싶단 말이지……
이런 것들……"

황제는 애매한 손짓으로 뒤에 있는 공간을 가리켰다.

"가끔은 누더기를 입고 사람들 틈에 끼어 있으면 어떨까 생각하
네. 난 그들을 잘 모르니까. 하지만 여기 어디에 누더기가 있겠나?"

그는 조금은 겸연쩍은 미소를 지으며 케플러를 흘긋 보았다.

"우리도 고충이 많다네."

"물론, 그러실 겁니다."

황제는 미간을 찌푸렸다. 손님이 아니라 자기 자신에게 짜증이
나는 듯했다.

"무슨 얘기를 하려고 했더라? 그래, 브라헤 경이 만들려고 하는
천문학 표 말일세. 자네도 그게 편찬할 가치가 있다고 생각하나?"

케플러는 제멋대로 굴러다니는 공을 쫓아 이리저리 허둥지둥
몸을 날리는 서툰 곡예사가 된 기분이었다.

"폐하, 그 표에는 현재 천문학에서 밝혀진 모든 내용이 담길 것
입니다."

"사실들, 그러니까 수치들 말인가?"

"밝혀진 것은 모두 다입니다."

"그래?"

"그 표는 새로운 천문학을 위한 토대가 될 것입니다. 브라헤 경은 훌륭하고 성실한 관측자입니다. 브라헤 경이 지금까지 모아 둔 자료들은 값을 따지기 힘들 만큼 귀중한 보물입니다. 천문학 표는 반드시 제작되어야 하며, 후대 사람들은 거기에 참여한 모든 분의 이름을 영원히 기릴 것입니다."

"그래, 그렇군."

황제는 기침을 했다.

"케플러 선생, 선생은 오스트리아 출신이지?"

"슈바벤 지역이 제 고향입니다. 하지만 그라츠에서 몇 년간 지내다가……"

"아, 그라츠."

"그곳에서 추방당했습니다. 페르디난트 대공께서……"

"그라츠라."

황제는 다시 그 이름을 반복했다.

"그래, 내 사촌 페르디난트는 참 부지런해."

케플러는 눈을 감았다. 그래, 그의 사촌이지.

음악이 멈추고 작별의 잔이 돌아갔다. 튀코는 케플러의 팔을 부러뜨릴 기세로 꽉 잡았다. 그들은 허리를 굽혀 황제에게 인사한 뒤, 천천히 열리고 있는 뒤쪽의 문을 향해 뒷걸음질로 물러났다. 케플러가 갑자기 미간을 찌푸리며 멈춰 서더니, 혼잣말을 중얼거리며 튀코가 말릴 새도 없이 다시 앞으로 걸어 나갔다.

"9로 나눠지는 것, 당연한 일입니다! 폐하, 잠깐 들어 보세요. 9로 나눠지는 건 우리가 10진법을 쓰기 때문입니다. 그래서 결과가 항상 9로 나눠지는 겁니다. 만약에 우리가 9진법을 쓴다면, 8이 될 겁니다. 항상 8로 나누어떨어진다는 말입니다. 이해하시겠습니까?"

케플러는 의기양양하게 손가락으로 허공에 숫자 8을 그렸다. 그러나 황제는 우울한 표정으로 바라보기만 할 뿐 아무 말도 하지 않았다. 알현실 밖으로 나오자 튀코 브라헤가 혀를 차며 케플러에게 버럭 화를 냈다.

"늘 엉뚱한 말만 하는군. 항상 엉뚱한 말만 하지!"

정문 앞 등불의 불빛 아래서 눈송이가 조금씩 흩날리고 있었다. 차가운 돌바닥을 밟는 말발굽 소리가 들렸고 왼편 어딘가에서 보초병이 소리쳤다. 튀코는 케플러 옆에서 거센 콧김을 내뿜으며 터져 나오는 화를 억누르려 애썼다.

"그렇게, 그렇게 눈치가 없나?"

튀코는 숨까지 헐떡거렸다.

"상황 파악이 그렇게 안 돼? 황제의 속을 긁지 못해 안달이 난 사람 같더군!"

케플러는 아무 말도 하지 않았다. 굳이 튀코가 말해 주지 않아도 자신이 얼마나 형편없이 행동했는지 잘 알고 있었다. 하지만 케플러도 어쩔 수가 없었다. 말썽을 일으킨 것은 그가 아니라 그의 뒤를 비틀거리며 따라다니는 다른 케플러, 정신 나간 케플러였기 때문이다. 그 다른 자아는 그의 인생 곳곳에 짙은 멍을 남겼다. 온화한 케플러는 그저 무기력한 저항밖에 할 수 없었다.

"따지고 보면 그건 별로 중요하지 않지."

튀코가 체념하는 투로 말했다.

"자네가 멍청하게 굴긴 했지만, 어쨌든 나는 자네가 천문학 표 만드는 작업을 나와 함께 해야 한다고 황제를 설득했거든. **루돌프 표**라는 이름을 붙일 생각이야. 황제는 후세 사람들이 자신의 이름을 영원히 기릴 거라고 기대하더군!"

"그래요?"

"그리고 자네한테 1년에 200플로린을 주시겠대. 진짜 받게 될지는 아무도 모르지만. 원래 후하게 베푸는 성격도 아니고 일을 신속하게 처리하는 편도 아니거든."

다리 위에서 마차가 잠시 멈추자 케플러는 창문으로 텅 빈 듯한 풍경을 한참 응시했다. 내 미래는 어떻게 되는 것일까? 보호가 필요해 보이는 사람에게서 보호와 지원을 받아야 한단 말인가? 그는 그 차가운 궁전 안에서 평생을 속박 속에 살아야 하는 애처로운 황제의 얼굴을 떠올렸다. 튀코가 팔꿈치로 케플러의 옆구리를 세게 찔렀다.

"할 말 없어?"

"아…… 고맙습니다."

마차가 덜컥 움직이더니 어둠 속으로 나아갔다.

"세상이 싫다고 하시던데요."

"뭐?"

"황제께서 저한테 말씀하셨어요. 세상이 싫다고. 직접 말씀하신 거예요. 이상하다는 생각이 들었어요."

"이상해? **이상**하다고? 자네도 황제 못지않게 미친 것 같군."

"우린 서로 비슷한 것 같습니다. 여러 면에서……"

그날 밤 케플러는 몸져누웠다. 담낭에서 서서히 시작된 열이 창자를 훑고 머리에까지 이르렀다. 바르바라는 뜨거운 목욕을 하게 했다. 그는 뜨거운 물에 몸을 담그는 것이 부자연스럽고 무모한 짓이라고 생각했지만 놀랍게도 잠시 안정이 되었다. 그러나 고열로 창자가 수축한 탓에 독한 하제를 써서 배변을 해야 했다. 자신의 배설물을 주의 깊게 살펴보고 나서 자신의 담낭이 위장과 비정상적으로 연결돼 있다고 판단했다. 흥미로운 발견이지만 그는 이런 사람들이 오래 살지 못한다는 것을 알고 있었다. 순간 하늘이 노래졌다. 아직 해야 할 일이 너무나 많은데! 황제에게서 빠른 쾌유를 빈다는 서신이 도착했다. 편지를 읽고 케플러는 마음을 다잡았다. 죽지 않을 거야. 마침내 열이 내렸다. 그는 거미줄에 걸린 파리가 된 기분이었다. 죽음의 사자가 미래의 향연을 위해 그의 죽음을 잠시 보류한 것 같았다.

뭔가 깨닫게 하려고 갑자기 고열이 찾아온 건 아닐까? 삶의 방식과 태도에 고칠 점이 있다는 걸 그도 알고 있었다. 내면의 이성적 자아는 그에게 말과 생각을 자제하는 법을 배워야 한다고, 좀 더 자기를 낮춰야 한다고 했다. 그는 튀코의 자료에 기록된 수많은 관측 값을 분류해 정리하며 《루돌프표》 작업에 부지런히 매달리기 시작했다. 내심 그는 천문학 현상의 예측가능성은 아무런 의미가 없다고 생각했다. 바다의 항해자나 달력 제작자, 통치지와 왕자들에게 유용하건 말건 무슨 상관이란 말인가? 그의 내면에 있는 정신 나간 몽상가가 반항했다. 호프만 남작의 저택 정원에서 느꼈던 기분이 불현듯 떠오르며, 평범한 사물들 속에 숨어 있는 신비로움이 또다시 그를 엄습했다. **세상이 부르는 찬미를 천상의 천사에게 돌릴지어다!** 마음속으로 부르짖는 말의 의미를 케플러 자신도 분명하게 이해할 수 없었다. 처음 튀코를 만났을 때 그와 언쟁을 벌인 일, 베나테크성에서 뛰쳐나왔다가 꼬리를 내리고 돌아간 일을 떠올렸다. 루돌프 황제와의 관계도 그와 비슷할까? 그는 메스틀린에게 편지를 썼다.

'제가 말하는 내용과 쓰는 내용이 다르고, 쓰는 것과 생각하는 것이 다르며, 생각을 조절하기가 힘듭니다. 모든 게 깊은 어둠에 싸여 있습니다.'

이 낯선 목소리는 어디서 오는 것일까? 미래가 그에게 말을 거는 것만 같았다.

제3부

굴절광학*

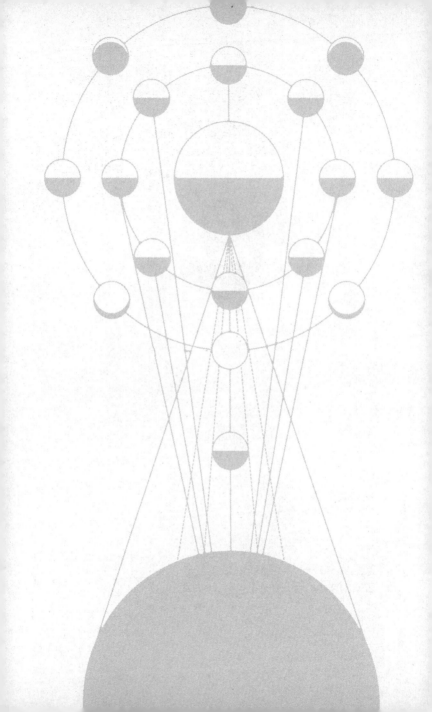

케플러는 바일데어슈타트의 낯익은 거리 한가운데 서서 차분하고 놀란 눈빛으로 주변을 둘러보았다. 조그만 집들, 치장 벽토와 첨탑들, 판자 지붕들, 풍향계, 모든 게 그대로였다. 그의 기억 속에서는 이 풍경이 밀랍 모형처럼 죽어 버렸다는 사실을 모른 채. 빵 굽는 냄새와 거름 냄새, 연기 냄새가 뒤섞인 아침 공기가 코를 찔렀고 사방에서 들려오는 사람들의 목소리가 한데 어우러져 무엇 하나 제대로 알아들을 수 없었다. 클링겔브루너 거리의 보리수나무들은 밤사이 줄기 가득 꽃눈을 틔워 놓고 수줍은 듯 그 뒤에 숨어 있었다. 거리에서 마주치는 얼굴들을 보고 케플러는 잠시 혼란스러웠다. 낯이 익지만 너무도 어린 모습이었기 때문이다. 그러고 보니 그들은 어릴 적 함께 뛰어놀던 학교 친구들이 아니라 그 자식들이었다. 교회도, 시장도 그대로 있었다. 드디어 그는 집에 도착했다.

마차가 멈춰 섰을 때 그 안은 몹시 소란스러웠다. 아이들은 티격태격하고 바르바라가 품에 안은 아기까지 요란하게 울고 있었다. 케플러에게는 그 광경이 자기 마음속에 있는 무언의 혼란을 상징하는 것 같았다. 길가 쪽으로 난 정문도, 위층 창에 달린 덧문도 모두 닫혀 있었다. 그가 오래전 집을 떠난 이후 어떤 마법이 일어나 모두 어디론가 사라져 버린 걸까? 그러나 이내 문이 열리고 동생 하인리히가 나타났다. 그는 어색한 미소를 띤 채 수줍어하며 고개를 까딱였다. 케플러와 하인리히는 포옹을 하면서 동시에 말문을 열었다. 케플러는 동생과 인사를 나눈 뒤 한 발짝 물러나 빳빳하게 풀을 먹인 레이스 달린 깃을 흘긋 살폈다. 이제 성숙한 여인이 된 레기나는 칭얼대는 아기를 안고 있었고, 바르바라는 주자나를 붙잡아 한 대 때려 줄 기세로 따라갔지만 주자나는 잽싸게 도망가 동생 프리드리히를 기어이 넘어뜨리고 말았다. 계단에 부딪혀 무릎이 까진 프리드리히는 잠깐 입을 벌린 채 멍하니 있다가 악을 쓰며 울기 시작했다. 거리를 총총거리며 지나가던 검은 개가 다가와 그들을 보고 사납게 짖어댔다. 하인리히가 누런 이를 가득 드러내고 웃으며 그들을 손짓해 집 안으로 들였다. 요리용 화덕 앞에 있던 늙은 여인이 어깨 너머로 그들을 보고는 뭐라고 중얼거리며 얼른 부엌으로 들어갔다. 케플러는 그녀를 못 본 척했다.

"자……!"

케플러는 누구에게랄 것도 없이 말하며 미소를 짓고는 무심하게 주머니를 더듬거렸다. 이 뒤엉킨 감정을 풀어 줄 열쇠가 몸 어딘가에 있기라도 한 듯이. 천장이 낮고 작은 집 안에는 가구가 드문드문 놓여 있었다. 고양이의 누린내가 풍겼다. 얼마 후 몸집이 커다란 적갈색 수고양이가 나타나 케플러의 다리에 거칠게 몸을 비볐다. 불이 활활 타오르는 화덕에서 시커먼 냄비가 보글보글 끓고 있었다. 케플러가 모자를 벗으며 중얼거렸다.

"흠!"

하인리히는 문을 닫고는 거기에 기대서서 아무 말도 없이 환하게 웃고 있었다. 소란스럽던 아이들이 갑자기 조용해졌다. 바르바라가 충격과 혐오가 섞인 표정으로 주위를 두리번거리자 케플러는 오래전 아내에게 유명한 조상인 카스파르 폰 케플러와 가문의 문장에 대해 떠들어 댄 일이 떠올라 마음이 무거워졌다. 레기나만이 편안해 보이는 모습으로 품안의 아기를 달래고 있었다. 하인리히는 레기나를 안쪽으로 안내하면서 그녀의 얼굴을 똑바로 보지 않으려 애썼다. 가엾고 순진한 내 동생 하인리히! 케플러는 속에서 뭔가 울컥거리는 것을 느꼈다. 아 제발, 여기서 울면 안 된다. 그는 얼굴을 찌푸리며 부엌으로 갔다. 늙은 어머니가 꼬챙이로 날개를 몸통에 고정시킨 닭을 식탁 위에 올려놓고 만지는 중이었다.

"어머니, 저희 왔어요."

케플러가 말했다.

"알아. 아직 눈이 멀거나 귀가 먹지는 않았다."

그녀는 고개도 들지 않았다. 케플러는 어머니가 하나도 변하지 않았다고 생각했다. 그가 기억하는 가장 오래전의 모습 그대로인 것 같았다. 작은 체구에 굽은 허리, 늙은 얼굴, 모자와 갈색 실내복 차림. 눈은 아주 연한 푸른색이었다. 턱 끝에 난 흰 털 세 가닥도, 손도 예전 그대로였다.

* * *

참으로 어리석었다. 어머니가 그를 봐주기나 한다면. 벨벳과 고급

레이스가 달린 옷과 뾰족한 부츠가 어릿광대의 의상처럼 느껴졌다. 그는 제국 수학자에 걸맞은 옷차림을 했을 뿐이다. 그러나 어머니에게 보여 줄 생각이 아니었다면 여기까지 먼 길을 오는 내내 보석으로 장식한 달걀이라도 된 듯 그토록 조심스럽게 행동할 이유도 없었다. 이제 자신이 우스꽝스럽게 느껴졌다. 그녀의 뒤에 있는 작은 창문으로 햇빛이 쏟아져 들어왔다. 창밖으로 키 작은 과일나무와 닭장, 부서진 나무의자가 있는 정원이 보였다. 과거의 기억들이 비스듬히 그를 스쳤다. 어린 시절 툭하면 일어났던 시끄러운 소동과 구타를 피해 도망친 곳이었다. 거기서 그는 혼자만의 시간을 보내며 미래를 꿈꿨다. 어머니가 앞치마에 손을 닦으며 말했다.

"어쨌거나 잘 왔다!"

너무 늦게 왔다고 책망하는 투였다.

그녀는 바르바라를 흘긋 보더니 코를 한번 훌쩍이고는 아이들을 돌아보았다.

"얘가 주자나예요. 얘는 프리드리히고요. 자, 할머니께 인사 드려야지?"

케플러의 말에 그의 어머니는 시장에서 물건을 고르는 사람처럼 아이들을 찬찬히 뜯어보았다. 케플러는 땀이 났다.

"주자나는 벌써 일곱 살이에요. 프리드리히는 세 살, 아니 네 살인가, 맞아요, 네 살이에요. 다 컸네. 그리고……"

케플러는 손님을 대하는 호객꾼처럼 덧붙였다.

"얘가 막내 루트비히예요! 프라하 황실에 있는 작센 대사 요한 게오르크 괴델만이 이 아이의 대부랍니다."

레기나가 다가와 안고 있는 아기를 보여 주었다.

"아기가 몹시 창백하구나. 어디 아프니?"

"아뇨, 그렇지 않아요. 참, 어머니, 레기나 기억하시죠? 그러니 까…… 제……."

"알아. 그 가구 제작자의 딸이잖니."

순간 아이들을 포함해 모두의 시선이 이 젊은 여인에게 쏠렸다. 잠시 정적이 흘렀다. 레기나는 미소를 지었다.

케플러가 다시 입을 열었다.

"하이델베르크에서 오는 길이에요. 거기서 제 책이 인쇄되고 있거든요. 그 전에는 프랑크푸르트에 들렀어요. 도서전 때문에요. 프랑크푸르트에서 도서전이 열렸거든요."

"도서전, 그래."

케플러 부인은 이렇게 중얼거리고는 다시 코를 훌쩍였다. 그녀가 허리를 굽히고 냄비 안에서 끓고 있는 내용물을 휘젓자 어색한 침묵이 흐르며 모두가 저마다 이러저러하게 몸을 움직였다. 케플러는 이가 갈렸다. 노모가 여전히 모든 것을 통제하고 있다는 사실이 놀라웠다! 마치 꼭두각시를 다루듯! 하인리히가 옆걸음질로 어머니에게 다가가 그 옆에 섰다. 그녀가 허리를 펴면서 넘어지지 않으려고 하인리히의 팔을 꽉 붙잡았다. 케플러는 어머니를 보호한다는 자부심에 젖어 멋쩍게 미소 짓는 동생의 얼굴을 보고 놀랍게도 마음 한구석이 아파 왔다. 그의 어머니는 찌푸린 눈으로 냄비를 보며 말했다.

"네가 집엘 다 오고 웬일이냐. 바쁜 사람이."

하인리히가 웃으면서 거들었다.

"에이, 어머니!"

그는 한 손으로 성긴 머리를 마구 쓸어내리며 민망한 듯이 빙긋 웃었다.

"형이 얼마나 대단한 사람이 됐는데요. 형, 형이 이제 대단한 사람이 됐다고 말씀드렸어."

그는 케플러가 귀가 먹기라도 한 듯 자기 말을 한번 더 전했다.

"책도 출판하고 또…… 그렇지? 또 황제 밑에서 일도 하고!"

탁자 옆에 앉아 있던 바르바라가 조그맣게 '흥' 하고 콧방귀를 뀌었다.

"그래."

케플러가 말하며 나란히 서 있는 어머니와 동생에게서 시선을 돌렸다. 닮은 두 사람의 모습에, 짧은 다리와 야윈 가슴팍과 핏기 없이 수척한 얼굴에 문득 어렴풋이 욕지기가 났다. 수려한 외모는 아니라도 그나마 제대로 된 자신의 모습에 비해 너무 볼품없었다.

"그래, 맞아. 대단한 사람이 됐지!"

케플러는 미소를 지으려 했지만 얼굴이 말을 듣지 않았다.

* * *

모두 심하게 허기진 터라 닭 요리를 해치운 뒤 금세 삼발이 냄비에 담긴 콩 스튜를 공략했다. 하인리히가 나가서 아이들에게 먹일 번과 식사용 빵, 포도주를 사왔다. 포도주 가게에서 미적거리다 온 탓인지 싱글거리는 양쪽 입 끝이 한껏 더 올라가 있었다. 그가 바르바라에게 술을 권했지만 그녀는 고개를 저으며 시선을 돌렸다. 바르바라는 이 집에 온 이후 한 마디도 하지 않았다. 아기가 그녀의 무릎 위에서 곤히 잠들어 있었다. 노모는 화덕 옆 의자에 웅크리고 앉아 스튜를 깨작거리며 혼잣말을 중얼거리다가 이따금 빙긋 웃기도 했다. 레기나가 식탁에서 아이들을 챙기고 돌보았다. 그때 문득, 케플러는 먼 옛날의 어느 화창한 부활절 일요일이 떠올랐다. 할아버지가 살아 있을 때였다. 그날이 머릿속에 각인된 것은 어떤 특별한 사건이 일어나서가 아니다. 별 의미 없어 보이는 그날의 모든 것, 눈부신 햇살과 새 외투의 빳빳한 감촉, 고상하게 울리던 종소리, 그 모두가 한데 합쳐져 손에 만져질 듯한 형체를 이루었다. 정확히 설명할 수는 없지만 중요한 의미와 징조를 담고 있는 구름이나 바람, 소나기 같은 자연 현상처럼. 그때 나는…… 행복했을까? 그는 산란한 마음으로 생각에 잠긴 채 손에 든 포도주잔의 곡면에 어른거리는 그림자를 바라보았다.

당시 케플러는 여러 학교를 전전한 끝에 마지막으로 마울브론 수도원의 기숙학교에서 공부하고 있었다. 뷔르템베르크 공작들이 교육에 후원을 많이 한 덕택에 케플러 역시 양질의 교육을 받았다. 열다섯 살의 케플러는 라틴어와 그리스어를 익혔고 수학에 남다른 재능을 보였다. 집안사람들은 돌연변이 같은 케플러에게 놀라며 그런 교육을 받아 봐야 좋을 게 없고 건강만 해칠 뿐이라고 말하곤 했다. 마치 그들이 케플러의 건강에만 온 관심을 쏟고 있기라도 한 것처럼. 사실 그들은 자신들이 탄탄하게 자리 잡은 도시민 계층이라는 착각에 빠져 있던 터라 케플러가 장학금을 받는 것을 못마땅하게 여겼다. 당시는 케플러 집안이 그나마 가장 잘나가던 시기였다. 케플러의 할아버지 제발두스는 바일데어슈타트의 시장이었고 그의 아들이자 케플러의 아버지인 해리는 방탕한 떠돌이 생활을 하다가 잠시 돌아와 엘멘딩겐에서 여관을 운영하고 있었다. 하지만 행복한 시절은 잠시였다. 여관이 망하자 해리는 가족을 데리고 다시 바일데어슈타트로 이사했지만 그곳에서는 제발두스가 소송에 휘말려 곤란을 겪고 있었다. 결국 그는 그 일로 파멸에 이르렀다. 그리고 얼마 지나지 않아 해리는 다시 집을 나갔다. 이번에는 북해 연안 지방으로 가서 알바 공작의 용병대에 들어간다고 했다. 케플러는 그 후로 다시는 아버지를 보지 못했다. 할아버지 제발두스가 그의 보호자가 되었다. 붉은 얼굴에 뚱뚱하고 성질이 고약한 제발두스는 어린 케플러를 쓸데없는 공상에 빠진 아이로 여겼다.

그때는 집 안이 식구들로 북적거렸다. 말이 어눌한 남동생 하인리히, 여동생 마르가레테, 모두들 살지 못할 거라고 했던 어린 동생 크리스토프, 고모와 삼촌도 네댓 명이 있었다. 성병에 걸려 위층 방에 갇혀 헛소리를 지껄이던 예수회 변절자 제발트 삼촌, 미치광이 남편에게 서서히 독살당하고 있던 쿠니군트 고모, 아름다운 것들을 사랑했지만 이제는 떠돌이 걸인이 된 가엾은 카타리나. 그들은 모두 성향이 거칠었다. 냄새 나는 좁은 집에서 옹기종기 모여 살며 얼마나 시끄러웠던가! 케플러는 평생 간헐적으로 귀울림에 시달렸는데, 그 시절의 소음이 아직도 머릿속에 남아 있는 탓이라고 믿었다. 시력이 나쁜 것도 어린 시절이 남긴 기념물이었다. 식구들은 모두, 심지어 어린 동생마저도 툭하면 손에 집히는 도구로 그를 때렸고 도구가 없으면 주먹을 날렸기 때문이다. 행복? 그런 집안에 행복이 끼어들 틈이 어디 있었겠는가?

* * *

하인리히가 한 손에 술잔을 든 채 은밀한 미소를 띠며 비틀비틀 다가와 형의 의자 옆에 웅크리고 앉았다.

"무슨 파티 같다, 그렇지? 더 자주 와."

그가 씨근거리며 웃었다.

살아남은 형제들 가운데 케플러가 좋아하는 사람은 하인리히뿐이었다. 마르가레테는 남편인 목사만큼이나 따분했고 레온베르크에서 백랍 세공을 하며 사는 크리스토프는 어릴 때부터 밉살스러웠다. 그래도 그들은 순수했다. 하인리히도 순수하다고 말할 수 있을까? 그를 보면 마냥 행복하고 악의 없는 동물, 농부가 한배에서 나온 새끼들에게 칼을 들었을 때 그의 마음 여린 아내가 가까스로 구해 낸 가장 작고 약한 새끼가 떠올랐다. 하지만 그는 전쟁터에 나간 경험이 있었다. 저 부드러운 갈색 눈으로 어떤 참혹한 폭력과 약탈 장면을 목격했을까? 케플러는 머릿속에서 일어나는 물음을 저만치 밀쳐놓았다. 그에게는 지금 눈앞에 있는 하인리히, 열정적이고 못생긴 마흔 살의 어린아이 하인리히가 소중했다. 케플러는 자신이 결코 알지 못하는 세계에 살고 있는 동생을 보면 언제나 즐거웠다.

"형이 출판한 책 말이야…… 이야기책이야?"

"아니. 난 이야기는 못 만들어. 하늘을 연구하는 새로운 학문을 내가 만들었거든. 그걸 소개하는 책이야."

케플러가 술잔을 들여다보며 말했다. 왠지 바보 같은 대답처럼 느껴졌다. 하인리히는 진지하게 고개를 끄덕이더니 형의 뛰어난 지식의 세계로 뛰어들 준비라도 하듯 어깨를 폈다.

"……전부 라틴어로 썼어."

케플러가 덧붙였다.

"라틴어! 와, 난 우리 언어도 잘 못 읽는데."

케플러는 그 감탄하는 미소에 빈정대는 기색이 없는지 흘긋 살폈지만 그런 건 찾아볼 수 없었다. 하인리히는 안도하는 듯 보였다. 어차피 라틴어라면 포기할 수밖에 없다는 듯이.

"그리고 지금은 또 다른 책을 쓰는 중이야. 렌즈와 망원경에 관한 내용이지. 별들을 관찰할 때 그것을 활용하는 방법과……"

그는 말꼬리를 흐린 뒤 조용히 다시 물었다.

"……그런데 네 건강은 어때, 하인리히?"

하인리히는 못 들은 척했다.

"황제 폐하를 위해서 하는 일이지? 형이 쓴다는 책들 말이야. 황제가 돈을 주고 쓰게 하는 거지? 나도 루돌프 황제를 딱 한 번 본 적이 있는데……"

"황제라고 해봐야 시원찮아."

케플러가 동생의 말허리를 잘랐다. 하인리히는 뇌전증 환자였다.

"노파처럼 약해 빠져서 제대로 통치도 못 한다니까. 그 사람 얘긴 그만하자!"

하인리히는 고개를 끄덕이며 시선을 돌렸다. 그가 어릴 적부터 앓은 병들 가운데 가장 큰 고통을 안긴 것은 뇌전증이었다. 아버지는 아들을 때려서 병을 몰아내려 하기도 했다. 케플러의 머릿속에 남아 있는 가장 오랜 기억 가운데 하나는 동생이 마룻바닥에 누워 입에 거품을 문 채 발길질을 하며 버둥거리는 광경이었다. 그 옆에 술 취한 군인이 무릎을 꿇고 앉아 마귀는 어서 빠져나오라고 소리치며 동생을 흠씬 두들겨 팼다. 한번은 아버지가 떠돌이 튀르크인에게 동생을 팔아 버리려고 했다. 하인리히는 도망쳤고 오스트리아와 헝가리, 북해 연안 나라들을 돌아다니며 때로는 길거리 가수로, 때로는 군인으로, 때로는 걸인으로 생활했다. 그러다가 서른다섯이 되어 마침내 몸속의 마귀를 그대로 품은 채 간신히 어머니 집으로 돌아온 것이다.

"하인리히, 건강이 어떠냐니까?"

"응, 괜찮은 편이야. 발작은 하지만……."

그는 겸연쩍게 웃으며 벗어진 머리 부분을 손으로 문질렀다. 케플러가 동생에게 빈 잔을 건네며 말했다.

"야, 술 한 잔 더 하자."

* * *

아이들은 정원에 나가 있었다. 케플러는 부엌 창문으로 까치밥나무 덤불과 밑동만 남은 양배추 밭 사이를 시무룩한 얼굴로 돌아다니는 아이들을 바라보았다. 프리드리히가 무언가에 발부리가 걸려 풀밭에 엎어졌다. 잠시 후 아이는 통통하고 조그만 손을 꽉 움켜쥐고 머리에 갈색 나뭇잎 한 장을 붙인 채 뾰로통해진 입을 하고 힘겹게 일어섰다. 저 어린것들이 이 거대하고 험한 세상을 어떻게 헤쳐 나갈 수 있을까? 주자나가 옆에서 힘겹게 일어나는 동생을 고소하다는 듯이 쳐다보고 있었다. 주자나에게는 매정한 구석이 있었다. 바르바라처럼 통통하고 귀여운 체구에 입술은 작고 도톰했고 눈에는 심통이 가득했다. 프리드리히는 옷소매로 코를 쓱 닦고는 강아지처럼 누나를 따라 풀밭 위를 걸어갔다. 창유리에 금이 간 탓에 갑자기 아이가 헤엄치는 것처럼 보였다. 문득 케플러의 마음속에서 뭔가가 기지개를 켜며 세차게 소용돌이쳤다. 그가 자식을 보겠다는 기대를 완전히 접고 나자 바르바라는 연이어 출산을 했다. 그는 그 아이들도 예전 아이들처럼 곧 죽을 거라고 생각했다. 저렇게 살아 있다는 사실이 놀랍기만 했다. 하지만 아이들을 볼 때면 암담하고 버거운 기분이 들었다. 그들이 태어날 때 바르바라가 겪은 분만의 고통이 사라지지 않고 그에게 고스란히 옮겨 온 것 같았다. 그래도 그에겐 아이들에 대한 사랑이 가득했다.

그는 아버지를 떠올렸다. 아버지에 대한 기억은 그리 많지 않았다. 그를 때리던 거친 손과 술 취한 노랫소리, 튀르크인의 피가 묻었다는 부러진 칼 따위가 전부였다. 무엇이 아버지를 몰아댔을까? *그의* 내면에서는 어떤 알 수 없는 갈망이 소용돌이쳤던 것일까? 무언가를 열렬히 동경했던 걸까? 그렇다면 무얼? 행군하는 발소리, 동틀 녘의 전장에서 느낀, 피비린내 나는 두려움과 기대감, 허름한 여관의 동물적 본능을 마음껏 발산하면서 즐긴 광란의 유희였을까? 대체 무엇이었을까? 그저 움직이는 것을, 끊임없이 무언가를 하는 데서 오는 전율을 열렬히 사모하는 것이 가능한 일일까? 깊은 생각에 빠져 있던 그의 눈에 다시 창문이 보였다. 이게 세상이다. 저 정원과 아이들과 양귀비꽃. 나는 보잘것없는 피조물이야. 나의 한계는 머지않았어. 순간, 마치 차가운 얼음물이 온몸에 끼얹어진 것처럼, 녹슨 칼을 쥐고 있는 죽음의 사자의 모습이 그를 엄습했다.

"…… 그래?"

"응?"

케플러는 화들짝 놀랐다.

"**하!** 당신은 생전 듣지도 않지."

바르바라의 품안에서 아기가 보채는 소리가 들렸다.

"우리 이 집에서…… 묵을 거냐고. 여기 잘 데가 있겠어?"

"예전엔 그 많은 식구들이 여기서 함께 살았는데……"

바르바라는 남편을 쏘아보았다. 그녀는 탁자 옆에 앉아서 깜빡 졸다가 깬 참이었다. 눈은 부었고 턱에는 시퍼런 자국이 남았다.

"생각을 하긴 하는 거야……?"

"응."

"……걱정하긴 하냐고?"

"**그래.** 깨어 있는 시간 내내 걱정하고 생각하고, 이런저런 것들을 하잖아. 안 그래? **뭘 더 어떻게 하라는 거야?**"

목구멍으로 울컥 자기연민이 올라왔다.

바르바라의 눈에 눈물이 고였다. 그게 신호라도 된 듯 아기까지 시끄럽게 울기 시작했다. 맞은편의 방문이 그들을 향해 귀를 쫑긋 하고 있는 것 같았다. 케플러가 손으로 이마를 짚으며 말했다.

"싸우지 말자."

아이들이 정원에서 들어오다가 팽팽한 분위기를 느끼고 멈칫했다. 아기가 요란하게 울자 바르바라가 태엽 달린 인형처럼 거칠게 몸을 흔들며 아기를 달랬다. 케플러는 아내를 뒤로하고 일그러진 미소를 지으며 아이들을 돌아보았다.

"주자나, 프리드리히. 할머니 댁에 오니까 어때?"

"정원에 커다란 쥐가 죽어 있어요."

주자나가 대답하자 바르바라는 흐느끼기 시작했다. 케플러는 예전에 어디선가 겪은 일을 다시 겪는 느낌이 들었다.

* * *

그랬다. 전부 다 겪은 일이었다. 왜 매번 집에 올 때마다 예전과는 다를 거라고 기대할까? 새로운 인생에서 일어난 일들이 예전에 뒤로하고 떠난 고향집의 삶에도 영향을 미칠 거라고, 마법 같은 구원이 될 거라고 생각할 만큼 자부심에 취한 걸까? 지금 그의 모습은 어떤가? 황실의 화려한 옷을 입고 자신의 과거가 존재하는 이곳으로 돌아오면서 그는 스스로를 속였다. 이 정도로 신분 상승을 했으면 진창에도 화려한 꽃을 틔울 수 있으리라 자신을 설득한 것이다. 그런데 고향집 문에 들어서자마자 그 모든 게 소용없다는 것을 깨달았다. 무표정한 눈빛으로 하나도 웃지 않는 관객 앞에서 준비해 온 토끼와 종이꽃들을 번쩍거리는 망토 아래로 떨어뜨린 채 식은땀만 흘리며 서 있는 희극배우가 된 기분이었다.

그래도 하인리히는 형이 대단하다고 생각했고 어머니도 그렇게 여긴다고 했다.

"어머닌 늘 형 얘기를 하셔. 정말이야! 나더러 형 반만 닮으라고 하신다니까! 그럼 나는 그러지. 형은 형이잖아요!"

그는 형의 어깨를 철썩 때리고는 눈물까지 찔끔거리며 씨근거렸다. 모처럼 제대로 된 농담을 했다는 듯이. 케플러는 쓴웃음을 지었다. 그리고 가족에게 그의 성공은 그에게 일어난 여러 가지 일 중 하나일 뿐이라는 것을, 엄청나면서도 약간은 어이없는 행운의 벼락이 아들이자 형제인 요하네스에게 떨어진 것이라고 생각한다는 사실을 깨달았다.

그는 하품을 하며 좁은 계단을 올라갔다. 어머니가 포도주에 잠 오는 약이라도 몰래 넣은 걸까? 어쩌면 스튜에 넣었을지도! 그는 혼자 킬킬거린 뒤 하품을 하고 눈을 비비며 작은 안쪽 침실로 들어갔다. 이 집은 케플러 가족에게 꼭 맞게 만들어졌다. 모든 것이 작았다. 천장이 낮고 의자는 아담했으며 침대도 작았다. 바닥에는 골풀이 깔려 있고 세숫물과 수건이 한쪽에 준비되어 있었다. 수건까지! 그러니까 어머니는 아들의 방문에 아주 무심한 건 아니었던 모양이다. 늦은 오후의 햇살이 먼지 앉은 창문턱을 따라 살금살금 들어오고 있었다. 바르바라는 거대한 인형처럼 침대 한가운데 벌러덩 누워 잠이 들었다. 천장 쪽을 향한 얼굴은 놀라서 멍해진 듯한 표정을 하고 있었다. 그녀의 옆에서 포대기에 싸인 채 누워 있는 아기가 조그만 분홍빛 주먹을 꽉 쥐고 있었다. 주자나와 프리드리히는 보조 침대에서 비좁게 붙어 자고 있었다. 프리드리히는 눈을 반쯤 뜬 채였다. 눈동자는 위로 넘어갔고 벌어진 눈꺼풀 사이로 푸르스름한 흰자위가 드러난 모습이 오싹했다. 케플러는 몸을 숙여 잠든 아들의 얼굴을 들여다보았다. 그는 왠지 모를 불길한 예감을 느끼며, 언젠가는 이 아이가 자신에게 가져다준 행복에 꼭 보답할 기회가 있을 거라고 생각했다. 프리드리히는 그가 가장 아끼는 자식이었다.

그는 두 손을 가슴 위에 포갠 채 자다 깨기를 반복하며 한참 누워 있었다. 창문 옆 거미줄에 걸린 날벌레가 몸부림쳤다. 마치 어떤 기괴하고 복잡한 작업을 수행하는 조그만 기계 같았다. 멀리서 젖소의 애처로운 울음소리가 들렸다. 아마 목동이 멀리 데려간 제 새끼를 그리워하는 것이리라. 이상하게도, 이곳의 평온한 분위기와 익숙한 소리에서 두려움과 고통이 함께 일렁였다. 인간이란 얼마나 나약한 존재인가! 그는 한숨을 내쉬었다. 옆에 있는 아기가 몸을 뒤채더니 조그맣게 옹알거렸다. 지나온 세월이 우물 속으로 내려가는 기다란 밧줄처럼 어딘가로 빨려 들어가는 듯했다. 그곳엔 어둠이 가득했다. 물이 있을 거라고 짐작만 할 뿐. 그는 어느새 어린아이가 되었다. 갑자기, 달리는 마차의 창문에 보이는 길거리의 조각상처럼 할아버지 제발두스가 눈앞에 나타났다. 케플러가 기억하는 것보다 훨씬 젊고 건장한 모습이었다. 다른 사람들도 있었다. 그들은 마치 전시된 인형처럼 뻣뻣하게 서서 말없이 케플러를 내려다보았다. 그의 몸이 더욱 깊게 가라앉았다. 살갗에 닿는 물이 따뜻했다. 진홍빛이 감도는 어둠 속에서 크고 느린 맥박이 들리기 시작했다.

＊ ＊ ＊

지금 있는 곳이 어딘지도 모른 채 혼란과 경계심에 휩싸여, 그는 꿈에서 깨어나지 않으려고 애썼다. 어린 시절, 끔찍한 두려움에 몸부림치다 잠이 깰 때면, 그는 떨리는 눈꺼풀을 애써 참으며 움직이지 않고 가만히 누워 있곤 했다. 방 안에서 자기를 보고 있는 듯한 누군가에게 자기가 아직 깨지 않았음을 알리려 한 것이다. 그러면 마법이 일어난 듯 어느새 더 깊고 달콤한 잠에 다시 빠져들었다. 이번에는 그 방법이 통하지 않았다.

꿈속에서 본 것은 어린 시절이었다. 그리고 물의 이미지. 꿈속에 왜 그토록 물이 자주 나타나는 걸까? 바르바라는 옆에 없었고 아이들이 자던 침대도 비어 있었다. 아직 창밖에는 해가 비치고 있었다. 그는 신음하며 자리에서 일어나 대야의 물로 세수를 했다. 그러다 몸을 구부린 채로 문득 멈춰서 허공을 멍하니 응시했다. 어머니의 집에 왜 왔을까? 하지만 다른 어떤 곳에 있다 해도 공허한 느낌은 마찬가지일 것 같았다. 본질이 빠져 버린 세상 한가운데 축 늘어진 살덩어리의 인간이 된 기분이었다. 잠을 설치고 균형 감 각이 흐릿해진 것이 술 때문이라고 스스로를 설득하려 했지만 확 신할 수 없었다. 대체 어떤 것이 진짜 현실일까? 매일 눈앞에서 일 어나는 일상과 현상들? 아니면 이 황량하고 처절한 무력감?

어릴 적 어느 여름날 아침, 그는 부엌 창문 앞에 서서 창유리 바깥 면을 기어 올라가는 달팽이를 본 적이 있다. 그 순간이 불현 듯 떠올랐다. 눈부시도록 맑은 하늘, 정원에 쏟아지는 햇살, 풀잎 에 매달린 이슬, 금방이라도 쓰러질 듯한 바깥 변소에 매달린 장 미꽃 봉오리들, 그리고 달팽이. 그 조그만 생명체는 무엇에 홀려 그렇게 높이 올라갔을까? 저 유리에 달팽이에게만 보이는 알 수 없는 환영이라도 있었던 걸까? 소년은 달팽이를 보면 발로 밟으며 아사삭 부서지는 소리를 즐기거나, 산 채로 모아 경주를 시키거나, 친구들과 흥정해서 교환했을 뿐 한번도 자세히 들여다본 적이 없 다. 창유리에 몸을 밀착시키고 움직이는 달팽이는 가장자리가 너 울거리는 회녹색 배의 밑면을 소년의 눈앞에 적나라하게 보여 주 었다. 하늘을 향해 머리를 잔뜩 늘인 채 허공에서 어떤 거대한 형 체를 느끼려는 듯 더듬이를 쉴 새 없이 이리저리 움직이며 느릿느 릿 나아갔다. 어린 요하네스를 사로잡은 것은 이 작은 생물이 기어 가는 방법이었다. 그는 달팽이가 징그러운 경련을 일으키며 움직 일 거라 생각했지만 아니었다. 그보다는 달팽이가 움직이는 방향으로 몸 전체에 작고 부드러운 일련의 규칙적인 물결이 끊임없이 흐르는 듯했다. 마치 눈에 보이는 심장 박동처럼. 그 자연의 섭리에, 그 무심한 아름다움에 소년은 입을 다물지 못했다.

그 이후 케플러는 파리, 벼룩, 개미, 딱정벌레 같은 작은 생물, 해 질 녘 어스름 속에서 창문턱을 힘없이 기어가는 각다귀와 지도처럼 환상적인 무늬가 있는 얇은 날개들을 유심히 들여다보기 시작했다. 볼품없이 죽어 가는 게 삶의 전부인 듯 보이는 이 미물들은 무엇 **때문에** 존재하는 것일까? 그때부터 세상이 다르게 보였다. 일단 그런 인식이 생겨나자 세상은 전혀 다른 곳이 되었다. 어린 나뭇가지에 붙은 나뭇잎이 갑자기 사악한 날개로 변하고 살짝 건드리자 풀쩍 뛰어올라 날아가기도 했다. 얼룩덜룩한 길 위에 떨어진 구릿빛과 진홍색의 나뭇잎은 나비로 변해 취한 듯이 날아다녔다. 날개에는 노려보는 눈동자가 박혀 있고 몸통은 마른 핏빛이었다. 시력이 나쁜 탓에 혼란이 더욱 커졌다. 사물의 가장자리가 흐릿하게 보여서 지각 있는 생물과 식물을 구분하기 어려웠다. 햇빛을 향해 고개를 들고 있는 해바라기는 살아 있는 존재일까? 아니라면 살아 있다는 것은 무엇을 의미할까? 그는 별들만이 확실히 죽어 있는 존재라고 생각했지만, 그에게 가장 생생하게 살아 있는 느낌을 주는 것은 바로 반짝이는 별빛이었다.

케플러는 강아지가 젖은 몸을 흔들어 물을 털어 내듯 세차게 고개를 저었다. 턱 관절이 벌어지며 소리가 날 만큼 크게 하품을 하면서 동시에 생각의 흐름이 멈췄다. 마치 큰 소리로 노래를 부르려는 사람처럼 눈을 질끈 감고 입을 크게 벌린 채 몸을 흔들고 있을 때 레기나가 방 안으로 빠끔히 고개를 들이밀었다.

* * *

눈에 고인 눈물 사이로 레기나의 모습이 보이자 그는 미소를 지었다.

"어머니가 깨우라고 하셔서요."

"그랬구나."

레기나의 솔직한 눈을 보면 왜 언제나 기분이 좋아질까? 저 아이는 어쩜 저렇게 호의와 이해를 담은 눈빛으로 상대를 바라볼 수 있을까? 그녀를 보고 있으면 수수께끼에 싸인 신비로운 예술작품을 보는 것 같았다. 화가의 의도가 어떻든 꿈결 같은 미소를 지으며 그저 가만히 서서 감상하는 것만으로도 만족스러운 한 폭의 그림 같달까. 그림에게 말을 걸 필요가 없듯이 그녀에게 그의 느낌을 설명하는 건 불필요한 일이었다. 레기나의 내성적인 성격은 어릴 때부터 케플러에게 남다른 인상을 주었는데 이제는 그것이 조용하고 아름다운 평온함으로 변해 있었다. 그녀는 어머니를 닮은 구석이 하나도 없었다. 키가 크고 살결이 무척 희며 좁은 얼굴은 강해 보였다. 이상하게도 케플러는 이따금 레기나에게서 그가 한 번도 만나 본 적 없는 그녀의 죽은 생부의 모습을 느꼈고, 그럴 때면 감탄과 함께 아쉬움이 일었다. 외모 가꾸기를 중요하게 생각하는 여자였다면 아름다운 여인이 되었을 것이다. 열아홉 살인 그녀는 라틴어에 능했고 수학도 조금 배웠다. 그가 직접 가르친 결과였다. 레기나는 그의 저작들을 읽었지만 그에 대해 의견을 말한 적은 없었고 그 역시 굳이 묻지 않았다.

"그리고 드릴 말씀이 있어요."

레기나가 방 안으로 들어와 문을 닫으며 말했다.

"그래?"

케플러는 조금 놀랐다. 잠깐 어색한 분위기가 흘렀다. 방 안에는 침대 말고는 딱히 앉을 곳이 없었다. 두 사람은 창가로 걸어갔다. 정원과 그 너머, 느릅나무와 오리 연못이 있는 작은 공터가 내려다보였다. 저녁이지만 아직 해가 지지 않아 환했고 하늘에 구름이 떠다녔다. 한 남자가 두 아이의 손을 잡고 공터를 걷고 있었다. 아직 잠이 완전히 깨지 않은 케플러의 머릿속에 또 다른 기억 하나가 문득 떠올랐다. 언젠가 저 연못에 종이배를 띄운 기억. 아버지와 동생 하인리히와 함께였다. 오늘 같은 여름날 저녁, 아주 오래전…… 그런데 그때, 마치 몰래 준비된 계획인 것처럼 아버지와 두 아이가 연못가의 진흙 옆에 멈춰 섰다. 눈이 안정되고 나자 그는 그 세 사람이 하인리히와 주자나와 프리드리히라는 것을 깨달았다. 케플러는 웃음을 터뜨렸다.

"저기 좀 봐, 누가 있는지. 안 그래도 지금 옛날 생각이 나서……"

"저 결혼하려고요."

레기나가 의미심장하면서도 뭔가 묻는 듯한 미소를 지으며 그를 흘긋 보았다.

"결혼?"

"네. 필리프 엠이라는 사람이에요. 아우크스부르크의 명망 있는 가문 출신이고, 팔츠 선제후인 프리드리히 궁정의 사절인데……."

레기나는 잠시 말을 멈추더니 명망 있는 가문 어쩌고 하는 것이 쓸데없는 말처럼 느껴져 어색하게 눈썹을 치켜 올렸다.

"**아버지께** 먼저 말씀드리고 싶었어요……."

"그래."

케플러는 고개를 끄덕였다. 그는 줄에 매달린 인형이 된 기분이었다. 공터를 휩쓰는 듯한 아이들의 웃음소리가 희미하게 들려왔다. 아이들의 발이 젖으면 바르바라는 질색할 것이다. 바르바라는 강박적으로 싫어하는 것들이 점점 늘어 갔는데, 그중 하나는 아이들이 발을 적시는 일이었다. 레기나의 머리 너머 저편 천장 구석에 시커먼 거미가 매달려 있었다.

"엠이라고?"

"네. 물론 루터교도이고요."

"그렇구나."

케플러는 고개를 돌렸다. 그는 질투를 느끼고 있었다.

* * *

어떻게 이럴 수가. 그는 자신의 감정에 충격을 받았다. 섬뜩했지만 놀라운 일은 아니었다. 그저 애정만이, 어쩌면 이상할 만큼 과한 애정이었는지도 모르지만, 그런 애정만이 있던 마음속에, 때로는 아무런 목적 없는 온화한 갈망이 있던 그 자리에 갑자기 성숙한 사내가 나타났다. 아직 탯줄도 끊지 않은 상태였지만 그는 이미 완전한 모양새를 갖추고 심지어 과거에 사로잡힌 채로 불빛에 눈을 깜빡거리고 있었다. 수년 동안 케플러의 마음속에서 아무도 모르게 서서히 자라다가 갑자기 온전한 인간의 모습을 갖추고 나타난 것이다. 이제 그를 어찌하면 좋을까? 순결의 바다에서 진주조개를 타고 올라온 불청객의 여신을 어떻게 해야 한단 말인가? 그가 할 수 있는 일이라곤 그저 하인리히처럼 거짓 웃음을 지으며 머리를 긁적이고 창문을 흘긋거리며 이렇게 말하는 것뿐이었다.

"그래, 결혼이라…… 그것 참…… 그것 참……"

레기나의 얼굴이 붉어졌다.

"너무 갑작스럽다고 생각하시겠죠. 저도 알아요. 하지만 저는…… 아니 **우린** 이미 마음을 정했어요. 미룰 이유가 없을 거 같아요."

그녀의 얼굴색이 더 붉어졌다. 그녀는 얼른 웅얼거리며 덧붙였다.

"그렇다고 급하게 서두를 **필요**까진 없어요. **어머니**는 서두르려 하시겠지만."

"그럴까?"

"네, 분명히 야단법석을 떠실 거예요."

케플러의 머릿속에서는 이미 결혼식이 치러지고 있었다. 화려한 색깔로 그려진 그림처럼 그의 눈앞에 펼쳐졌다. 진지한 표정의 신부와 호리호리하고 엄숙한 얼굴의 신랑, 펄럭이는 깃발, '부부가 되었노라!'라고 선언하는 두루마리와 그 뒤로 하늘에서 풍성하게 쏟아지는 아름다운 햇살, 그리고 그 아래 어두운 한쪽 구석에 슬픔에 잠겨 웅크리고 앉아 있는 케플러 자신의 어깨를 곱사등이 악마가 밟고 서 있는 모습. 그는 천천히 창문에서 돌아섰다. 열의에 찬 눈으로 그를 보고 있던 레기나는 이제 앞으로 모아 쥔 두 손을 내려다보고 있었다. 자신이 우습고 창피한 듯 미소를 지었지만 뭔가 굉장하면서도 어렴풋이 부끄러운 일을 해냈다는 뿌듯함도 섞여 있었다.

"아버지한테 여쭤 보고 싶었어요. 혹시……"

"뭘?"

그가 미처 붙잡기도 전에, 그 짧은 물음에 담긴 떨림을 타고 무언가가 그녀에게 전해지는 것만 같았다. 레기나는 찬찬히 그의 얼굴을 살피며 미간을 찌푸렸다. 아, 이런, 그 작은 떨림이 레기나의 뺨에 닿은 건 아니겠지?

"혹시…… 반대하시나요?"

"나, 나는……"

"저는 아버지가 당연히 허락하실 거라고 생각했거든요. 허락하시고 어머니한테 저 대신 얘기해 주셨으면 했어요."

"어머니한테? 그래, 물론이지. 내가 얘기하마."

케플러는 황급히 레기나를 지나서 나가다가 계단 앞에서 걸음을 멈췄다.

"물론 내가 얘기해야지. 얘기해야지…… 그런데 뭐라고 하면 좋을까?"

레기나가 당황한 표정으로 그를 보았다.

"그냥 제가 결혼하려 한다고요."

"아, 그렇지. 네가 결혼하려 한다고, 그래."

"아버지는 못마땅하신 것 같은데요."

"아니, 나야 물론…… 당연히……"

그는 뒷걸음질로 계단을 내려갔다. 슬픔과 죄책감으로 둥그렇게 빚어진 반짝이는 커다란 검은 공을 품에 꼭 안은 채.

* * *

바르바라는 벽난로 앞에 무릎을 꿇고 앉아서 지독한 냄새에 얼굴을 잔뜩 찌푸린 채 아기 기저귀를 갈고 있었다. 루트비히는 그녀의 옆에서 가느다란 다리를 허공에 버둥대며 까르륵거렸다. 바르바라는 어깨 너머로 케플러를 힐긋 보고는 그저 이렇게 말했다.

"그럴 줄 알았어."

"알고 있었어? 어떤 남자야?"

바르바라는 허리를 세워 앉으며 한숨을 쉬었다. 그러곤 지친 말투로 말했다.

"당신도 본 적 있는 사람이야. 물론 당신은 기억 안 나겠지만. 프라하에 있을 때 당신과 만났어."

"아, 그래, 생각나는군."

아니었다.

"생각나고말고."

눈치 빠른 레기나. 그가 기억하지 못하리라는 것까지 알았던 모양이다.

"하지만 레기나는 아직 너무 어리잖아!"

"난 열여섯에 처음 결혼했어. 그게 뭐?"

케플러는 아무 말도 하지 않았다.

"당신이 신경 쓰다니 의외네."

케플러는 부아가 나서 그녀를 뒤로하고 부엌으로 걸어갔다. 부엌문을 열자 검은색 모자를 쓴 노파가 나타났다. 두 사람은 잠시 서로 쳐다보다가 노파가 당황해서 먼저 물러섰다. 탁자 앞에는 몹시 뚱뚱하고 입주위에 거무스름하게 수염이 난 또 다른 노파가 맥주잔을 앞에 놓고 앉아 있었다. 그의 어머니는 화로 앞에서 바쁘게 뭔가를 하고 있었다.

"카타리나."

첫 번째 노파가 노래하듯 어머니를 불렀다. 뚱뚱한 노파는 무표정한 얼굴로 잠시 그를 살피더니 맥주를 벌컥벌컥 들이켰다. 탁자 위에 얌전히 올라 앉아 있던 고양이가 꼬리를 가볍게 살랑이며 눈을 깜빡거렸다. 케플러의 어머니는 돌아보지도 않았다. 케플러는 조용히 나와 천천히 문을 닫았다.

"하인리히!"

"그냥 놀러 오신 분들이야, 형."

하인리히는 슬픈 얼굴로 빙긋 웃으며 양손을 바지 주머니에 찔러 넣었다.

"친구 분들이라니까."

"사실대로 말해, 하인리히. 혹시 어머니가……"

바르바라가 입에 핀을 물고 아기 쪽으로 몸을 굽히다 멈칫했다. 케플러는 동생의 팔을 잡고 창가로 데려갔다.

"어머니가 아직도 그 일을 하셔?"

"아니, 아니야. 그냥 가끔 아픈 분들을 봐주시는 것뿐이야."

"이런, 세상에."

"단골손님이 많은 편이지. 예전에 알던 분들이 아직도 찾아와. 주로 부인들."

하인리히는 다시 웃으며 윙크를 했다. 한쪽 눈꺼풀이 헐렁한 덧문처럼 닫혔다가 열렸다.

"얼마 전엔 남자가 오기도 했지만……"

"난 듣고 싶지……"

"……황소처럼 몸집이 큰 대장장이가 멀리 레온베르크에서 왔었어. 형이 그 사람을 봤다면 그렇게 생각하지 않았을……"

"듣고 싶지 않다니까, 하인리히!"

케플러는 엄지손톱을 물어뜯으며 창밖을 뚫어져라 바라보았다.

"미치겠군."

그가 중얼거렸다.

"사람들 사이에 떠도는 소문은 다 거짓말이라니까. 장담하는데, 어머닌 웬만한 의사들보다 더 잘 고치셔."

그는 흥분해서 목소리가 갈라졌다. 케플러는 어렴풋이 샘이 났다. 왜 **자신**은 이렇게 맹목적인 충성을 누리지 못하는 걸까?

"전에 어머니가 내 다리에 쓸 약을 만들어 주셨는데 군의관이 준 것보다 훨씬 효과가 좋았어."

"네 다리?"

"응. 헝가리에서 다쳐서 진물이 났거든. 심각한 건 아니고."

"어디 내가 한번 보자."

하인리히는 그를 날카롭게 쳐다보았다.

"그럴 필요 없어. 어머니가 다 알아서 봐주시니까."

그때 그들의 어머니가 부엌에서 나오며 중얼거렸다.

"어디 있나. 내가 그걸 어디다 뒀더라."

그녀는 좁고 작은 코로 바르바라를 가리키며 물었다.

"혹시 봤냐?"

바르바라는 못 들은 척했다.

"어머니, 뭘 찾으시는데요?"

케플러가 묻자 그녀는 시치미를 떼고 미소를 지었다.

"좀 전까지만 해도 있었는데, 어디 갔는지 모르겠네. 박쥐 날개가 담긴 조그만 주머니 말이다."

부엌에서 두 노파가 깔깔거리며 소리를 지르고 밀치락달치락하는 모습이 보였다. 고양이마저도 같이 웃고 있는 것 같았다.

* * *

레기나가 주저주저하며 계단을 내려왔다.

"저 때문에 싸우신 건 아니죠?"

방 안에 있던 모두가 멍하니 그녀를 쳐다보았다. 케플러의 어머니는 픽 웃고는 종종걸음으로 부엌으로 들어갔다.

"무슨 소리야, 박쥐 날개라니?"

바르바라가 물었다.

"농담하신 거야. 당연히 농담이지!"

케플러가 날카롭게 말했다.

"박쥐 날개라니. 그다음엔 뭘까?"

"어머니 무시하지 마세요."

하인리히가 애써 웃음을 참으며 단호하게 말했다.

케플러는 창문 옆 의자에 풀썩 앉아 손가락으로 탁자를 소리 나게 두드렸다.

"우린 오늘밤 여관에서 묵어야겠어. 엘멘딩겐으로 가다 보면 묵을 만한 데가 하나 있지. 내일은 집으로 출발하자고."

바르바라가 잘됐다는 듯이 밝게 웃었다. 하지만 눈치는 있는지 아무 말도 하지 않았다. 케플러는 아내를 노려보았다. 노파 셋이 부엌에서 나왔다. 뚱뚱한 노파의 입 주위에 맥주 거품이 묻어 있었다. 깡마른 노파가 창문 옆에 우울한 얼굴로 앉아 있는 이 대단한 사내에게 말을 걸려 했지만, 그의 어머니가 뒤에서 등을 떠밀었다.

"오호호! 어머니는 우리가 빨리 사라졌으면 하나 봐요!"

"흥."

케플러의 어머니는 짧게 내뱉으며 그녀를 더 세게 밀었다. 두 노파는 밖으로 나갔다.

"네가 저 사람들을 내쫓은 거야. 이제 속 시원하냐?"

케플러 부인이 아들을 돌아보며 말했다.

"저는 저분들한테 한마디도 안 했어요."

케플러는 어머니를 빤히 쳐다보았다.

"그래, 그랬겠지."

"저런 사람들은 안 만나는 게 어머니한테도 좋아요."

"네가 뭘 안다고 그러냐?"

"왜 몰라요. 저런 사람들을! 어머닌……"

"그만해라. 거만하게 콧대나 높이며 와서 뭘 안다고. 네 눈엔 우리가 하찮게 보이겠지."

하인리히가 헛기침을 했다.

"왜 그러세요, 어머니. 형은 어머니를 생각해서 하는 말인데요."

케플러가 천장을 쳐다보다가 입을 열었다.

"세상이 흉흉해요, 어머니. 조심하셔야 해요."

"너나 조심하려무나!"

케플러는 어깨를 으쓱했다. 어린 시절 그는 언젠가 한밤중에 지진이 일어나 세상 모든 것이 깨끗하게 사라지고 혼자 남아 자유롭고 편안하게 사는 행복한 상상에 젖곤 했다. 바르바라와 레기나가 그를 보고 있었다.

하인리히가 화제를 돌렸다.

"지난번 미카엘 축일에 여기서 화형이 있었어."

그는 무릎을 탁 치며 말을 이었다.

"와, 장작이 불타고 있는데 그 노파가 춤을 추더라니까. 그랬죠, 어머니?"

"누구였는데?"

케플러가 물었다.

"저주받은 노인네였어."

케플러의 어머니가 하인리히를 쏘아보며 재빨리 말했다.

"목사님 딸한테 마법의 약을 먹였거든. 그런 늙은이는 화형 당해도 싸."

"화형이 계속될 거예요."

케플러가 손을 눈에 얹으면서 말했다. 그러자 그의 어머니가 쏘아붙였다.

"그래, 그렇겠지! 여기서만 그렇겠니? 네가 사는 보헤미아도 그럴걸! 가톨릭교도들이 득실대는데. 거기선 사람들을 무더기로 태운다고 들었다. **너**야말로 조심해야겠구나."

그녀는 요란한 발소리를 내며 부엌으로 들어갔다. 케플러는 어머니를 쫓아갔다.

"여기까지 따라 들어와 나한테 설교하려고?"

그녀는 퉁명스럽게 내뱉었다.

"대체 네가 뭘 안다고 그러냐? 난 네가 기저귀를 차고 다닐 때부터 아픈 사람들을 치료했다. 넌 황제한테 돈을 받으면서 이상한 마법의 표를 만들어 주고 있지. 나는 이 넓은 세상을 상대하고 있다. **넌** 네가 좋아하는 별들이랑 하늘에나 신경 써라. 그럼 그뿐이잖니? 흥! 나도 지긋지긋하구나."

"어머니……"

"뭐?"

"저는 어머니가 걱정돼서 그래요. 그뿐이에요."

그녀는 아들을 물끄러미 바라보았다.

* * *

바깥세상의 공기에도 비밀스러운 무언가를 알고 있는 듯한 기운
이 감돌았다. 케플러는 시장의 분수대 옆에 한참 서 있었다. 초록
빛 주둥이를 내민 괴물 석상들은 마치 웃음을 꾹 참은 채 그가 등
을 돌리면 바로 그만둘 장난질을 하듯 물줄기를 뿜어 냈다. 할아
버지 제발두스는 이 석상 중 하나가 자신의 얼굴과 비슷하게 조각
되었다고 주장했다. 케플러는 그 말을 굳게 믿었다. 왠지 친근한
느낌이 낄낄거리는 유령처럼 그를 휘감았다. 내가 아는 게 무엇일
까? 그가 적극적으로 참여하지 않아도 삶은 계속될 수 있을까? 정
신은 잠든 채 그저 육체만 끊임없이 움직이는 게 가능한 일일까?
그는 걸음을 옮기며 자신의 무게를 가늠해 보았다. 몸 어딘가에
자신의 비밀스러운 삶이 담겨 있는 주머니가 불룩 튀어나와 있지
않은지 세심하게 살펴보았다. 레기나의 결혼 소식이 불러일으킨
수상쩍은 감정은 그 일부에 불과했다. 또 어떤 터무니없는 감정과
생각이 내 안에 숨어 있을까? 거기에는 어떤 대가가 따를까? 그는
어쩐지 배신당한 기분이 들었지만 불쾌하지 않았다. 그저 사랑하
는 아들에게 속아 돈을 빼앗긴 부자 노인 같은 심정이랄까. 빵가
게 앞에 이르자 따뜻하고 향긋한 빵 냄새가 바람에 실려 왔다. 주
인은 혼자 커다란 밀가루 반죽을 손으로 연거푸 치고 있었다. 위
층 창문에서 일하는 소녀가 뭐라고 외치면서 더러운 물을 창밖으

로 쏟아 부었다. 케플러는 아슬아슬하게 물벼락을 피했다. 그는 눈을 부릅뜨고 위쪽을 쳐다보았다. 어린 하녀는 눈이 휘둥그레져서 잠시 아래를 보더니, 손으로 입을 가리고 웃으면서 방 안에 있는 누군가를 향해 몸을 돌렸다. 그 집의 열일곱 살 여드름쟁이 아들 하리 뷜리거가 떨리는 손을 내밀며 그녀에게 슬며시 다가서는 모습이 보였다. 케플러는 계속 걸으면서 부정한 회계 장부 같은 근 몇 년간의 자기 삶에 대해 곰곰이 생각했다.

조금 걷다가 공터에 도착했다. 한낮의 찬란한 햇볕이 물러가며 남긴 저녁놀에 듬뿍 젖은 저녁 풍경이 지친 곡예사처럼 구릿빛 얼굴로 조용히 숨을 몰아쉬었다. 느릅나무가 연못에 비친 자기 모습을 위엄 있게 내려다보며 귀를 기울이고 있었다. 아이들이 아직 연못가에서 노는 중이었다. 그들은 샐쭉한 표정으로 아빠를 보았다. 한참 재미있던 터라 아빠가 반갑지 않은 모양이었다. 주자나가 뒷짐을 지고 천천히 걸어가면서, 자기를 종종거리며 따라오는 오리 새끼들을 재미있어 죽겠다는 듯이 웃으면서 자꾸 돌아보았다. 프리드리히가 커다란 돌멩이 하나를 손에 쥐고 아장거리며 물가로 다가갔다. 신발과 긴 양말은 이미 젖었고 아이의 눈썹에도 흙이 묻었다. 돌멩이가 풍덩 소리를 내며 수면 위로 떨어졌다.

"아빠, 저거 보세요! 물에 왕관이 생겨요. 봤어요?"

"그래, 맞아. 물속에 왕이 살고 있거든."

하인리히가 대신 대답했다. 아이들을 데리러 온 모양이었다.

"물에 뭔가를 던지면 물속에 사는 왕이 튀어나오는 거란다. 왕관에 보석도 달려 있어. 그렇지, 형? 내가 애들한테 그렇게 말해 줬어."

"난 집에 가기 싫어."

프리드리히가 말하며 조그만 한쪽 발을 진흙 속에 넣었다가 폭 하는 소리를 들으며 빼냈다.

"난 여기서 하인리히 삼촌이랑 할머니랑 같이 살고 싶어."

아이의 눈이 깊은 생각에 잠긴 사람처럼 가늘어졌다.

"그리고 여긴 돼지도 있어."

부드러운 물결이 일던 연못 표면이 다시 잠잠해졌다. 거기에 비친 느릅나무 가지들 사이로 작은 날벌레들이 보이지 않는 그물을 짜는 듯 왔다 갔다 날아다녔다. 얕은 물에 있던 제비갈매기 무리가 휙 날아오르면서 수면에 작은 물결을 일으켰다. 세상은 얼마나 다양하고 풍부한 모습을 가졌는가! 케플러는 풀밭에 앉았다. 기나긴 하루였다. 그리고 몰랐던 많은 것을 새로이 알게 된 하루였다. 레기나는 어떻게 해야 할까? 여전히 위험한 일에 손을 대고 있는 어머니는 또 어떻게 해야 할까? 어찌 해야 하나. 문득 클라인자이트의 뒷골목 술집에서 술 취한 창녀들과 춤을 추던 이탈리아 사내 펠릭스가 떠올랐다. 삶의 모든 것이 역겹고 불쾌하게 그의 옆구리를 쿡쿡 찌르고 있었다. 그는 미소를 지으며 머리 위의 나뭇가지를 올려다보았다. **지금** 나는 행복하다고 말할 수 있을까?

제4부

우주의 조화[•]

———————
• 1619년에 출간된 케플러의 저서. 원제는 《Harmonice Mundi》.

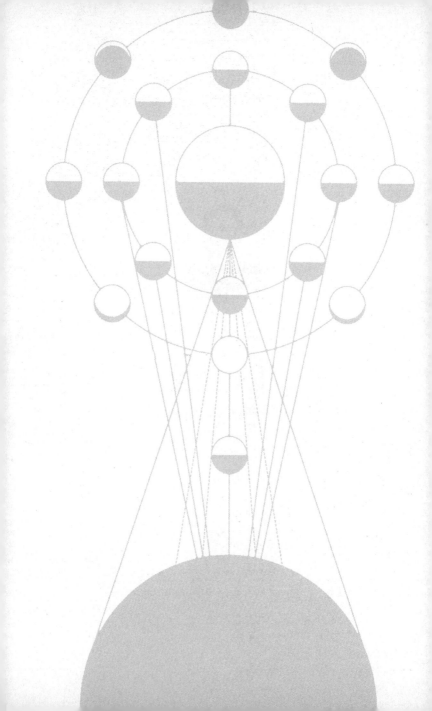

프리슬란트에 있는 다비드 파브리키우스[●]에게

1605년 재의 수요일
프라하 흐라트차니 힐 로레토플라츠에서

존경하는 친구여! 당신은 새로운 화성 이론 연구를 그만둬도 되겠습니다. 이미 완성되었답니다. 드디어 책을 다 썼습니다. 아니면 거의 다 되었다고 할까요. 어찌나 고생했는지 죽을 고비를 열 번도 더 넘겼습니다. 하지만 신의 가호로 버텼고 이제는 진정 **새로운 천문학**이 탄생했다고 확신할 수 있을 만큼 만족스럽습니다. 만일 내가 마냥 기쁘지만은 않다면, 내 발견의 진실성을 의심해서가 아니라 내가 만든 이론이 앞으로 어떤 중대한 영향을 미칠지 눈앞에 훤히 그려졌기 때문일 겁니다. 친구여, 우주와 그 운행에 관해 우리가 갖고 있던 생각은 앞으로 달라질 겁니다. 오늘날 대중이 내 이론을 받아들일 수 있을까 생각하면 두려움이 밀려들고 우울해집니다. 약속한 대로 아내가 적어 준 부활절 케이크 굽는 법도 함께 보냅니다.

당신은 나와 가까운 친구이니 그간 내 상황이 어땠는지 잘 알 겁

● 독일의 천문학자 겸 신학자. 튀코 브라헤에게 배웠으며 아들과 함께 처음으로 망원경을 천체 관측에 사용한 인물.

니다. 지난 6년간 나는 전쟁터와도 같은 혼란의 한가운데서 고개를 숙이고 앉아 연구에 매달렸습니다. 이제야 허리를 펴고 좀 더 넓은 광경을 볼 수 있게 되었지요. 나의 승리를 추호도 의심하지 않습니다. 다만 그것이 어떤 승리인지, 또 나와 우리의 과학, 어쩌면 인류 전체가 그에 대해 어떤 대가를 치러야 하는지가 걱정입니다. 코페르니쿠스는 엄청난 연구를 하고 30년이나 지난 뒤에 발표했지요. 나는 그가 지구를 우주의 중심이 아니라 그저 여러 행성 가운데 하나라고 주장했을 때 세상에 일으킬 파장을 두려워했기 때문에 그랬을 거라고 생각합니다. 그런데 내 이론은 그보다 훨씬 더 급진적인 것 같습니다. 우리가 알고 있던 것들을 크게 바꿔 놓았으니까요. 나는 우리가 피타고라스 시대부터 믿고 있던 천체와 그 운동에 관한 개념이 완전히 틀렸음을 밝혔습니다. 이 소식을 발표하는 데에도 시간이 걸릴 것입니다. 내가 코페르니쿠스처럼 소심해서가 아니라, 내 후원자인 황제 폐하께서 인색한 탓에 적절한 인쇄업자를 아직 찾지 못했기 때문입니다.

내가 《신천문학》에서 말하려는 요지는 결국 우주가 신성을 지닌 존재, 살아 있는 존재가 아닌 일종의 시계 장치와 같다는 점입니다(시계에도 영혼이 있다고 믿는 사람은 이 모든 것을 만든 사람에게 영광을 돌리겠지요). 우주의 복잡다단한 거의 모든 운동은 그저 시계가 단순히 추에 의해 움직이듯 자기력과 물리적인 힘에 의해 일어나는 것입니다. 하지만 그보다 더 중요한 점이 있습니다. 내가 가장 큰 관심을 갖는 것은 이 우주라는 시계 장치의 형태나 현상이 아니라 그

실재성입니다. 천문학은 수천 년 동안 행성 운동을 수학적으로 설명하는 데 만족해 왔다고 생각합니다. 나는 거기서 나아가 그것을 **물리학적으로** 설명하려고 노력했습니다. 과거에 어느 누구도 시도하지 않은 일이고 이와 같은 방식으로 생각한 사람도 없었지요.

참, 당신에게 아들이 있더군요! 무척 놀랐습니다. 시급한 문제들이 있어서(아내가 다시 병이 났어요) 이 답장 쓰는 일을 한동안 미루고 있었습니다. 그런데 그 사이 비텐베르크의 요하네스 파브리키우스라는 젊은이한테서 태양 현상과 관련된 내용이 담긴 편지가 왔는데, 당신이 자기 아버지이고 나와 친구 사이라는 것을 안다고 적었더군요! 그렇게 큰 아들이 있는 분이었다니 적잖이 놀라고 당황했습니다. 그동안 당신에게 편지를 쓸 때 늘 나보다 어린 사람에게 보내듯 썼으니까요. 혹여 이따금 학생을 대하는 선생의 말투로 쓰진 않았는지 모르겠군요! 용서해 주십시오. 우리가 진작 만났어야 하는데 말입니다. 나는 물리적으로만 눈이 나쁜 게 아닌가 봅니다. 내가 상상한 무언가가 코앞에 나타나면 생각과는 너무 달라서 늘 충격을 받곤 하거든요. 화성 궤도를 연구할 때도 그랬습니다. 화성과 씨름한 과정에 대해서는 나중에 다시 자세히 쓰겠습니다. 당신도 흥미로워할 겁니다.

그럼, 안녕히 계십시오.

요하네스 케플러

뮌헨의 한스 게오르크 헤르바르트 폰 호엔부르크에게

1607년 11월
프라하 벤첼 하우스에서

지난번 보내 주신 너무도 반가운 편지에 답장이 많이 늦어 죄송합니다. 늘 그렇듯 황실의 이런저런 일들이 저의 시간과 기운을 너무많이 빼앗는군요. 황제께서는 날이 갈수록 더욱 불안정해집니다. 요즘은 수시로 제 이름도 잊어버리시고, 저를 전혀 알아보지 못하는 듯 이마를 찌푸리며 보시기도 합니다. 폐하의 주변 사람들은 누구나 이제 그런 표정에 익숙하지요. 느닷없이 호출하실 때면 행성 도표와 점성술 표들을 챙겨서 부랴부랴 들어가야 한답니다. 잘 아시다시피 저는 어리석은 학문이라고 생각하는 점성술을 황제께서는 너무나도 굳건히 믿으시니까요. 또 다른 문제들에 대해서도 확실한 자료를 요구합니다. 예를 들면 아우구스투스 황제나 마호메트가 태어났을 때의 천궁도, 오스만튀르크 제국의 운명에 관한 예측 같은 것들 말입니다. 물론 요즘 황실의 모든 이들이 관심을 갖는 헝가리 문제에 대해서도요. 그의 동생 마티아스가 권력에 대한 야심을 더욱 노골적으로 드러내고 있습니다. 또 이른바 불의

3궁 위치에서 목성과 토성의 합☌이 일어나는 현상과 같은 따분하고 성가신 문제도 있습니다. 예수 그리스도의 탄생과 샤를마뉴의 탄생 때도 똑같은 자리에서 합이 일어났고, 이제 800년이 지났으니 모두들 어떤 중대한 사건이 임박해 있는지 궁금해합니다. 저는 케플러라는 학자가 프라하에 입성했으니 이미 **중대한 사건**이 일어난 셈이라고 말씀드렸지만, 황제께서는 제 농담을 이해하지 못하는 것 같습니다.

게다가 3년 전 신성의 출현으로 커다란 소동이 일어났는데 아직도 그 여파가 지속되고 있습니다. 예상하시겠지만, 엄청난 화재가 난다느니 최후 심판의 날이 다가왔느니 하는 소문이 아직도 돌고 있습니다. 그중에서 가장 터무니없는 건 새로운 왕이 나타날 거라는 소문입니다. '노바 스텔라, 노부스 렉스'●(틀림없이 마티아스가 퍼뜨린 것이겠지요!). 물론 저는 이 신성에 관해서도 이런저런 예측과 의견을 내놓아야 합니다. 굉장히 괴롭고 짜증나는 일입니다. 수학적 증명에 익숙하고 점성술의 결점을 너무나 잘 아는 저는 마치 고집 센 짐승처럼 오랫동안 저항해 왔지만, 비난과 정신적 폭력에 못 이겨 어쩔 수 없이 점성술이라는 웅덩이에 발을 빠트릴 수밖에 없군요.

저는 다소 미묘한 입장입니다. 황제께서는 갈수록 마법사들과

● nova stella, novus rex: 라틴어로 '새로운 별, 새로운 왕'.

온갖 협잡꾼들의 손에 놀아나고 있습니다. 점성술은 이제 예언의 도구가 아니라 정치의 도구가 돼 버렸습니다. 저는 점성술을 황궁에서 없애는 것보다는 사리사욕을 위해 황제에게 조언하는 자들의 머리에서 몰아내는 게 더 시급하다고 생각합니다. 하지만 황제께서 고집을 피우신다면 제가 무엇을 할 수 있겠습니까? 그는 세상을 등진 은둔자처럼 궁에 틀어박혀 있습니다. 자신이 두려워하고 불신하는 인간들을 피해 하루 종일 진귀한 수집품과 괴상한 물건들에 둘러싸여 시간을 보내며 아주 간단한 결정조차도 하지 않으려 하지요. 아침마다 마부가 황제의 에스파냐와 이탈리아 산 말들을 뜰에 끌고 나와 기량을 시험할 때면, 그는 자기 방 창가에 앉아 우울한 표정으로 내려다봅니다. 마치 남자구실을 못하는 이 단자가 여자에게 추파를 던지는 모습과 비슷한데, 그걸 자신만의 **의식**이라고 한답니다! 그렇다고 아주 무능한 것은 아닙니다. 그분은 마치 아르키메데스의 운동 원리에 의해 움직이는 사람 같습니다. 너무 조용하고 부드럽게 움직여서 눈에 띄지 않지만 시간이 지나면서 전체 물질을 변화하게 만드는……. 어찌 됐든 황실은 돌아가고 있으니까요. 어쩌면 그저 모든 살아 있는 생명체가 공통적으로 갖고 있는 신경이 작동하는 건지도 모르겠습니다. 닭의 머리를 잘라도 죽지 않고 계속 종종거리며 뛰어다니는 것처럼 말입니다. (이러다가 제 목이 잘릴 수도 있겠지만요.)

제 봉급도 많이 밀려 있습니다. 추정컨대 받을 돈이 2,000플로린쯤 되는 것 같습니다. 결국 받을 날이 올까 싶네요. 튀르크와의 전쟁, 친족들과의 복잡한 영토 싸움, 거기다 황제의 수집벽까지 더해져 황실 재정이 거의 고갈 상태입니다. 얼마 안 되는 아내의 유산에서 나오는 수입에 의존해야 하는 상황이 괴롭기 그지없군요. 예전에 먹이를 주던 주인을 올려다보며 굶주린 배를 움켜쥐고 앉아 있는 초라한 개가 된 기분입니다. 그래도 아직 완전히 절망하진 않습니다. 신과 제 학문에 대한 믿음은 변함이 없으니까요. 이곳 날씨는 줄곧 지독합니다.

당신의 충실한 벗, 요하네스 케플러로부터

튀빙겐의 미하엘 메스틀린 선생님께

1608년 4월
프라하 에데스 크라메리아니스에서

잘 지내셨는지요? 비열한 텡나겔 때문에 분노가 치밀어 올라 제대로 펜을 쥐기도 힘듭니다. 그 자식이 얼마나 악독한지 아시면 선생님도 놀라실 겁니다. 물론 저주 받아 마땅한 나머지 튀코 집안 사람들도 나쁘기는 마찬가지지만 텡나겔은 그들보다 목소리가 크답니다. 시끄럽고 불쾌한 데다 허영심 가득하고 오만하며 구제불능일 만큼 어리석은 자입니다. 불경스러운 말이지만 언젠가는 그를 **짓밟고** 말 겁니다. 이 끔찍한 상황에서 그나마 위안 삼을 것이 있다면, 그가 튀코의 시신이 식기도 전에 그분의 귀중한 관측기구들을 황제에게 팔아넘기고 받기로 한 2만 플로린을 아직 못 받았고, 또 앞으로도 받을 가능성이 없다는 사실입니다(하지만 그에 대한 이자로 매년 1,000플로린을 받고 있고, 이것만 해도 제가 제국 수학자로서 받는 봉급의 두 배나 됩니다). 솔직히 말씀드리면 저는 튀코가 세상을 떠난 뒤 유족의 경계가 느슨해진 틈을 타서 튀코의 자료들을 제 관리하에 두었습니다. 어쩌면 훔친 거라고 말할 사람도 있을지 모르겠습니다(튀코 가족은 분명히 그렇게 생각하겠지요). 하지만 누가 저를 비난하겠습니까? 한때 온 세상이 경탄했던 귀중한 기구들이 지금은 녹슬고 부서진 채 유럽 여기저기에 흩어져 있는데 말입니다. 황제는 어차피 신경도 쓰지 않고 텡나겔은 연 5퍼센트 이자에 만족하고 있습니다. 튀코가 평생을 바쳐 수집한 그 값지고 귀중한 자료들도 그렇게 되도록 내버려 둘 수는 없지 않습니까?

이런 싸움이 일어난 것은 브라헤 가문이 워낙 의심 많고 예의가 없기 때문이지만, 다른 한편으로 보면 제 불같은 성격과 그들을 비웃는 태도 때문이기도 합니다. 텡나겔이 저를 수상쩍게 보는 건 그럴 만하다고 인정합니다. 제가 관측 자료들을 손에 넣고 유족에게 넘겨주길 거부했으니까요. 하지만 그가 저를 이렇게 괴롭힐 이유는 없습니다. 텡나겔이 황실에서 한자리 얻어 볼까 하는 심산으로 가톨릭 신자가 됐다는 사실을 아시나요? 그가 어떤 인간인지 똑똑히 보여 주는 증거지요. (아내인 엘리사베트가 부추기긴 했지만 그녀에 대해서는 얘기하지 않겠습니다.) 텡나겔은 현재 상소 법률 고문관이라서 황실의 힘을 이용해 자신이 원하는 조건을 저에게 강요할 수 있습니다. 그는 제가 《루돌프표》를 완성하기 전까지는 자기 장인의 자료를 토대로 한 저작물을 인쇄하는 것을 금지했어요. 나중에는 제 책의 표지에 제 이름과 자기 이름을 나란히 찍는 조건으로 인쇄를 허락했지요. 자기는 땀 한 방울 흘리지 않고 명예의 반쪽을 고스란히 가져가겠다는 심보입니다. 저는 그가 황제한테 받는 1,000플로린의 4분의 1을 저에게 주면 그렇게 하겠다고 했습니다. 이번엔 제 쪽에서 영리한 수를 둔 셈이지요. 텡나겔은 당연히 1년에 250플로린은 영원한 명예와 맞바꾸기엔 너무 큰 금액이라고 생각할 인간이니까요. 그러더니 그는 또 그 우둔한 머리로 자기가 《루돌프표》를 완성하겠다고 하더군요. 지금 선생님도 아마 웃고 계시겠죠? 말도 안 되는 얘기니까요. 그자는 그 일을 해낼 능력도 끈기도 없는 인간입니다. 시시한 천문학 문제들에 투자할 시간과 관심만 있으면 저만큼, 아니 저보다 더 훌륭하게 해낼수 있다고 믿는 자가 많다는 건 예전부터 알고 있었습니다. 그들이 호언장담하는 꼴을 보노라면 그저 웃음만 나지요. 어디 한번 해보시라지!

다행히도 텡나겔이 《루돌프표》를 4년 내에 완성하겠노라고 황제에게 한 말은 헛된 약속이 되고 말았습니다. 4년 동안 그는 먹지도 못할 여물통 앞을 그저 욕심 때문에 지키고 앉아 있는 개의 꼴이 되고 말았어요. 눈앞에 있는 자료들을 어떻게 사용해야할지도 모르면서 다른 사람도 못 쓰게 했으니까요. 4년이 지났지만 그가 해놓은 건 아무것도 없습니다. 그리고 제 《신천문학》이 곧 출판될 것 같습니다. 하이델베르크의 포겔린 인쇄소에서 드디어 인쇄 작업이 시작됐어요. 정말 다행입니다. 그런데 그 멍청이 자식이 책의 서문을 자기가 써야 한다고 주장하고 있지 뭡니까! 그가 어떤 쓸데없는 소리를 적어 놓을지 생각하기도 싫습니다. 그는 내가 튀코의 자료를 사용해 튀코의 이론이 잘못됐음을 증명해 보일까 봐 걱정된다고 하더군요. 하지만 저는 그의 관심사가 오로지 돈뿐이라는 걸 잘 압니다. 아, 비열하고 불쾌하기 짝이 없는 속물 같으니라고.

케플러 드림

알자스 북스바일러의 하나우-리히텐베르크° 주치의
헬리제우스 뢰슬린°°에게

1609년 세례 요한 축일 전야
하이델베르크 구텐베르크플라츠에서

선생의 흥미롭고 유익한 글 《현대 상황에 대한 논의》를 읽었습니다. 많은 생각을 하게 된 것은 물론이고, 우리가 튀빙겐 대학을 다닐 때 토론을 벌이곤 했던 즐겁고 아련한 추억이 떠오르더군요. 선생이 열정적이고 노련하게 다루는 1604년 신성^{新星}에 대해 저의 견해를 공식적으로 밝힐 생각입니다. 하지만 그에 앞서 비공식적으로 조용히 얘기하고 싶은 것들이 있어 이렇게 펜을 들었습니다. 우리가 오랜 우정을 쌓았기 때문이기도 하지만 몇 가지 문제를 분명히 짚고 싶어서이기도 합니다. 이런 문제는 책에서는 다룰 수 없을 것 같습니다. 프라하에서 저의 위치가 나날이 불확실하고 위태로워지고 있거든요. 황제 폐하는 이제 아무도 믿으려 하지 않고, 선생이 그토록 열정적으로 옹호하는 그 학문을 더욱 중

- 오늘날 프랑스에 속하는 동명의 알자스 지역을 통치한 가문.
- •• 튀코 체계를 지지한 독일의 의사 겸 점성술사.

요하게 여깁니다. 내가 보기엔 **사이비 학문**에 불과한데 말이지요. 이 편지를 읽고 파기해 주시기 바랍니다.

친애하는 뢰슬린 선생, 저는 선생에게 신성한 직관이 있음을, 천체 현상을 해석하는 특별한 능력이 있음을 인정합니다. 그러나 그것은 점성학의 법칙과는 아무 상관이 없습니다. 물론, 신께서 가끔은 아주 보잘것없는 존재를 통해서도 경이롭고 놀라운 일들이 일어나게 하시는 건 사실입니다. 때로는 훌륭하고 심지어 신성한 것이 어리석고 불경한 존재에서 나오기도 한다는 사실을 누구도 부인할 수는 없습니다. 더러운 진흙 속에서 예쁜 달팽이나 진주조개가 나오듯이, 볼품없는 누에고치가 비단 실을 만들어 내듯이 말입니다. 부지런한 암탉이 냄새 고약한 똥 무더기에서 조그만 황금빛 낟알을 찾아내기도 하지요. 저는 점성학의 법칙들이 대부분 이런 똥 무더기라고 생각합니다. 그 안에서 건질 만한 가치가 있는 낟알들이 무엇인가 하는 것은 아무래도 좀 더 어려운 문제겠지요.

제 입장을 간략하게 정리하면 이렇습니다. 우주가 인간에게 영향을 미친다는 것은 우리가 분명히 볼 수 있지만, 구체적으로 어떤 영향을 미치는지는 여전히 수수께끼입니다. 저는 행성이나 별의 위상, 즉 행성끼리 이루는 각도와 그 배치가 인간의 삶에 특별한 의미를 지닌다고 믿습니다. 하지만 좋은 위상과 나쁜 위상을 따지는 건 어리석은 일이라고 생각합니다. 천체의 움직임은 좋고 나쁘고를 따질 수 없습니다. 우주의 현상은 조화와 규칙성, 아름다움, 강렬함, 약함, 불규칙함, 이렇게 분류할 수 있을 뿐이지요. 별들은 우리에게 그 무엇도 강요하지 않고 자유의지를 없애는 것도 아니며 개인의 구체적인 운명을 결정하지도 않습니다. 다만 인간에게 특정한 성격과 기질을 불어넣을 뿐입니다. 인간은 이 세상에 태어날 때 별자리가 지닌 특성과 양상을, 하늘에서 지구로 내려오는 별빛의 특징을 그대로 받아서 무덤에 갈 때까지 지니게 됩니다. 이 특성이 그의 육체 형태와 몸가짐, 태도, 성향, 정서적 감응에 뚜렷한 흔적을 남기지요. 그래서 어떤 사람은 생기 넘치고 친절하며 사교적인 반면, 또 어떤 사람은 무기력하고 나태하며 매사에 시큰둥한 특징을 보이는 겁니다. 아름답고 정확한 별자리일 때 태어났는지 광범위하고 볼품없는 모양일 때 태어났는지에 따라, 그리고 행성들의 색깔과 움직임에 따라 그런 특징이 결정된다는 말입니다.

하지만 이러한 특징, 즉 아름답거나 볼품없거나, 강렬하거나 희미하거나 하는 것은 무엇을 근거로 할까요? 그것은 바로 우리가 알고 있으며 따라서 재현할 수 있는 정다면체들이 만들어 내는, 원의 분할 형태에 근거합니다. 제가 《우주의 신비》에서 설명한 대로 말이지요. 그러니까 신비로운 우주 안에 암시되어 있는 태초의 조화로운 관계들이 근원이란 얘깁니다. 따라서 생명을 가진 모든 것은, 사람이든 짐승이든 식물이든, 하늘에 존재하는, 그에 어울리는 기하학적 본질로부터 영향을 받는 겁니다. 모든 생물의 활동은 이 지구상에 내려오는 별빛의 영향을 받으며, 저마다 별빛에 이끌려 움직이고 모양을 갖게 되지요. 우리는 만물의 활동을 그들의 존재 자체로 인지하기도 하지만 그들의 움직임이 만들어 내는 기하학과 조화로 인지하기도 합니다. 양떼가 양치기의 목소리에 따라 움직이거나, 마차를 끄는 말이 마부의 고함소리에 반응하는 것처럼, 농부가 백파이프의 연주를 듣고 춤을 추는 것처럼 말입니다. **이것**이 저의 생각입니다. 선생이 믿는 장난 같은 학문으로는 절대 저를 설득할 수 없을 겁니다.

친애하는 뢰슬린 선생, 이 솔직한 독일인의 편지에 마음 상하지 않을 거라 믿습니다. 가끔 내가 몹쓸 버릇처럼 날카롭고 모진 말을 내뱉긴 하지만 선생에 대한 나의 애정은 언제나 변함없습니다.

친구이자 동료인 요하네스 케플러로부터

바일데어슈타트의 카타리나 케플러 부인과
하인리히 케플러에게

(공증인 G. 라스페 씨가 두 분 앞에서 읽어 주십시오. 사례금은 동봉했습니다.)

1609년 9월
프라하 크라머 단지에서

사랑하는 가족에게 집에 무사히 도착했음을 알리려고 편지를 씁니다. 프리드리히는 기침을 조금 하지만 그것을 제외하고는 건강한 편입니다. 레기나의 결혼 준비는 순조롭게 진행되고 있습니다. 레기나는 이런 일들을 무척 현명하게 챙기고 처리하는 아이랍니다. 예비 신랑은 점잖고 성품이 훌륭한 데다 재산도 많습니다. 그는 이번 주에 우리에게 정식으로 인사를 하러 왔어요. 물론 전에도 온 적이 있지만 그때는 약혼자가 아니었지요. 다소 격식을 차리고 딱딱해 보이던데 융통성이 없는 건 아닌지 모르겠습니다. 전반적으로는 매우 예의 바른 사람입니다. 레기나는 틀림없이 사랑받으며 행복하게 살 겁니다. 두 사람은 결혼식 후에 오버팔츠에 있는 파펜호펜이라는 곳으로 이사할 예정입니다. 그곳에 흑사병이 돈다는 소문이 있던데 걱정입니다.

우리는 여전히 크라머 단지에 살고 있습니다. 당분간은 이곳에 살아야 할 것 같아요. 이 동네는 무척 만족스럽습니다. 집 앞에 큰 다리와 강이 있어서 좋은 점이 많거든요. 석조 건물이라 불이 날 위험도 적고요. 아시다시피 저는 늘 불이 나는 것을 걱정했잖아요. 프라하시에서 좋은 지역에 속하는 곳이기도 합니다. 전에 살던 구시가지의 벤첼 칼리지는 여기와 딴판이었죠. 도로 상태도 엉망이고 거리에는 늘 온갖 쓰레기가 넘쳐 났거든요. 짚이나 나뭇가지로 지붕을 얹은 허름한 집들이 즐비했고 튀르크족도 내뺄 만큼 악취가 진동했어요. 하지만 이곳은 집주인이 무례하고 난폭한 깡패 같아서 툭하면 저와 말다툼을 벌입니다. 정말 역겨운 사람이에요. 바르바라는 신경 쓰지 말고 그냥 무시하라고 합니다. 저는 정말 이해가 안 되네요. 사람들은 왜 그렇게 서로 못 잡아먹어서 안달인 걸까요? 괴롭히거나 싸워서 얻는 게 도대체 뭘까요? 아무래도 이 세상엔 주변 사람에게 고통을 줘야만 살아갈 수 있는, 그런 부류의 인간들이 있나 봅니다. 세입자를 괴롭히는 집주인을 보면 정말 그런 것 같아요. 자기 노예를 고문해서 죽이는 이교도를 봐도 그렇죠. 이 두 부류는 사악함의 정도가 다를 뿐 죄질은 같다고 봅니다. 황실의 임무나 개인적인 연구로 정신이 없지만 그래도 시간이 남을 때면 이런 생각을 하곤 합니다. 하지만 요즘은 연구도 많이 하지 못해요. 건강이 좋지 않거든요. 자주 열이 나고 배가 아파서 머리가 얼어붙은 듯 잘 돌아가지 않아요.

225

그래도 불평하지 않을 겁니다. 신께서는 저를 버리지 않으실 테니까요.

우리는 이곳 프라하의 상류층과 그런대로 잘 어울리고 있습니다. 황제의 고문관이자 수석 비서관인 요한 폴츠가 저를 굉장히 좋아한답니다. 아내를 비롯해 가족 전체가 오스트리아인 특유의 기품과 교양, 귀족다운 예의를 갖추었지요. 명망 있는 사람들이라 그런 모양입니다. 저도 언젠가는 그들처럼 기품과 위엄을 풍기는 사람이 되고 싶지만 아직은 먼 것 같습니다(수학자로 이름을 날리는 것과 상류 사회에서 인정받는 건 다른 문제니까요!). 하지만 집안이 변변치 않고 신분이 낮은데도 저는 폴츠의 집을 자유롭게 드나듭니다. 그 집은 귀족 사회의 일원으로 여겨지는데 말이에요! 다른 인맥도 많이 생겼답니다. 궁정 호위병 두 명의 아내들이 주자나의 세례식 때 대모가 되어 주었어요. 또 황실 재정 담당관인 슈테판 슈미트, 황실 변호사 마테우스 바커, 바덴 대사인 요제프 헤틀러 각하, 이 모든 분이 우리 프리드리히를 후원해 주기로 했고요. 막내 루트비히의 세례식 때는 팔츠노이부르크 공국의 영주인 필리프 루트비히와 그의 아들 볼프강 빌헬름 폰 팔츠 노이부르크도 참석하셨답니다. 이렇듯 우리도 이제 귀족 사회에서 점점 지위가 올라가고 있어요! 그래도 저는 고향에 있는 가족을 절대 잊지 않아요. 언제나 어머니와 동생을 생각하고 걱정합니다. 서로 잘 돌봐주고 화목하게 지내길 바랍니다. 어머니, 지난번 뵈었을 때 제가 주의를 드린 것 잊지 마세요. 하인리히, 어머니를 잘 보살피기 바란다. 두 사람 모두 기도할 때 저를 기억해 주세요.

아들이며 형인 요하네스로부터

(라스페 씨, 이 부분은 혼자 보세요. 부탁드렸다시피 어머니의 행동을 살피고 제게 계속 알려 주시기 바랍니다. 수고에 대한 사례는 충분히 하겠습니다.)

볼로냐에 계신 조반니 안토니오 마지니* 교수님께

1610년 3월
프라하 에데스 크라메리아니스에서

어느 날 자고 일어나 보니 하늘에 태양이 두 개가 된 것 같습니다. 물론 말이 그렇다는 얘기지요. 기적이나 신비한 마법이 일어나지 않은 다음에야 어찌 태양이 두 개일 수 있겠습니까. 다만 **이번** 기적은 인간의 눈과 정신이 만들어 낸 것입니다. 수백 년간 고요하게 잠자고 있던 것들이 어느 순간 놀라운 속력으로 한데 휘몰아치듯 움직이기 시작하는 시기가, 사방에서 흘러온 냇물이 하나로 합쳐져 거대한 강물이 되어 세차게 흐르면서 오해와 잘못된 인식이라는 가치 없는 파편들을 모두 싣고 가는 때가 있는 것 같습니다. 하여, 제가 《신천문학》을 발표해 천체 운행에 관한 사람들의 생각을 완전히 바꿔 놓은 지 아직 1년도 안 되었는데, 이탈리아의 파도바에서 놀라운 소식이 도착했습니다! 교수님은 이탈리아에 계시니 벌써 아시겠지요. 아무리 놀라운 일이라도 시간이 조금만 지나

---

* 지구 중심의 우주 체계를 지지한 이탈리아의 천문학자, 점성술사이자 수학자.

면 무덤덤해진다는 사실을 잘 압니다. 하지만 이번 소식은 제게 아직까지 새롭고 경이로우며 충격적일 뿐입니다.

제게 처음 소식을 전해 준 사람은 황실 변호사이자 황제의 추밀 고문관인 마테우스 바커였습니다. 그는 최근에 이곳에 온 토스카나 대사로부터 들었다고 하더군요. 그 소식을 듣고 제게 득달같이 달려온 겁니다. 봄이 가까이 왔음을 알리듯 맑고 바람이 많이 부는 날이었습니다. 아마 그날을 평생 잊지 못할 겁니다. 사람의 평생에서 기억에 남는 날은 며칠 안 되니까요. 연구실 창문에서 내려다보니 바커의 마차가 덜거덕거리며 다리를 건너오고 있었는데, 그가 마차 창밖으로 머리를 내밀고 마부를 재촉하더군요. 그의 흥분이 제게도 고스란히 전달된 걸까요? 그 모습을 바라보는 제 안에서도 초조함이 휘몰아치더군요. 그가 어떤 얘기를 할지 아직 모르는데도 말입니다. 나는 달려 내려가 현관 앞에서 마차를 맞이했습니다. 바커는 알아듣기 힘들 만큼 두서없이 이야기를 쏟아냈습니다. 파도바의 갈릴레오가 렌즈 두 개짜리 망원경(평범한 네덜란드제 망원경입니다)으로 밤하늘을 보다가 30배 확대 관찰을 통해 **새로운 행성 네 개**를 발견했다는 것이었습니다.

이 흥미로운 이야기를 들으면서 경이로운 감정이 일렁이는 것을 느꼈습니다. 마음 깊은 곳에서 뭉클한 감정이 올라왔지요. 바커는 기쁨과 흥분을 금치 못했습니다. 우리는 잠시 어리둥절해하며 웃음을 터트렸고 그런 뒤 바커가 이야기를 이어 가자 저는 열심히 귀를 기울였습니다. 정말 끝이 없는 이야기였지요. 우리는 두 손을 맞잡고 껑충껑충 뛰기까지 했습니다. 바커가 데리고 온 강아지도 캉캉 짖으면서 우리 주위에서 원을 그리며 뛰어다니더군요. 그러다가 들뜬 분위기에 완전히 동화됐는지, 펄쩍펄쩍 뛰어올라 제 바지 자락에 꼭 붙어서 혀를 내놓고 입맛을 다시며 허연 이빨을 드러내는 겁니다. 그 모습에 우리는 또 한바탕 웃었지요. 그런 뒤 우리는 집 안으로 들어가 마음을 가라앉히고 함께 맥주를 마셨습니다.

제가 들은 소식이 정말 사실입니까? 사실이라면, 새로 발견된 천체들은 어떤 종류인지요? 항성의 동반성인가요? 우리 태양계에 속하는 것들인가요? 바커는 가톨릭 신자이지만, 무한한 우주 안에 태양이 수없이 존재한다는 불행한 학자 브루노*의 견해를 지지하는 사람입니다. 그는 갈릴레오의 이번 발견이 그 증거이며, 이 네 개의 새로운 천체가 항성의 동반성이라고 생각합니다. 그러니까 갈릴레오가 발견한 것이 또 다른 태양계라는 것이지요. 하지만 제가 보기에 무한한 우주는 말도 안 되는 개념입니다. 그렇다고 그 네 개의 천체가 우리의 태양 주위를 도는 행성일 가능성도 없다고 생각합니다. 제가 《우주의 신비》에서 밝힌 기하학적 원리에 따르면 태양계에 존재하는 행성은 여섯 개뿐입니다. 따라서 저는

● 가톨릭 교리에 회의를 품고 화형된 이탈리아의 철학자 조르다노 브루노를 말한다.

갈릴레오가 본 것이 다른 행성 주위를 도는 위성이 아닌가 합니다. 우리의 지구 주위를 도는 달처럼 말입니다. 현재로선 이것이 유일하게 가능한 설명입니다.

교수님께서는 발견의 현장에 더 가까이 계시니 이미 정확한 설명을 들으셨을 테지요. 어쩌면 그 새로운 현상을 직접 보셨을지도 모르겠군요! 아, 저도 이탈리아에 있다면 좋으련만. 바커에게 소식을 전했던 토스카나 대사가 갈릴레오의 책 한 권을 황제께 전달했다고 합니다. 저도 어서 그 책을 읽어 볼 기회가 생겼으면 하고 바랄 뿐입니다. 그럼 좀 더 자세히 알게 되겠지요!

새로운 소식이 생기면 꼭 전해 주십시오!

케플러

베네치아에 있는 신성로마제국 대사 게오르게 푸거에게

1610년 4월
프라하에서

제가 답장하지 않고 침묵한다면 지난번 대사님의 편지 내용에 전적으로 동의한다고 이해하실까 싶고, 또 갈릴레오가 현재 베네치아 공화국에 있는 탓에 이 문제에서 대사님의 위치가 특히 중요하기에, 현재 진행 중인 연구를 잠시 중단하고 즉시 답장을 쓰는 것이 현명하리라 생각했습니다. 대사님, 진심으로 말씀드리건대, 저는 갈릴레오와 제가 뛰어난 과학자로서 손색이 없다고 하신 대사님의 말씀에 깊이 감동받았습니다. 그러나 저는 갈릴레오와 경주를 벌이는 것이 아니며, 열렬한 환호나 편파적 선전을 원하는 것도 아닙니다. 갈릴레오가 이번 자신의 발견에 대해 제국 수학자인 저에게 하루빨리 축하의 말을 듣고 싶어 한다는 대사님의 말씀은 분명 사실일 것입니다. 그리고 대사님이 주장하셨듯이, 그는 오로지 그 이유 때문에 제게 연락을 했을 겁니다. 하지만 왜 아니겠습니까? 십수 년 전, 제가 유명해지기 전에 《우주의 신비》를 막 출판했을 때, 그때는 제가 먼저 그에게 연락했으니까요. 맞습니다. 당시 그는 이렇다 할 도움을 주지 않았습니다. 아마 자기 연구로 너무 바빴거나, 제 얇은 책이 별로 중요하게 보이지 않았겠지요. 그가 거만하고 뻔뻔하기로 유명하다는 건 저도 알고 있습니다. 하지만 그게 무슨 상관입니까? 과학은 외교와 달라서 고갯짓이나 은밀한 눈짓, 번지르르한 칭찬에 의해 진행되고 발전하는 것이 아닙니다. 저는 다른 학자들이 훌륭한 업적을 이뤘다고 생각하면 언제든 찬사를 아끼지 않습니다. 시기심 때문에 타인의 업적을 멸시하지 않으며 내가 잘 모르는 타인의 지식을 얕보지도 않습니다. 더 훌륭한 일을 했다거나 새로운 것을 좀 더 일찍 발견했다는 이유로 제 분수를 잊고 오만하게 행동하지도 않고요. 《신천문학》이 출판되었을 때 제가 갈릴레오에게 많은 기대를 한 것은 사실이지만, 그에게 아무런 회답도 듣지 못했다고 해서 지금 그에게 쓸 편지지 앞에서 펜을 내려놓진 않을 것입니다. 제가 그에게 써주는 편지는 뭔가 새로운 것이 나오면 무조건 색안경을 쓰고 흠을 잡으려는 자들, 자기가 모르는 이론은 허무맹랑한 것으로 치부하고 아리스토텔레스식 사유의 범위를 벗어나는 것은 무조건 틀렸다고 여기는 자들에 맞서는 방패가 되어 줄 테니까요. 저는 대사님이 말씀하신 것처럼 **그의 깃털을 뽑고 싶은** 마음이 없습니다. 다만, 가치 있는 것은 인정하고 의심스러운 점에 대해서는 의문을 제기할 것입니다.

대사님, 갈릴레오의 얇은 책이 간결하고 단순해 보인다는 이유로 오해해선 안 됩니다. 그의 저서 《별의 전령》은 아주 중요하고 훌륭한 책입니다. 몇 쪽만 훑어보아도 금세 알 수 있지요. 그러나 그가 주장하듯 그 안에 담긴 모든 내용이 독창적인 것은 아닙니다. 황제께서도 예전에 작은 망원경으로 달을 관찰하신 적이 있답니다! 또한 다른 사람들도 비록 증거를 제공하진 못했지만 은하수가 무수히 많은 별의 무리일 거라고 추측한 바 있습니다. 행성에 위성이 존재한다는 사실도(저는 그가 발견한 **네 개의 새로운 행성**이 위성이라고 생각합니다) 그리 놀라운 것이 아닙니다. 지구 주위를 도는 달이 있다면 다른 행성에도 위성이 있지 말라는 법이 없지 않겠습니까? 하지만 눈에 보이지 않는 무수한 별이 있다고 추측하는 것과 그것들의 위치를 지도에 표시하는 것에는 큰 차이가 있습니다. 또 아무 생각 없이 망원경으로 달을 보는 것과, 달이 제5의 원소*로 이뤄진 것이 아니라 지구 표면과 상당히 흡사한 물질로 이뤄져 있다고 발표하는 행위 사이에도 커다란 차이가 있지요. 코페르니쿠스 이전에도 태양이 우주의 중심이라고 주장한 사람들이 있었지만, 그 개념을 토대로 수학적으로 타당한 체계를 구축해 프톨레마이오스 시대에 마침표를 찍은 것은 코페르니쿠스가 처음이었습니다. 마찬가지로 갈릴레오도 이번 책에서 아리스토텔레스주의자들이 앞으로는 한동안 고개도 들 수 없을 만큼 거세게 한방 먹이는 우주관을 분명하고 냉철하게 정리했습니다. (씁쓸하지만 그런 냉

---

* 고대 그리스의 4원소설에서 천상을 구성한다고 가정한 물질.

철한 정확성은 반드시 본받아야 한다고 인정하겠습니다!)

황실에서도 《별의 전령》에 관한 얘기가 한창입니다. 이제는 어디서나 그러지 않을까 생각합니다. (저의 《신천문학》도 그런 큰 관심을 받는다면 얼마나 좋을까요!) 황제 폐하께서는 자애롭게도 그 책을 제게도 잠깐 보여 주셨습니다. 그러지 않았다면 일주일 전 갈릴레오가 제게 의견을 보내 달라는 부탁과 함께 책 한 부를 보내올 때까지 궁금한 마음을 최대한 참고 기다려야만 했을 겁니다. 그는 제의견을 발표하고 싶어 하는 것 같습니다. 제 편지를 전달할 특사가 19일에 이탈리아로 돌아갈 예정이기 때문에, 앞으로 나흘 안에 답장을 완성해야 합니다. 그래서 이 편지는 이만 줄여야 할 것 같습니다. 서둘러 펜을 놓는 것을 이해해 주시기 바랍니다. 아울러 저를 지지해 주시는 대사님께 진심으로 감사한 마음을 품고 있으며, 이 편지에 적은 말들을 혹시라도 오해하지 않으시길 바랍니다. 학문의 세계에서 중요한 건 개인이 아니라 그 사람의 업적입니다. 저는 갈릴레오를 좋아하지 않지만, 그를 존경하지 않을 수 없습니다.

여담입니다만, 최근 로마에 계실 때 혹시 튀코의 광대였던 사람과 그의 친구 펠릭스라는 사람에 대해 듣거나 보신 적이 있으신지요? 혹여 알게 되면 소식 전해 주십시오.

대사님의 충실한 벗, 요하네스 케플러

카우프보이렌에 있는 요하네스 브렝거 박사에게

1611년 3월
프라하 에데스 크라메리아니스에서

검은 그림자가 드리워졌고 최악의 사태가 벌어지지 않을까 두렵습니다. 우리 집의 작은 세상에 엄청난 비극이 일어났습니다. 지독한 슬픔과 혼란 속에서도 그것이 더 넓은 세상에서 벌어지고 있는 끔찍한 사건들과 이러저러하게 연결되어 있다고 믿지 않을 수 없네요. 가끔 신께서 지치실 때면, 분노와 잔인한 마음을 품은 악마가 그 틈에 세상으로 내려와 미쳐 날뛰며 모든 것을 엉망으로 만드는 게 아닐까 싶습니다. 박사님, 우리가 뜨거운 열정과 기쁨에 휩싸여 새로 탄생한 광학을 논하며 편지를 주고받을 수 있는 행복한 날들이 지금으로선 너무나도 먼 나라의 얘기처럼 느껴집니다! 최근에 보내주신 편지는 감사히 받았습다만, 지금은 박사님이 제기하신 흥미로운 문제들을 생각해 볼 수 없을 것 같습니다. 나중에 여유가 생기면 성의껏 답하겠습니다. 지금은 도무지 일할 마음이 나지 않네요. 게다가 황실에서 해야 할 일도 산더미 같아서 시간을 많이 빼앗기고 있습니다. 황제의 기행은 이제 갈수록 그저 광기라고밖에는 생각할 수 없습니다. 제국이 허물어지고 있는데 그는 싫어하는 무리를 마주치지 않으려고 궁에 틀어박혀 있답니다. 이미 그의 동생 마티아스가 오스트리아와 헝가리, 모라비아를 빼앗았고 이제는 남은 영토마저도 노리고 있습니다. 지난여름부터 가을까지 이곳 프라하에서 선제후 회의가 열려 형제간의 화해를 촉구했습니다. 그러나 루돌프 황제는 변덕스럽고 기이하긴 하지만 강철 같은 고집을 보이고 있습니다. 마티아스와 선제후들을 억누르는 동시에, 이곳의 루터파 대표자들이 황제와 싸워 얻어 낸 종교의 자유를 무효화하기 위해서, 그는 자신의 친척인 파사우 주교이자 나의 오랜 적인 슈타이어마르크의 페르디난트 대공의 형제인 레오폴트와 음모를 꾸몄습니다. 그쪽 가문 사람들이 대부분 그렇듯 비열하고 혐오스러운 레오폴트는 군대를 이끌고 우리 쪽으로 진군해 도시의 일부를 점령했습니다. 그에 맞서 보헤미아 군대가 집결했고, 양쪽이 모두 무시무시한 만행을 저지르고 있다는 소식이 들려오고 있습니다. 현재 마티아스가 루터파의 요청에 따라 오스트리아 군대를 이끌고 이곳으로 오는 중이라고 합니다. 루돌프 황제도 친히 요청했다고 하더군요! 이 모든 상황 끝에 나타날 결과는 한 가지뿐입니다. 황제께서 왕위를 잃는다는 것이지요. 그래서 저는 다른 곳의 피신처를 찾아보기 시작했습니다. 일부 유력 인사들이 제게 린츠로 오라고 적극 권유했습니다만, 제 입장에서는 그리운 고향 슈바벤 쪽을 고려하지 않을 수 없습니다. 한때 저의 후원자였던 뷔르템베르크 공작에게 청원서를 보냈지만 그분을 딱히 믿는 것은 아닙니다. 자신이 태어난 고향에서 환영받지 못한다는 건 너무나도 가혹한 일입니다! 갈릴레오가 로마로 떠난 뒤 공석이 된 파도바 대학의 교수 자리를 제안 받기도 했습니다. 갈릴레오가 직접 저를 추천했지요. 참으로 얄궂은 상황이라는 생각이 머릿속에서 떠나질 않는군요. 이탈리아는 썩 내키지 않습니다. 아마 린츠로 갈 가능성이 가장 높습니다. 작은 지방 도시이지만 아는 사람들이 있고 특별한 친구도 있으니까요. 아내는 프라하를 떠나 고향인 오스트리아로 돌아가면 기뻐할 겁니다. 프라하를 좋아하지 않았거든요. 아내는 얼마간 헝가리 열병과 뇌전증 발작으로 심하게 앓았습니다. 병은 굳건히 견뎠으니 잘 회복될 수도 있었을 텐데 얼마 안 돼서 세 아이가 천연두에 걸리고 말았습니다. 첫째와 막내는 이겨 냈지만 우리의 소중한 아들 프리드리히는 그러지 못했습니다. 겨우 여섯 살인데. 어떻게 그렇게 가버릴 수 있는지요. 초봄의 아침에 핀 히아신스처럼 아름다운 우리 아들, 우리의 희망이자 기쁨이었는데 말입니다. 박사님, 솔직히 말씀드리면 가끔은 신의 방식을 이해할 수 없습니다. 아이가 숨을 거두는 순간에도 도시 전역에서 전투 소리가 들려왔습니다. 저의 감정을 어떻게 제대로 표현할 수 있을까요? 이토록 큰 슬픔은 세상 무엇과도 견줄 수 없습니다. 이만 줄이겠습니다.

케플러

파펜호펜에 있는 레기나 엠 부인에게

1611년 7월
프라하 황금독수리 여관에서

아, 사랑하는 레기나! 우리에게 닥친 이 재앙 앞에서 어떤 말을 해야 할지 모르겠구나. 침묵만이 지금의 감정을 가장 적절하게 표현해 주는 것 같다. 그렇다 해도 지난 몇 주 동안 있었던 일을 네게 들려줘야 한다는 생각이 든다. 혹시라도 내가 서툴거나 차갑고 무정하게 보인다면 깊은 슬픔과 부끄러움 때문에 내가 느끼는 모든 감정을 제대로 표현하지 못하는 탓이라고 이해해 줄 거라 믿는다.

네 어머니의 병이 언제부터 시작되었는지 누가 말할 수 있겠니? 네 어머니는 곤경과 슬픔으로 가득 찬 인생을 살았단다. 늘 동경하던 상류층 사회에서 내가 크게 성공하지 못한 것을 원망하긴 했지만, 물질적인 면에서 부족한 적은 없었다. 하지만 스물둘의 나이에 두 번이나 남편을 잃은 고통은 감당하기 힘들었을 테고, 우리 사이에서 태어난 첫 아이들을 잃고 이제는 사랑스런 프리드리히마저 잃은 것은 너무나도 가혹한 일이었지. 최근에는 깊은 신앙심에 빠져 언제나 기도서를 갖고 다녔단다. 기억력도 예전 같지 않앉고, 가끔은 아무것도 아닌 일에 큰 소리로 웃거나 갑작스레 충격을 받은 듯 울부짖기도 했어. 시샘도 많아져서 고문관이나 대단찮은 황실 관리들의 아내들과 자신을 비교하며 끊임없이 신세 한탄을 했단다. 그 여자들이 제국 수학자의 아내인 자기보다 훨씬 더 화려하게 생활하는 것처럼 보였던 모양이다. 물론 이 모든 것은 네 어머니의 마음속에만 있는 것이었다. 내가 무얼 할 수 있었겠니?

지난겨울 고열과 뇌전증에 시달리는 네 어머니의 상태가 워낙 심각해서 나는 무척 걱정했단다. 하지만 어머니는 아주 용감하고 강인했고, 주변 사람들이 모두 혀를 내두를 만큼 굳은 의지를 보였어. 그런데 2월에 아이를 떠나보내고 이루 말할 수 없는 충격을 받았다. 내가 6월 말 린츠에서 돌아와 보니 다시 몸져누웠더구나. 오스트리아 군대가 이 도시에 여러 질병을 옮겼는데, 어머니는 발진티푸스에 전염되었지. 여기 사람들은 '플레크피버'라고 부른단다. 이겨 낼 수도 있었을 텐데 그럴 힘이 남아 있지 않았어. 군인들의 잔혹한 행위와 피비린내 나는 전투에 충격을 받은 데다, 미래에 대한 절망, 세상을 떠난 소중한 아들에 대한 참을 수 없는 그리움에 기력이 떨어져 결국 이달 3일에 눈을 감았단다. 마지막에 깨끗한 옷을 입혀 주는데 구원의 옷이냐고 묻더구나. 그게 마지막 말이었어. 임종을 앞둔 몇 시간 동안 너를 떠올리며 네 얘기를 많이 했단다.

나는 죄책감과 후회로 몹시 괴롭단다. 우리 결혼은 처음부터 잘못된 것이었어. 우리의 의지와는 상관없이 이뤄진 혼인이고 먹구름이 잔뜩 끼어 있었다. 네 어머니는 의기소침하고 화를 잘 내는 성격이었고 내가 자기를 비웃는다고 원망했지. 내가 연구를 할 때 집안 문제로 방해하곤 했는데, 자꾸 말을 걸고 이것저것 물어보는 바람에 참지 못하고 발끈한 적은 있지만 그렇다고 네 어머니를 멍청하다고 한 적은 없다. 워낙 예민한 구석이 있어서 스스로 내가 자기를 그렇게 여긴다고 생각한 모양이야. 요 근래엔 자주 병을 앓다 보니 깜빡깜빡하더구나. 그래서 내가 이것저것 상기시켜 주고 잔소리를 했더니 화를 많이 냈지. 어머니는 누가 이래라저래라 하는 걸 못 참는 사람인데, 스스로 못 챙기는 게 많아서 어쩔 수가 없었단다. 평소에는 내가 그녀보다 훨씬 더 구제불능이었지만 눈치 없이 고집을 부린 것 같구나. 간단히 말하면, 네 어머니는 갈수록 화를 많이 냈고 나는 계속 자극을 한 셈이지. 후회가 되지만 연구에 빠져 있다 보면 경솔해질 때가 많거든. 내가 너무 잔인했던 걸까? 홧김에 내뱉은 말에 네 어머니가 상처를 받을 때마다 그녀의 감정을 더 긁지 말고 차라리 내 손가락을 물어뜯을 걸 그랬다. 나도 사랑을 많이 받은 건 아니지만 어머니를 미워하지는 않았다. 그리고 이젠 말할 상대조차 없구나.

나의 소중한 딸아, 나를 생각하고 나를 위해 기도해 다오. 그 집에 있는 게 견딜 수 없어서 이 여관으로 옮겼단다. 황금독수리 여관 기억하지? 밤이 가장 견디기 힘들구나. 잠이 오지 않거든. 이제 어쩌면 좋을까? 어린 자식이 둘이나 되는 홀아비 신세가 되었는데 온 세상이 전쟁으로 혼란하기만 하구나. 가능하다면 너한테 한번 가마. 네가 나를 만나러 올 수 있다면 좋으련만, 너무 위험할 거야.

　　오래전에 네가 부르던 호칭이 떠올라 이렇게 적는다.

아빠가

추신:
네 어머니의 유언장을 읽어 보았다. 내겐 아무것도 남기지 않았더구나. 네 남편에게 안부 전해 주렴.

비텐베르크에 있는 요하네스 파브리키우스에게

1612년 4월
모라비아 쿤슈타트에서

훌륭한 아버지의 훌륭한 아들이여, 안녕하십니까? 반갑고 흥미로운 편지를 여러 통 보내 주셨는데 답장이 너무 늦어진 점을 용서하십시오. 몇 달 동안 공무뿐 아니라 개인적인 일로도 정신이 없었습니다. 보헤미아에서 일어난 중대한 사건들을 분명히 아시겠지요. 그 사건들은 수많은 결과를 낳았지만 그중 하나는 내가 프라하에서 사실상 추방된 것입니다. 여기 쿤슈타트로 와서 내 죽은 아내의 오랜 지인의 집에서 잠시 머물고 있습니다. 남편을 잃은 마음씨 좋은 부인께서 내가 린츠에 거처를 찾아 정착할 때까지 어미 없는 내 자식들을 돌봐 주겠다고 합니다. 맞습니다. 나는 린츠로 가서 지역 수학자의 자리를 맡게 될 겁니다. 내 지위가 얼마나 낮아졌는지 아시겠지요.

지난해는 나에게 최악의 한 해였습니다. 다시는 그런 시간이 오지 않게 해달라고 기도하고 있답니다. 그토록 짧은 시간에 한 사람에게 그렇게도 많은 불행이 일어날 수 있다고 누가 믿을까요?

사랑하는 아들을 잃고 얼마 지나지 않아 아내까지 잃었습니다. 그 정도만 해도 충분히 불행하다 생각하겠지만 재앙은 떼를 지어 오는 것 같습니다. 아들과 아내를 앗아간 병을 몰고 온 장본인이 프라하에 진군한 파사우 군대였는데, 뒤이어 마티아스 대공도 군대를 몰고 들어와, 내 후원자이자 보호자인 황제를 권좌에서 몰아냈습니다. 애처롭고 가엾은 루돌프 황제! 나는 그를 구하기 위해 최선을 다했습니다. 군인과 정치인 들이 늘 그렇듯 대치 중인 양측은 모두 별점에 크게 의지했고, 그러다 보니 제국 수학자이자 황실의 천문학자인 나를 찾는 사람들이 많아졌지요. 사실 황제의 적에게 내 운명을 맡겼다면 큰 이득을 얻었을 테지만, 나는 내 주인에게 충성을 다했고 심지어 별들이 루돌프 황제를 돕고 있다고 마티아스를 속이기도 했습니다. 물론 그것도 아무 소용이 없었지요. 싸움의 결과는 시작도 하기 전에 이미 정해져 있었으니까요. 5월에 루돌프 황제가 퇴위한 뒤에도 나는 그의 편에 남아 있었습니다. 그분은 어려울 때에도 나에게 잘해 주셨는데, 어찌 그를 저버릴 수 있겠습니까? 새로운 황제도 나에게 적대적이지 않고 오히려 지난달에는 내가 제국 수학자의 자리에 남도록 허락해 주기도 했습니다. 하지만 마티아스는 루돌프와 다릅니다. 나는 린츠로 가는 편이 나을 겁니다.

앞으로의 삶은 더 나아질 거라고 스스로를 다독이고 있습니다. 적어도 오스트리아 북부에는 나와 내 연구의 가치를 인정해 주는 사람들이 있으니까요. 내 고향 사람들에 관해서는 그렇게 말할 수가 없네요. 내가 독일로 돌아가려고 한 것은 아시겠지요? 최근에 뷔르템베르크의 프리드리히 공작에게, 평화롭게, 조용하고 차분하게 연구를 이어 갈 수 있는 작은 공간이 있으면 하니 교수까지는 아니더라도 미천한 자리 하나를 마련해 주십사 부탁했습니다. 튀빙겐 대학의 총장도 저에겐 호의적인 편이라 그곳의 수학 교수직을 맡아도 좋겠다는 뜻을 내비치더군요. 이제 메스틀린 교수님도 연세가 많으시니까요. 하지만 종교 회의 측이 동의하지 않았지요. 그들은 이전 청원서에서 제가 무조건적으로 신앙고백에 서명할 수 없다고 솔직하게 밝힌 사실을 기억해 냈습니다. 또 내가 칼뱅교 쪽으로 기울어 있다는 해묵은 비난을 끄집어 내기도 했지요. 이 모든 일의 결과로 나는 마침내 내 고국에게 거부당하는 신세가 되었습니다. 거북하게 들리겠지만 그들 모두를 지옥에 처넣고 싶습니다.

내 나이 이제 마흔한 살, 모든 것을 잃었습니다. 가족, 명예, 조국마저도. 지금 나는 어떤 새로운 고난이 기다리고 있을지 전혀 모르는 채로 새로운 인생을 맞이하려 합니다. 그러나 절망하지 않습니다. 훌륭한 연구를 했고 언젠가는 그 진정한 가치를 인정받을 테니까요. 나의 과업은 아직 끝나지 않았습니다. 우주의 조화에 대한 생각이 언제나 내 앞에서 나를 이끌고 있습니다. 신은 나를 저버리지 않으실 겁니다. 나는 살아남을 겁니다. 내겐 뉘른베르크의 위대한 예술가 뒤러의 판화가 한 장 있습니다. "기사와 죽음과 악마"라는 작품인데, 냉정한 위엄과 불굴의 정신이 느껴지는 이 그림에서 큰 위안을 얻고 있습니다. 인간은 그렇게 살아야 하니까요. 공포에 굴하지 않고 어리석은 희망에 미혹되지 않으며 미래에 용감하게 맞서면서 말입니다.

쌓여 있던 종이 더미에서 오래전에 써놓고 부치지 못한 편지를 발견해 함께 보냅니다. 그 편지는 학문적인 내용을 다루고 있으니 받아 보시면 좋을 것 같습니다. 조만간 그런 진지한 문제들을 다시 논할 수 있게 되겠지요.

당신의 동료, 요하네스 케플러

비텐베르크에 있는 요하네스 파브리키우스에게

1611년 12월
프라하에서

아, 나의 소중한 친구여. 당신이 신비로운 태양의 흑점을 연구했다는 소식을 듣고 얼마나 반가웠는지 모릅니다. 당신의 정밀하고 독창적인 연구에 감탄을 금할 수 없습니다. 덕분에 잠시 지긋지긋한 상황을 잊고 좀 더 행복했던 시절을 회상할 수 있었습니다. 그게 불과 5년 전이었다니! 나는 운 좋게도 이번 세기 들어 최초로 태양의 흑점을 관측했답니다! 당신의 공을 채가려고 이런 얘기를 꺼내는 건 아닙니다. (나는 누가 먼저 발견했는가를 놓고 티격태격하는 샤이너와 갈릴레오의 골치 아픈 논쟁에 끼어들 생각도 없습니다.) 다만 올해 끔찍한 비극을 한꺼번에 겪은 내게도, 기쁜 마음으로 그리고 어쩌면 순수하다 말할 수 있을 만큼 열정적으로 연구에 몰입하던 시절이 있었다는 점을 상기하고 싶을 뿐입니다.

나는 1607년 5월에 태양의 흑점을 처음 관측했습니다. 당시 나는 여러 주 동안 저녁 하늘에 떠 있는 수성을 관찰하고 있었지요. 계산에 따르면, 수성은 5월 29일에 태양과 합을 이룰 예정이었습니다. 27일 저녁에 거센 폭풍우가 시작되었는데, 행성의 위상이 불안정한 날씨의 원인이라는 생각이 들어서 어쩌면 합이 예정보다 더 일찍 일어난 게 아닐까 싶었습니다. 그래서 28일 오후에 관측 작업을 시작했지요. 당시 저는 친구인 마르틴 바하체크가 총장으로 있는 벤첼 칼리지 내의 숙소에서 지내고 있었습니다. 전문가는 아니지만 열성적이었던 바하체크는 대학의 다락방 중 한 곳에 작은 목제 탑을 세웠는데, 바로 그곳에서 그와 내가 틀어박혀 관측을 했습니다. 지붕널의 가느다란 틈새로 태양 광선이 들어왔고, 우리는 이 광선 아래에 종이를 들고 태양의 상이 맺히는 걸 관찰했습니다. 그런데 가물거리는 태양의 상 위에서 바짝 마른 벼룩 정도 크기의, 아주 검고 작은 점 하나를 발견했습니다. 그것이 수성의 이동 경로라고 확신한 우리는 너무나도 흥분해 어쩔 줄 몰랐습니다. 실수를 막고 그것이 종이에 있는 얼룩이 아님을 확인하기 위해 우리는 계속 종이를 이리저리 움직이며 태양빛이 움직이게 했습니다. 그런데 빛이 가는 곳마다 이 작고 검은 점이 나타나는 겁니다. 나는 즉시 보고서를 작성했고, 바하체크가 거기에 서명했습니다. 나는 흐라트차니로 달려가 시종을 통해 황제께 이 소식을 알렸지요. 황제께서도 대단히 흥미롭게 생각할 게 분명했으니까요. 그런 뒤 황실 기계공인 요스트 뷔르기의 작업실로 갔습니다. 그가 외출하고 없었기 때문에, 그의 조수의 도움을 받아 창문을 가린 뒤 햇빛이 양철판의 작은 구멍 사이로 들어오게 했습니다.

그러자 그 작은 점이 또다시 나타났습니다. 내 보고서 내용을 증명해 주는 증거를 또 찾은 셈이었고, 뷔르기의 조수에게도 서명하게 했습니다. 그 보고서가 지금 내 앞의 책상에 있는데 거기엔 이렇게 적혀 있습니다. '시계 제조인 하인리히 슈톨레가 자필 서명함.' 그 모든 상황을 생생하게 기억한답니다!

물론, 자주 그렇듯 내 판단은 틀렸습니다. 알다시피 내가 목격한 건 수성의 이동 경로가 아니라 **태양의 흑점**이었지요. 혹시 이 현상의 원인에 대한 이론을 정리하셨습니까? 그날 이후로 흑점을 자주 보았지만 만족스러운 설명을 얻지 못했습니다. 어쩌면 우리의 하늘에 있는 구름과 비슷한 것인지도 모르지요. 다만 놀랍도록 검고 크기 때문에 쉽게 보이는 것인지도요. 아니면 이글거리는 태양의 표면에서 뜨거운 가스가 방출되는 것일까요? 내가 흑점에 그토록 커다란 관심과 흥미를 갖는 것은 그 원인 때문이 아닙니다. 그 형태와 운동을 감안할 때 그것들이 태양의 자전을 충분히 입증해 주기 때문입니다. 《신천문학》에서도 태양의 자전을 가정했지요. 비록 증거는 제시하지 못했지만. 당신은 연구를 하면서 망원경을 유용하게 사용했지만 나는 망원경의 도움도 없이 어떻게 그런 커다란 진전을 이룰 수 있었는지 스스로도 의아합니다.

만일 우리에게 학문이 없다면 어찌해야 할까요? 이토록 암담한 시기에도 학문은 커다란 위안이 됩니다. 나의 주인인 루돌프 황제는 나날이 이상해지고 있습니다. 아무래도 오래 살지 못할 것 같습니다. 어떤 때는 자신이 이제 황제가 아니라는 사실조차 모르는 듯 보입니다. 나는 그분의 환상을 깨지 않으려 노력합니다. 세상은 참으로 슬픈 곳입니다. 그러니 천체와 우주에 관한 명확하고 고요한 사색에 빠지는 것을 누군들 마다하겠습니까?

흑점 관찰에 관한 나의 실수는 잊어버리십시오. 답장이 빨리 오길 고대하겠습니다.

당신의 벗, 요하네스 케플러

파펜호펜의 레기나 엠에게

1611년 9월
프라하 황금독수리 여관에서

나의 사랑하는 레기나야. 나는 삶이란 게 정해진 형체도 없이 끊임없이 변하는 물질이 아닐까 생각했다. 말하자면 우리에게 주어진 용해된 유리 덩어리와도 같아서, 아주 조야한 도구조차도 없이 오직 맨손으로 만지고 다듬어 완벽한 모양으로 빚어 우리 안에 품어야 하는, 그런 물질 같다고나 할까. 그것이 우리가 이생에서 해야 할 일이라고 생각했단다. 바깥세상의 혼돈을 내면의 완벽한 조화와 균형으로 바꾸는 것. 하지만 아니더구나. 삶이 우리를 품는 것이고, **우리**가 커다란 유리구슬에서 지워 내야 할 흠집인 것 같다. 물에 빠진 사람은 숨을 거두기 직전에 자기 일생이 주마등처럼 지나가는 걸 본다고들 하지. 사실 어찌 물에 빠져 죽는 사람만 그렇겠니? 어떤 방식으로 죽든 누구나 그럴 거라고 생각한다. 마지막 순간에 우리는 자신의 수많은 모습과 행동과 생각 속에 감춰져 있던 본질적인 모습을 인식하게 될 거야. 죽음은 완성을 위한 수단이지. 지난 몇 달 동안 나는 이 진리를(나는 이게 진리라고 믿는다)

너무도 뚜렷하게 인지했단다. 그것만이 내게 일어난 재앙과 고통, 배반의 의미를 깨닫게 해주는 답이더구나.

우리가 서로 의견이 다르다고 해서 너를 탓할 생각은 없다. 가족을 잃고 고통과 번민의 시간을 보내고 있는 사람을 평안하게 해주지 않는 사람들이 네 주변에, 특히 한 사람이 있더구나. 네 어머니가 눈을 감자마자 마치 한방 먹이는 것처럼 네 남편에게서 건방지고 도도한 편지가 날아오더니, 이제 **네** 편지가 나를 놀라게 하는구나. 거기에선 내가 기억하고 있는 너의 부드럽고 사랑스러운 말투를 찾아볼 수 없었다. 만약 네가 자발적으로 썼다면 그렇게 말하지는 않았을 것이다. 난 네가 그저 받아 적었을 거라고 믿을 수밖에 없다. 따라서 지금 나는 네게 편지를 쓰는 것이 아니라, 너를 통해 내가 직접 편지를 건넬 수 없는 다른 사람에게 편지를 쓰는 것이다. 그에게 귀담아들으라고 해라. 이 치사한 문제는 모두 만족할 수 있도록 깨끗이 정리될 것이다.

어떻게 내가 돈의 지불을 미루고 있다는 식으로 말할 수 있니? 황제의 보물보다 더 소중한 아내와 아들을 잃은 내가 무엇 때문에 하찮은 돈에 관심을 두겠니? 바르바라가 유언장에서 나를 언급하지 않아서 깊은 상처를 받은 건 사실이지만, 나는 그녀가 바라는 대로 해주려 한다. 당장 상황을 철저하게 조사해 볼 마음이 나진 않지만, 바르바라의 남은 재산이 얼마인지는 대략 알고 있단다. 바르바라의 아버지가 돌아가시고 뮐렉의 재산이 분배되었을 때, 그녀의 몫은 부동산과 그 외 소유물을 합쳐 3,000플로린 정도였다. 그러니 그녀는 우리가 생각한 만큼 부자는 아니었더구나. 하지만 그건 다른 문제다. 욥스트 뮐러가 세상을 떠났을 때, 나는 네 어머니와 함께 그라츠로 가서 그녀가 상속받은 재산을 현금으로 전환하기 위해 적지 않은 시간과 노력을 들였다. 당시 슈타이어마르크 당국에서는 루터파 신자들에게 가혹한 세금을 매겼기 때문에 우리는 그녀의 돈을 오스트리아에서 빼내 오면서 엄청난 손해를 보았다. 내가 수천 플로린을 챙기려 한다고 생각하는 사람들도 있지만 그런 돈은 이제 없다. 보헤미아에서 우리는 늘 쪼들렸고 황제는 제때 봉급을 준 적이 별로 없었단다. 그래서 네 어머니가 무척이나 절약했는데도 가끔은 어쩔 수 없이 그녀의 돈을 써야 했지. 게다가 네 어머니는 자주 아팠고, 좋은 옷을 사겠다고 조르기도 했으며, 콩과 소시지로는 만족하지 못하는 사람이었다. 너는 우리가 아무것도 먹지 않고 살았다고 생각하는 거니?

또한 결혼한 이후 나는 엄청난 반대를 무릅쓰고 아내의 어린 딸인 사랑스런 레기나의 후견인이 되었다. 그 아이를 사랑했고, 또 그 애가 외가 쪽 사람들과 지내면 가톨릭 신자가 될까 봐 걱정했기 때문이다. 욥스트 뮐러는 양육비로 연 70플로린을 주기로 약속했는데, 그 돈은 한 번도 받아 본 적이 없다. 그리고 당연히 레기나 몫의 상당한 재산에 손대는 것도 내게는 허락되지 않았다. 따라서 나는 유산 가운데서 얼마간의 보상을 챙길 자격이 충분하다. 나에겐 양육할 아이도 둘이나 있거든. 나의 친구이자 후원자인 푸거 가문 사람들이 남은 재산에서 너에게 전달되는 금액을 감독할 것이다. **그들이** 의심스런 거래를 한다고 추궁하지는 않을 거라 믿는다.

요하네스 케플러

카우프보이렌에 있는 요하네스 브렝거 박사에게

1610년 12월
프라하에서

오늘 쾰른의 마르쿠스 벨저로부터 《굴절광학》의 교정쇄 앞부분을 받아 보았습니다. 그동안 인쇄가 계속 늦어지다가 이제야 시작되었는데, 여전히 자금 문제 때문에 작업이 마무리되기까지는 오랜 시간이 걸리지 않을까 걱정됩니다. 8월에 원고를 완성하고 곧바로 제 후원자인 쾰른 선제후 에른스트에게 보여 주었는데, 안타깝게도 그는 저만큼 열성적이지도, 급하지도 않아서 자신에게 헌정된 이 중요한 연구를 세상에 내보이는 일을 조금도 서두르지 않는 것 같습니다. 하지만 이렇게 조금이나마 인쇄된 부분을 보게 되어 무척 기쁩니다. 지금 저의 괴로운 심정을 잊고 잠시라도 기분전환을 할 수 있어 고마울 따름입니다. 건강이 호전되는 기미가 보여 활기차게 일했던 지난여름이 벌써 아득한 옛날처럼 느껴집니다. 지금 저는 또 열병에 걸려 의욕도 없고 정신적으로도 괴로운 상태입니다. 골치 아픈 일이 한두 가지가 아니고 전쟁이 일어날 거라는 소문까지 돕니다. 그런데 지금 이 얇은 책이 만들어져 가는 모습을 보고 있자니 힘든 일들이 닥칠 조짐이 이미 내게 나타났던 게 아닌가 하는 생각이 듭니다. 왜냐하면 이 책은 드물게 엄격하고 조용하며, 차가운 어조에, 정확한 실행 내용이 담긴 기이한 연구이기 때문입니다. 저와 닮은 구석이 하나도 없습니다.

이 책은 이해하기가 쉽지 않습니다. 두뇌가 명석할 뿐 아니라 만물의 원인을 알고자 하는 열정이 남다르고 지성이 뛰어난 사람을 염두에 두고 쓴 것이지요. 이 책에서 저는 갈릴레오의 망원경이 작동하는 원리를 설명하고자 했습니다. (예상하시다시피, 그 과정에서 이 새로운 기구를 만든 사람으로부터 거의 도움을 받지 못했다는 점을 언급해야겠습니다.) 저는 이 책과 1604년에 쓴 《천문학의 광학적 측면》을 통해 새로운 학문의 기초를 놓았다고 말해도 되리라 봅니다. 그러나 《천문학의 광학적 측면》이 빛의 성질과 안구의 원리에 대한 활기차고 호기심 어린 탐구였던 데 반해, 《굴절광학》은 기하학의 방식을 이용하여 여러 법칙을 진지하게 수립하는 과정입니다. 아, 박사님께 한 부를 보낼 수 있다면 좋으련만. 박사님의 의견을 몹시 듣고 싶은데 말입니다. 망할 구두쇠들 같으니라고! 이 책에는 141개의 법칙을 담았고, 개략적으로 정의와 원칙, 문제와 명제로 나누었습니다. 가장 먼저 굴절의 법칙을 다루는데, 고백하자면 그 공식들이 예전보다 정확해진 건 아닙니다. 하지만 투사각이 아주 작기 때문에 큰 오류가 나지는 않았습니다. 또한 광선이 유리 입방체와 삼각 프리즘에 반사되는 현상을 기술하는 작업도 시작했습니다. 물론, 렌즈 문제도 그 어느 때보다 더 깊이 연구했습니다. 두 개의 볼록 렌즈를 이용해 사물을 더 크고 분명하게, 거꾸로 보게 되는 원리를 설명한 문제 86번에서 나는 천체망원경의 원리를 명확히 밝혀냈다고 생각합니다. 또한 대물렌즈를 사용하는 대신 볼록 렌즈와 오목 렌즈를 적절히 결합하여 갈릴레오의 망원경을 크게 개선하는 방법을 설명했습니다. 그 파도바 사람은 별로 좋아하지 않을 것 같지만요.

박사님, 이제 제가 우리의 학문에서 얼마나 큰 진전을 이뤘는지 아시겠지요. 정말이지 저는 현재로서 가능한 최대의 성과를 이뤘다고 생각하지만, 아쉽게도 이 주제에 흥미를 잃고 있다는 점을 고백해야겠습니다. 망원경은 놀랍도록 유용한 기구이며 천문학에 큰 도움이 될 물건이 분명합니다. 그러나 망원경으로 보는 광경이 아무리 훌륭하다고 해도 그것으로 하늘을 관측하는 일에는 금세 싫증이 나는군요. 이 새로운 현상을 탐구하는 것은 다른 이들에게 맡기겠습니다. 저는 시력이 나쁩니다. 아무래도 저는 우주의 콜럼버스가 아니라 방 안에 틀어박혀 연구하는 초라한 공상가인 모양입니다. 이미 알게 된 현상들은 충분히 신기하고 놀랍습니다. 별을 관측하는 새로운 학자들이 현상의 원인을 설명하는 데 도움이 될 진귀한 사실을 발견한다면 정말로 좋은 일이지요. 하지만 우주의 신비에 대한 해답은 하늘이 아니라 다른 어떤 곳, 그보다 훨씬 더 작지만 그에 못지않게 신비로운 인간의 머릿속 천계에 존재할 것 같습니다. 박사님, 저는 아무래도 구식인가 봅니다.

벗, 케플러 드림

베네치아에 있는 게오르게 푸거에게

1610년 10월
프라하 에데스 크라메리아니스에서

저와 제 연구를 한결같이 지원해 주셔서 다시 한 번 충심으로 감사를 표합니다. 제가 쓴《별의 전령과 나눈 대화》에 대해 따뜻한 말씀을 해주시고 이 작은 책자에서 밝힌 견해를 이탈리아에 알려 주신 노고에도 감사드립니다. 그러나 저를 갈릴레오와 대립 관계로 놓고 지나치게 옹호하신 점에 대해서는 다시 한 번 항의의 의사를 표현해야겠습니다. 저는 그와 대항하는 것이 아닙니다.《별의 전령과 나눈 대화》가 '갈릴레오의 가면을 벗기는' 글이라고 하셨는데 그렇지 않습니다. 이 책을 좀 더 주의 깊게 읽으신다면, 제가 의혹을 표하기는 했어도 그의 발견을 축복하고 있음을 분명히 알 수 있을 겁니다. 이렇게 말씀드리니 놀라셨나요? 혹시 실망하셨나요? 저에게 직접 편지를 쓰려 하지도 않는 사람에게 어떻게 그토록 따뜻한 마음을 가질 수 있는지 궁금하시겠지요? 전에도 말씀드렸다시피 저는 진실을 사랑하는 사람입니다. 진실이라면 어디서 나왔든 상관없이 환영하고 축하합니다. 갈릴레오의 발견이 믿을 수 있는 것인가를 놓고 왈가왈부하는 사람들을 보면 사실은 객관적인 진실에 관심이 있는 것이 아니라 명석하지만 오만한 사람을 공격할 수단을 찾는 게 아닐까 싶습니다. 하지만 그 사람은 오만할지언정 대중의 비위를 맞추기 위해 겸손한 척 연기를 할 만큼 음흉하거나 교활하지는 않습니다. 마지니의 조수인 버릇없는 마르틴 오르키는 이른바 "반박문"에서 뻔뻔하게도 갈릴레오를 조롱하기 위해 제 말을 인용했습니다. 아니, 제가 하지도 않은 말을 인용했더군요. 저는 지체 없이 그 애송이와 친분 관계를 끊었습니다.

하지만 솔직히 말씀드리면 갈릴레오는 좋아하기 힘든 사람입니다. 아시다시피 그가 제게 직접 편지를 쓴 건 한 번뿐입니다. 그가 더 중요한 것을 발견했다는 소식은 이곳에 있는 토스카나 대사나 다른 사람들이 전해 주는 이야기에 의존할 수밖에 없습니다. 심지어 《별의 전령과 나눈 대화》에 그가 어떻게 반응했는지도 간접적으로 들었지요(이 책은 그에게 보낸 공개서한인데 말입니다!). 게다가 얼마나 비밀스럽고 의심이 많은지 모릅니다! 짧은 메모를 보낼 때도 터무니없이 불필요하게 위장하여 내용을 숨긴답니다. 예를 들면, 지난여름에 대사를 통해 제게 이런 전갈을 보냈습니다. 'Smaismirmilmepoetaleumibunenugttaurias.' 처음에는 즐거웠지요. 저도 가끔은 이런 식의 철자 바꾸기나 단어 놀이를 즐기니까요. 하지만 이 암호를 해독하려다가 정신이 나갈 뻔했습니다. 결국

엔 그저 아무 의미 없는 저속한 라틴어 시의 일부라고 추측하고 넘겨 버렸지요. 지난달 갈릴레오에게 황제께서 궁금해하신다는 소식이 전해지고 나서야 답을 얻었습니다. 그 기이한 철자들 속에는 토성에 작은 위성이 두 개 있다는 것을 발견했다는 내용이 숨겨져 있었다는 겁니다! 이번에 또 수수께끼를 받았는데, 아마도 **정확하게 회전하는 목성의 붉은 반점**에 대해 말하는 것 같습니다. 붉은 반점인지 푸른 반점인지 알게 뭐랍니까? 이런 어리석은 장난에 어떻게 반응해야 할까요? 다음 편지에서는 그자에게 욕을 퍼부어 줄까 합니다.

그렇긴 해도 정말이지 그는 대단히 훌륭하고 대담한 학자입니다! 아, 이탈리아에 가서 이 거장을 만날 수 있으면 좋으련만! 그가 면전에서 저를 조롱하게 하지는 않을 겁니다. 마지니와 불쾌한 오르키(참으로 어울리는 이름이지요), 그리고 대사님께서도 《별의 전령과 나눈 대화》에서 망원경의 원리를 20년 전 델라 포르타가 설명한 바 있으며 광학에 관한 제 책에서도 짚었다는 점을 언급한 것을 보고 무척 기뻤다고 하셨지요. 하지만 갈릴레오는 자기가 망원경을 **발명**했다고 주장한 적이 없습니다! 게다가 델라 포르타나 저는 그저 이론으로만 접근했기 때문에 갈릴레오의 명예를 깎아내리지는 못합니다. 이론적인 개념이 실질적인 성과물로 나타나기까지, 프톨레마이오스의 대척점이 콜럼버스의 신세계 발견으로 이어지기까지, 그리고 이 나라에서 사용되는 렌즈 두 개짜리 기구가 갈릴레오가 하늘을 관측한 그 기구로 발전하기까지 얼마나 멀고 험한 여정을 거쳤을지 잘 알기 때문입니다.

그러니 분명하고 명확하게 말씀드리겠습니다. 《별의 전령과 나눈 대화》는 많은 사람이 생각하듯이 신랄한 풍자의 걸작이 아니라(제가 그렇게 교묘한 사람이라면 좋겠지만!), 갈릴레오의 주장을 공개적으로 명확하게 인정하는 책입니다. 오렌지를 보내 주셔서 감사합니다. 안타깝게도 포장이 망가져서 모두 상하고 말았지만요.

당신의 충실한 벗, 요하네스 케플러

볼로냐에 계신 조반니 A. 마지니 교수님께

1610년 9월
프라하에서

아주 좋은 소식이 있습니다. 저의 후원자이신 쾰른의 에른스트 선제후께서 선제후 회의에 참석하느라 여름 내내 여기 머물다가 지난주 빈에 잠깐 다녀오시면서 망원경을 가져다주셨습니다. 갈릴레오가 바이에른 대공에게 선물한 망원경입니다. 속 좁은 그 파도바 사람은 호의적인 친구와 후원자가 많은 제게 몹시 질투가 나겠지요. 결국 세상은 공평한 곳인가 봅니다.

저는 갈릴레오 때문에 꽤 힘들었습니다. (제가 보기엔 그의 아버지가 더 훌륭한 사람 같습니다. 아버지의 글을 읽어 본 적이 있으신지요?) 늘 그랬듯 그는 오만하게도 여기 황실에 있는 자국 사람들을 통해 저에게 목성에 관한 그의 주장을 지지하라고 요구하고 있습니다. 《별의 전령과 나눈 대화》에 만족하지 않고, 제가 자신의 천재성을 거듭 확인해 주기를 원하는 모양입니다. 하지만 그는 제가 여러 차례 부탁했는데도 그의 주장을 입증하는 데 필요한 기구를 보내주지 않았습니다. 망원경을 만들기가 어렵고 비용 또한 만만치 않다고 둘러대고 있지만, 저는 그가 온갖 사람들에게 망원경을 나눠 주었다는 사실을 알고 있었습니다. 저를 그렇게까지 빼놓으려 하다니, 그는 대체 뭐가 두려운 걸까요? 갈릴레오의 적들은 그가 허풍선이이자 사기꾼이라고 하는데, 솔직히 그들의 말이 어느 정도는 사실이 아닐까 의심이 갈 정도입니다. 저는 그에게 《별의 전령》에서 주장하는 사실을 증언해 줄 사람들의 이름을 보내 달라고 요청했습니다. 그랬더니 토스카나 대공과 메디치가※ 사람 중 한 명이 자기 말을 보증해 줄 거라더군요. 하지만 그 사람들이 도대체 무슨 의미가 있나요? 토스카나 대공은 자기에게 유리하기만 하다면 악마의 고결함에 대해서도 보증할 사람인 걸요. 그의 발견을 입증해 줄 **과학자**는 없단 말입니까? 그는 다른 과학자들이 목성이나 화성, 심지어는 달도 구분하지 못하는데 하물며 새로운 행성을 어떻게 알아보겠느냐고 말한답니다!

어쨌든 에른스트 선제후 덕분에 상황이 완전히 바뀌었습니다. 그가 빈에서 돌아온 8월 30일부터 저는 망원경을 이용해 이 경이롭고 새로운 현상을 제 눈으로 직접 목격하고 있습니다. 그 파도바 사람과는 달리, 저는 믿음직한 증인들의 도움을 받기 위해 젊은 수학자인 우르시누스를 비롯해 여러 유명한 친구를 집으로 초대했습니다. 제각기 비밀리에 기록을 해서 갈릴레오의 주장을 뒷받침할 확실한 증거를 제시할 생각이었습니다. 저는 실수를 피하고 공모했다는 의심을 배제하기 위해, 모두가 각자 망원경으로 본 것을 서판에 그린 뒤 나중에 비교해 보자고 제안했습니다. 모두가 동의했지요. 우리는 좋은 포도주와 고기 파이, 맛난 소시지를 먹고 마시며 아주 즐거운 밤을 보냈습니다. 하지만 실토하자면 저는 워낙 시력이 안 좋은 데다 포도주까지 마신 탓에 망원경으로 본 광경이 기이하고 이상한 색으로 나타나더군요. 그래도 다행히 모두의 결과가 대체로 일치했고 이후 며칠 동안 저는 혼자서 그 자료들을 거듭 확인했습니다. 갈릴레이, 그가 옳았습니다!

아, 그 훌륭한 기구에 얼굴을 댈 때 어쩌나 떨리던지요! 실제 관측 결과가 제가 굳건하게 믿었던 가정과 일치하지 않는다면 어떻게 할지! 하지만 쓸데없는 걱정이었습니다. 목성에는 위성이 있는 게 확실합니다. 하늘에는 맨 눈에 보이는 것보다 훨씬 더 많은 별이 있는 것도 사실이고요. 달이 지구와 비슷한 물질로 이뤄진 것도 맞습니다. 그러나 가장 실제적인 원리는 제가 생각한 그대로였습니다. 지구는 우주에서 가장 특별한 위치를 점하고 있습니다. 행성들의 한가운데서 태양을 돌고 있기 때문입니다. 태양은 우주 한가운데 정지해 있고 수많은 항성이 그 주위를 에워싸고 있습니다. 그리고 이 모든 것은 신의 정신을 반영하는, 영원하고 유일한 기하학의 법칙에 따라 움직입니다. 이제 제 눈으로 직접 보고 나니 마음이 편해졌습니다. 하지만 갈릴레오에게 고마운 마음은 없습니다.

우리는 참으로 경이롭고 놀라운 시대를 살고 있습니다. 만물의 본질에 대한 관점이 이토록 크게 변화했으니 말입니다. 그러나 변화되고 확대되는 것은 단지 우리의 시야일 뿐, 사물 그 자체는 아니라는 점을 잊어선 안 됩니다. 기이하게도 보잘것없는 창조물인 우리 인간은 우리의 시야에 새로이 들어오는 것과 새로운 창조물이 생겨나는 것을 너무도 쉽게 혼동합니다. 아침에 잠에서 깰 때마다 세상이 다시 만들어졌다고 생각하는 아이들처럼 말이지요.

당신의 친구, 요하네스 케플러

바일데어슈타트의 카타리나 케플러 부인과 하인리히 케플러에게

1610년 4월
프라하 크라머 단지에서

어머니에 관해 너무도 불쾌하고 무시무시한 소식을 들었습니다. 어떻게 들었는지 알려고 하지 마세요. 이미 어머니께 이 문제에 관해 말씀드렸지만 다시 한 번 확실하게 얘기해야겠습니다. 바일 주변에서 어머니에 대해 어떤 소문이 돌고 있는지 모르시진 않겠지요? 설혹 어머니의 안전은 걱정하지 않는다고 하셔도, 가족이나 저의 지위, 자식들의 입장도 좀 생각해 보세요. 바일은 작은 곳입니다. 소문이 사실인지 그저 나쁜 인간들이 지어낸 것인지 몰라도 어쨌든 사람들의 입에 계속 오르내릴 테니 조심해야 합니다. 요즘 슈바벤에서 화형 소식이 더 자주 들려옵니다. 절대 가볍게 생각하지 마세요. 화형의 위험은 누구에게나 있는 겁니다.

유리공의 아내인 우르줄라 라인볼트라는 여자가 어머니 집에서 약물을 마신 뒤에 지독한 탈이 났다면서 어머니가 마법의 독약을 주었다고 주장한다지요. 저는 그 여자가 제정신이 아니고 평판이 나쁘며, 예전에 아기를 지워서 병이 생겼을 거라는 점을 알고 있습니다. 하지만 소문이 시작되는 건 바로 이런 사람들 때문이며, 시간이 지나면 모두가 그 얘기를 진짜로 믿게 되는 겁니다. 사람들은 라인볼트라는 여자의 주장을 듣고 자신도 어머니를 비난할 이유가 있다고 생각하게 되지요. 별들의 위치가 불길할 때는 이처럼 일종의 광기가 사람들을 사로잡는단 말입니다. 그나저나 어머니는 그 유리공의 아내에게 무얼 잘못하셨나요? 그 여자 말로는 어머니가 자신을 모욕했다더군요. 우리 집안에 깊은 증오를 품고 있는 것 같습니다. 크리스토프가 그 여자와 이러저러하게 엮였다는 얘기도 들리던데, 바보 같은 녀석, 그런 부류의 여자와 어울리다니 도대체 어찌된 일인가요?

제가 들은 얘기는 그뿐만이 아닙니다. 학교 교장인 보이텔슈파허도 어머니의 약물을 마신 뒤로 절름거리게 되었다고 하더군요. (어머니가 온 동네 사람들에게 약을 먹이신 것 같은데, 그 약은 도대체 뭔가요?) 바스티안 마이어는 자기 아내가 어머니에게 받은 약을 바른 뒤 시름시름 앓다가 세상을 떠났다고 합니다. 정육점을 하는 크리스토프 프리크는 어느 날 길에서 어머니를 스쳐 지나간 뒤 갑자기 허벅지에 통증을 느꼈다고 하고요. 재단사인 다니엘 슈미트는 어머니가 자기 집에 이유 없이 들어와 요람에 대고 이상한 주문을 속삭인 것이 두 아이를 죽음으로 몰아갔다더군요. 슈미트는 또한 다른 아이들이 아플 때 어머니가 그의 아내에게 기도문을 가르쳐 주며 보름달이 뜬 날 교회 묘지에서 그것을 외우면 나을 거라고 했는데 그 아이들도 모두 죽었다고 주장합니다. 가장 황당한 얘기는 어머니가 올라탄 송아지가 죽었는데 어머니는 그 송아지의 사체를 구워 먹고 싶어 했고, 이 사실을 다름 아닌 하인리히가 증언했다는 겁니다! **도대체 무슨 일이 벌어지고 있는 건가요?** 아 참, 또 있습니다. 엘팅겐의 무덤 파는 업자 말로는, 어머니가 부친의 묘지를 찾아갔을 때 그자에게 두개골을 꺼내 오라고 했다더군요. 그분의 두개골에 은을 박아 제게 술잔으로 선물할 거라면서요. 이게 정말 사실인가요? 혹시 정신이 어떻게 되신 건가요? 하인리히, 넌 이런 일을 어디까지 알고 있니? 걱정이 돼서 미칠 것 같습니다. 제가 슈바벤에 직접 가서 알아봐야 하지 않을까 싶네요. 상황이 점점 더 심각해지고 있어요. 어머니, 제발 집에서 나오지도 마시고 누구하고도 얘기하지 마세요. 무엇보다도 치료와 약 처방을 중단하세요. 이 편지는 라스페 씨에게 바로 부칩니다. 앞으로도 계속 그럴 거예요. 일전에 제 요청을 무시하고 다른 사람도 아닌 보이텔슈파허에게 편지를 들고 가서 읽어 달라고 했다는 얘기를 들었거든요.

제발 조심하시고 사랑하는 아들을 위해 기도해 주세요.

아들 요하네스 올림

(라스페 씨: 소식을 전해 주셔서 고맙습니다. 저는 어떻게 해야 할까요? 어머니가 화형을 당하게 생겼습니다. 사례금을 함께 넣었습니다.)

알자스 북스바일러에 있는 H. 뢰슬린에게

1609년 11월
프라하에서

지난번 선생의 편지를 받고 많은 생각이 들었지만, 선생을 더 화나게 할까 염려되어 대부분은 혼자 간직하겠습니다. 지난번에 제가 쓴 공개서한 《뢰슬린의 논의에 대하여》를 읽고 반감이 들었다니 참으로 유감입니다. 하지만 저는 인신공격을 하려는 의도가 아니었습니다. 가끔 저의 혀가 거칠고 무례하게 날을 휘두를 때가 있는데, 신경이 예민할 때나 또는 논의 중인 주제에 흥분할 때 그렇지요. 지난번이 이런 경우였습니다. 저는 그 글에서 점성학에 대한 입장을 가급적 분명하게 밝히고 싶었습니다. 저는 선생이 열렬히 옹호하는 그 학문을 심하게 깎아내리지도 완전히 용인하지도 않았다고 생각합니다. 제가 정말 지난번 편지에서 점성학을 **장난 같은 학문**이라고 했습니까? 도대체 무슨 생각으로 그랬을까요? 정말 죄송합니다. 이번 편지에서는 가능한 간단하고 간결하게 저의 잘못을 정정하고 그 주제에 대한 진짜 의견을 들려드리겠습니다.

사실, 제가 요즘 어떤 다른 논의에 답장을 쓰고 있는지 알면 흥미로워하실 겁니다. 이번에는 점성가를 공격하는 글에 대한 답장이랍니다! 선생이 《현대 상황에 관한 논의》를 헌정한 분의 주치의인 페셀리우스가 점성학 전체를 크게 비난했거든요. 그는 점성학을 완전히 부인했답니다. 제가 이 공격에 반박하는 글을 쓰려 한다면 놀라실까요? 선생의 생각과는 달리, 저는 점성학이 완전히 쓸모없다고 생각하지 않습니다. 예를 들어 페셀리우스는 신이 그저 시간을 결정하는 표지로서 별들과 행성들을 만드셨으며, 따라서 별을 보고 수정으로 점을 치는 점성가들은 신의 의도를 잘못 해석하는 것이라고 주장합니다. 그는 또 코페르니쿠스 이론이 이성과 성서에 반한다고 주장하지요. (선생도 이 마지막 주장에선 그와 의견을 같이하겠지요? 미안하지만 저는 비웃지 않을 수가 없네요.) 물론 전부 다 터무니없는 주장입니다. 페셀리우스는 어리석고 거만한 사람이라 그에게 칼을 휘두를 생각입니다. 저는 단지 제가 선생의 생각을 전부 다 부정하는 건 아니라는 점을 알려 주려고 그를 언급한 것입니다.

신비로운 장면을 직접 목격할 수 있는 경우도 가끔 있지만 눈에 보이는 세계 뒤에는 보이지 않는 마법의 세계가 숨어 있다는 선생의 주장은 흥미롭다고 생각합니다. 하지만 동의할 수는 없습니다. 뢰슬린 선생, 이른바 마방진*이라는 마법도 단순히 숫자들이

● 자연수를 정사각형 모양으로 나열하여 가로, 세로, 대각선으로 배열된 수의 합이 전부 같아지게 만든 숫자 배열표.

신기한 합을 이루도록 배치한 것에 불과하다는 사실을 모르시나요? 이런 **마법**은 세상에 어떤 영향도 미치지 못합니다. 진정한 신비로움과 기적은 숫자들이 만물에 영향을 미친다는 사실이 아니라(실제로 영향을 미치지 못합니다!) 숫자들이 만물의 본질을 표현할수 있다는 사실입니다. 다시 말해, 세상은 광활하고 다양하며 우연이 지배하는 듯 보이지만 그 근본적인 법칙은 엄격한 정확성과 수학의 질서를 따른다는 얘깁니다.

저는 고유의 본능뿐 아니라 인간의 지성 또한 천궁의 자극을 받는다는 점이 중요하다고 생각합니다. 지식을 탐구하다 보면 도처에서 기하학적인 관계를 마주하게 되는데, 이는 신이 세상을 창조할 때 그렇게 계획하셨기 때문이지요. 따라서 자연을 탐구하는 것은 곧 기하학적인 관계를 탐구하는 것입니다. 훌륭한 신께서는 잠시도 일을 쉴 수 없었기 때문에 만물의 특징에도 손을 대셨고, 세상에 당신의 모습을 재현하셨습니다. 저는 그렇게 생각합니다. 설사 자연과 우주의 모든 아름다움이 기하학으로 표현되지 않는다고 해도 말이지요. (아마도 이것이 저의 모든 믿음의 기초일 것입니다.) 따라서 본능적으로 혹은 의도적으로 모든 피조물은 창조자를 모방합니다. 수정은 지구를 모방해서 만들고 나뭇잎과 꽃의 배치는 행성의 배치를 따르며 인간의 창의적 활동은 인간을 모방하지요. 이 모든 활동이 아이들의 놀이처럼 계획 없이, 목적 없이, 그저 내면의 충동에서, 단순한 기쁨에서 나오는 겁니다. 그리고 사색하는 영혼은 자신이 창조하는 대상 속에서 다시 스스로를 발견하고 깨닫지요. 그렇습니다, 뢰슬린. 모든 것이 놀이입니다.

그럼 안녕히.

요하네스 케플러

튀빙겐에 계신 미하엘 메스틀린 교수님께

1608년 위령의 날
프라하에서

선생님의 아름답고 애정 가득한 편지 잘 받았습니다. 사실 편지를 읽고 큰 슬픔을 느꼈지만, 여하튼 대단히 감사합니다. 오랫동안 선생님께 여러 번 편지를 보냈는데 소식을 듣지 못했지요. 그런데 갑자기, 분노와 불쾌감이 박차를 가한 듯 이런 기이한 작별의 편지를 보내시다니요. 제가 함부로 **선생님을 깔볼 수 있을** 만큼 높고 뛰어난 지위까지 올라갔나요? 선생님, 도대체 어찌된 일인가요? 선생님은 저의 첫 스승이자 후원자이십니다. 또한 저는 선생님을 가장 오랜 친구로 생각합니다. 그런 제가 어찌 선생님을 깔볼 수 있으며, 왜 그런 마음을 품겠습니까? 제가 던지는 질문들이 때로 선생님의 지식과 재능이 감당할 수 없을 만큼 복잡하고 이해하기 힘들었다고 하셨지요. 선생님께서 이해하지 못한 것이 있었다면, 그 잘못은 분명히 제게 있습니다. 제 표현 방식이 서투르고 불분명했거나 저의 생각이 어리석었던 겁니다. **선생님의 재능이 보잘것없다고요?** 이것만 말씀드리지요. 선생님은 명성을 떨친 많은 사람이 코페르니쿠스의 이름이나 이론을 들어 보지 못한 시절부터 그의 연구를 이해한 분입니다. 나의 소중한 스승이시여, 제발 이러지 마십시오!

하지만 선생님의 편지에는 부인하지 못할 뉘앙스가 있습니다. 제 성격이 문제라고 믿습니다. 저는 아무리 노력해도 친구를 사귀는 데 늘 어려움을 느꼈고 설혹 사귄다고 해도 오래가지 못했습니다. 마음에 드는 친구를 만나면 강아지처럼 꼬리를 흔들고 혀를 내밀며 장난스런 눈짓을 보내기도 하지만 얼마 지나지 않아 격분하여 으르렁거리고 맙니다. 성격이 못돼서 빈정거림으로 상대를 물기도 하지요. 심지어 버려진 물건들이나 뼈, 빵 부스러기를 질근질근 씹는 것을 좋아하며, 진짜 개처럼 늘 목욕과 술, 약을 무서워했답니다! 제가 이토록 저급한 사람인데, 어찌 사랑받기를 기대할 수 있겠습니까?

저는 튀코 브라헤를 나름의 방식으로 사랑했지만 그는 그 사실을 전혀 몰랐을 겁니다. 저는 저를 먹여 살려 주는 그의 손을 물어뜯느라 너무도 바쁜 나머지, 그에게 호의적인 말을 건네 보려는 시도조차 하지 않았습니다. 그는 훌륭한 사람이었고 그의 이름은 영원히 남을 겁니다. 저는 어째서 그의 위대함을 인정한다고 말하지 못했을까요? 우리는 처음부터 다투었고 그가 세상을 떠나는 날까지 우리 사이에는 평화가 존재하지 않았습니다. 물론, 그는 제가 코페르니쿠스 체계 대신 자신의 체계를 바탕으로 연구하기를 원했지만 그것은 제가 할 수 없는 일이었습니다. 하지만 그를 위해서 속내를 숨기고 약간의 거짓말로 그의 불안을 잠재워 줄 수도 있지 않았을까요? 물론 그는 거만하고 이중적이며 심술궂고 저를 멸시하기도 했습니다. 하지만 이제 와서 생각해 보니 그게 그의 방식이었습니다. 제가 그를 제 방식대로 사랑한 것처럼 말입니다. 그래도 자신을 속이지는 못하겠네요. 그가 살아 돌아온다고 해도 분명히 예전처럼 서로 으르렁거릴 겁니다. 지금도 제 생각을 제대로 표현하고 있는지 모르겠네요. 제가 투덜거린다고 해도 그것은 단지 소중한 것을 지키기 위해서이며, 속으로는 꼬리를 흔들고 있다는 것을, 모두와 친구가 되고 싶어 한다는 점을 말씀드리고 싶습니다.

제가 스스로를 대단한 사람이라 여긴다고 생각하시겠지만, 그렇지 않습니다. 저는 높은 명예나 관직을 얻은 적이 없습니다. 그저 세상이라는 무대 위에서 보잘것없고 평범한 사람으로 살아갈 뿐입니다. 황실에서 봉급의 일부라도 간신히 받으면 그나마 재산을 갉아먹고 살지 않아도 된다는 사실에 기뻐하는, 그런 사람입니다. 그것을 제외하면 저는 황제가 아니라 인류와 번영을 위해 봉사하고 싶을 따름입니다. 이런 대담한 포부에 내심 자부심을 느끼며 모든 명예와 관직, 거기에 따라오는 부속물은 신경 쓰지 않습니다. 제가 영예롭게 생각하는 것이 하나 있다면 신의 섭리로 튀코의 관측 자료들을 가까이할 수 있었다는 사실입니다. 그러니 선생님, 저의 무지로 선생님이 모욕을 느끼셨다면 부디 용서해 주시기 바랍니다.

선생님의 K로부터

뮌헨의 한스 게오르크 헤르바르트 폰 호엔부르크에게

1606년 크리스마스 무렵
프라하 벤첼 하우스에서

행복이 가득하시기를! 당신과 가족에게 성탄의 만복을 기원하기 위해 펜을 들었지만 아주 짧게 끝내야 할 것 같습니다. 황실이 축제 준비로 정신없이 바빠서 사람들이 내 존재를 잠시 잊었고, 덕분에 방해 없이 개인적인 연구를 할 수 있는 시간이 조금 생겼습니다. 길고 지루한 비행을 막 마치고 흥분으로 불타고 있는 지적 능력이 전혀 예기치 못한 순간에 곧바로 다시 비상하여 더 높이 날아오르다니 참으로 신기하지 않습니까? 최근에 《신천문학》 원고를 완성했으니 1, 2년쯤 휴식과 회복의 시간을 갖게 되길 고대했지만 다시 열의에 불타 우주의 조화에 관한 연구로 한번 더 날아오를까 합니다. 새로운 천문학을 확립하는 일을 먼저 끝내기 위해 7년 전에 중단했던 연구지요.

인간의 정신은 처음부터 사물의 실제적인 본질을 모종의 형태로 품고 있다고 생각합니다. 따라서 내가 책의 내용에 대해 명확한 지식을 갖기도 전에 책의 형식을 마음속에 이미 품은 것은 당연한 일이겠지요. 태초에 형상이 존재하고 그 형상이 언제나 나와 함께 존재하노니! 책은 행성들 간격의 수인 5라는 숫자에 맞춰 총 5부로 구성될 것입니다. 각 부에 들어가는 장章의 개수는, 《우주의 신비》에서 밝힌 대로 행성 궤도들 사이에 들어가는 정다면체, 즉 플라톤의 입체 다섯 개와 관련된 수를 토대로 삼을 것입니다. 또한 장식의 의미로, 그리고 마땅한 존경을 표하기 위해서 각 장의 두문자들을 열거하면 유명인의 이름이 되도록 할 작정입니다. 물론 원고 작업에 몰두하다 보면 이 원대한 구상을 잊어버릴지도 모르지요. 하지만 그건 전혀 문제가 되지 않을 겁니다.

내가 중심 주제어로 삼은 것은 코페르니쿠스가 지적한 우주의 신비로운 균형, 그리고 행성 궤도의 움직임과 크기의 관계에 나타나는 조화입니다. 저는 이런 의문을 던집니다. 이 조화는 어디에 존재하는가? 인간은 이러한 관계를 어떻게 인지할 수 있을까? 두 번째 질문은 금세 해결했습니다. 조금 전에 그 답을 이미 말씀드렸지요. 인간의 정신은 본래 내부의 성질 속에 감각이 인지할 수 있는 조화의 틀, 즉 원형原型으로서의 순수한 조화를 이미 품고 있다고요. 이러한 순수한 조화는 비율의 문제이기 때문에, 서로 비교할 수 있는 형태들이 존재할 겁니다. 저는 이 형태들이 원과, 원에서 호를 잘라 낼 때 생기는 도형들이라고 생각합니다. 그렇다면 원이란 오직 머릿속에만 존재하는 것입니다. 우리가 종이 위에 컴퍼스로 그리는 원은 머릿속에 존재하는 개념을 부정확하게 표현한 것에 불과합니다. 이 점에서 나는 아리스토텔레스의 견해에 강력하게 이의를 제기합니다. 그는 인간의 정신이 백지상태이며, 감각이 지각한 바를 그 위에 적어 간다고 주장합니다. 그 주장은 틀렸습니다. 정신은 모든 수학적 개념과 형태를 자연스럽게 익힙니다. 경험적인 신호를 통해 이미 아는 것을 기억해 낼 뿐이지요. 수학적인 개념은 정신의 본질입니다. 정신은 한 지점으로부터의 등거리를 생각해 낸 뒤, 다른 어떤 감각 인식이 없어도 그 점으로부터 원을 그립니다. 이렇게 설명해 보지요. 만약 정신이 신체의 눈을 쓰지 못한다면, 외부에 있는 사물을 상상하기 위해 눈이 필요하므로 눈을 만들어 내는 데 필요한 나름의 법칙을 지시할 것입니다. 정신 속에 원래부터 존재하는 양[*]에 대한 인식이 눈의 존재 방식을 결정합니다. 따라서 정신의 존재 양태에 따라 눈의 존재 양태가 결정되는 것이지, 그 반대가 아닙니다. 기하학은 눈을 통해 인식되는 것이 아닙니다. 그것은 이미 우리의 정신 속에 존재하니까요.

이런 것들이 현재 저의 관심사입니다. 앞으로 더 할 얘기가 많아지겠지요. 지금은 아내가 이 위대한 천문학자와 함께 시내에 살찐 거위를 사러 가기를 바라네요.

즐거운 크리스마스를 기원합니다!

요하네스 케플러

프리슬란트에 있는 다비드 파브리키우스에게

1605년 부활절
프라하 흐라트차니 힐 로레토플라츠에서

다시 편지하겠다는 약속을 오랫동안 지키지 못했군요. 구원의 역사를 기리는 축제 기간인 지금, 당장 자리에 앉아 펜을 들고 나의 승리를 알리는 것이 마땅하다고 느꼈습니다. 파브리키우스, 내가 얼마나 바보 같았던지요! 지금껏 화성 궤도의 수수께끼에 대한 해답이 내 수중에 있었던 것을. 내가 정확히 보지 못한 탓이지요. 8각분의 오차 때문에 실패를 인정한 뒤로 다시 그 문제로 돌아오기까지 4년이란 세월이 흘렀답니다. 확실히 그 사이에 기하학에 한층 더 숙련되었고 화성과의 전투에 다시 출정할 때 없어서는 안 될 새로운 수학 도구도 많이 만들었습니다. 최후의 공격은 2년, 아니 거의 3년이 더 걸렸지요. 개인적인 상황이 좀 더 나았더라면 연구를 더 빨리 끝냈을 텐데, 담낭에 염증이 생긴 데다 1604년의 신성과 아들의 출생으로 바빴답니다. 하지만 연구가 지체된 진짜 이유는 나의 어리석음과 앞을 내다보지 못하는 근시안 때문이었다고 생각합니다. 내가 문제를 해결해 놓고도 **그 해**

279

답의 본질을 깨닫지 못했다는 점을 받아들이기가 무척 괴롭습니다. 인간이란 아직 덜 자란 아이처럼 늘 꿈을 꾸듯 서투르게 발전하는 모양입니다!

나는 다시 한번 화성에 **원** 궤도를 적용해 연구를 시도했지만 실패했습니다. 결론은 간단했습니다. 화성 궤도는 양옆이 안쪽으로 들어가고 위아래는 바깥으로 나가는 모양이라는 것입니다. 솔직히 말하면 이 **타원형** 궤도에 나는 깜짝 놀랐습니다. 그것은 학자들이 천문학이라는 학문이 처음 시작될 때부터 고수해 온 원운동 규칙에 어긋나는 것이었으니까요. 하지만 내가 찾아낸 증거는 부정할 수 없었습니다. 그런 모양의 궤도가 화성뿐 아니라 지구를 포함한 나머지 행성들에도 적용된다는 사실을 알았습니다. 소름이 끼치더군요. 미천한 내가 어떻게 우주의 모습을 다시 만들어낸단 말입니까? 그리고 거기 들어갈 노력과 수고란! 주전원과 행성의 역행, 그리고 나머지 모든 것이 들어 있는 마구간을 싹 치우고 이제는 수레에 가득 실린 말똥, 즉 이 타원형 궤도만 남았습니다. 어찌나 악취가 지독한지! 그런데 이제 그 안에 들어가 구린내 나는 말똥을 혼자 끌어내야 합니다.

몇 가지 계산을 통해 나는 이 타원이 달걀 모양이라는 생각에 도달했습니다. 이 결론을 내는 데 약간의 기하학적 편법을 동원하긴 했지만, 행성의 타원형 궤도를 성립시키는 다른 방법은 생각할 수 없었습니다. 적어도 내겐 이 모든 게 매우 타당성이 있다고 느꺼졌어요. 이 미심쩍은 달걀의 면적을 알아내기 위해, 화성과 태양 간의 거리 180개를 모두 더했습니다. 이 계산을 마흔 번 되풀이했지만 여전히 실패했지요. 다음으로 진짜 궤도는 달걀 모양과 원의 중간에 해당하는 완벽한 타원일 거라고 생각했습니다. 물론 이 무렵에는 거의 미칠 듯한 심정이 되어 지푸라기라도 잡고 싶은 마음이었지요.

그런데 기이하고 신기한 일이 일어났습니다. 타원 궤도와 원 궤도를 겹쳤을 때 타원의 평평한 부분과 원 궤도 사이에 생기는 두 개의 낫 모양 부분에서, 가장 두꺼운 지점의 폭이 원 반지름의 0.00429였답니다. 이 수치가 이상하게 익숙하더라고요(왜 그런지는 모르겠지만, 생각나지도 않는 오래전 꿈에서 어렴풋이 보았던 전조였을까요?). 그리고 화성과 태양과 궤도의 중심이 이루는 각도를 살펴보았는데, 이 각의 시컨트*가 놀랍게도 1.00429임을 알게 되었습니다. 이 .00429라는 숫자가 다시 나타났으니 그 각도와 태양까지의 거리 사이에 일정한 관계가 존재한다는 걸 깨달았지요. 그리고 이 관계는 화성 궤도의 모든 지점에서 성립할 것입니다. 마침내 이 일정한 비율을 이용해서 화성 궤도를 계산하는 방법을 얻게 된 것이지요.

---

* 직각 삼각형의 한 예각을 낀 밑변 대비 빗변의 비를 그 각에 대하여 이르는 말로, 코사인의 역수.

이게 끝이라고 생각하나요? 아닙니다. 아직 이 유쾌한 희극의 마지막 장이 남았습니다. 새로 발견한 공식을 이용해 궤도를 만들려고 시도했는데, 기하학상의 실수를 저질러 다시 실패하고 말았답니다. 낙망한 나는 그 공식을 내던지고 새로운 가설, 즉 궤도가 타원일 거라는 가설을 시도해 보았습니다. 기하학을 이용해 그림을 그리자 두 가지 방법이 똑같은 결과를 낸다는 사실을 발견했고, 그렇게 해서 내 공식이 **타원을 수학적으로 표현한 것**이라는 사실을 알게 되었답니다! 친구여, 내가 얼마나 놀라고 기쁘고 당황했을지 상상해 보십시오. 해답을 계속 쳐다보면서도 그게 해답인 줄 몰랐다니! 이제 나는 이 생각을 단순하고 명쾌하고 진실한 법칙으로 표현할 수 있습니다. **모든 행성은 태양을 한 초점으로 하는 타원 궤도를 그린다!**

신은 위대하시며, 나는 신의 충복입니다.

당신의 미천한 친구, 요하네스 케플러

제5부

꿈*

● 케플러의 사후인 1634년에 출간된 그의 마지막 저서. 원제는 《Somnium》.

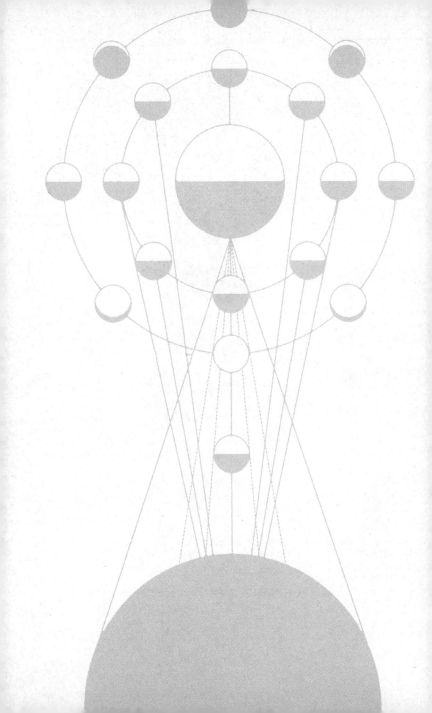

마침내 그가 레겐스부르크에 도착했을 때는 이미 땅거미가 내려앉고 있었다. 11월의 황혼을 뚫고 내리는 가랑비가 부드러운 은빛 털로 덮인 그의 망토와 브리치스, 늙은 말의 힘없는 갈기를 적셨다. 그는 우울하게 물결치는 도나우 강에 놓인 슈타이네르네 다리를 건넜다. 거리로 들어서자 어슴푸레 얼굴이 보이는 정체 모를 사람들이 그의 곁을 지나갔다. 어디선가 불길한 소음이 들려와 귓가에 맴돌았고 미끄러운 고삐를 잡은 그의 손이 떨렸다. 피곤하고 허기가 져서 그런 것뿐이야. 그는 혼잣말을 했다. 지금 아프면 안 돼. 황제에게 그가 받아야 할 돈을 청산해 달라고 요구하기 위해 여기까지 달려온 것이 아닌가.

힐레브란트 빌리히의 집에는 등불이 켜져 있었다. 멀리서도 노란색 창문과 그 안에 있는 선술집 주인 부부를 알아볼 수 있었다. 어둑어둑한 대기와 빗속에서 반짝이는 등불과 그의 도착을 기다리는 사람들, 이 모든 것이 꿈속의 풍경 같았다. 늙은 말이 요란한 말굽 소리를 내고 멈추며 푸르릉 소리를 냈다. 힐레브란트 빌리히가 문간에 서서 그를 보고 있었다.

"내일이나 돼야 오실 줄 알았는데요."

언제나 너무 늦거나 너무 일찍 오는 그였다. 그는 오늘이 무슨 요일인지도 몰랐다.

"어쨌든 이렇게 왔네요!"

그가 얼얼한 다리를 내리며 말했다. 추위 때문에 눈에는 눈물이 고여 있었다.

그는 젖은 몸을 말릴 수 있도록 부엌의 불 앞으로 안내되었다. 햄과 콩이 담긴 접시와 펀치 한 잔, 지독한 치질을 가라앉힐 방석이 건네졌다. 발 옆에서 늙은 개 한 마리가 그르렁거리며 졸고 있었다. 커다란 가죽 옷을 입은 검은 턱수염의 사내 빌리히가 옆에서 부산을 떨었다. 빌리히 부인은 수줍음에 어쩔 줄 몰라 하며 미소 띤 얼굴로 요리용 화로 앞에 서서 애꿎은 냄비를 들여다보았다. 케플러는 이 부부를 언제 어떻게 알게 되었는지 기억이 가물가물했다. 그저 부모처럼 언제나 찾아오면 그 자리에 있는 사람들 같았다. 케플러는 불을 바라보며 멍하니 웃었다. 빌리히 부부는 그보다 스무 살 아래였다. 그는 내년이면 예순이었다.

"린츠로 가는 중이에요."

그가 지금 막 생각났다는 듯이 말했다. 오스트리아에서 받아야 할 이자가 있었다.

"그래도 여기 며칠 계실 거죠?"

힐레브란트 빌리히가 묻고는 어색한 농담을 덧붙였다.

"여기 방세가 **싸잖아요**. 허허."

그가 할 줄 아는 유일한 농담이었다. 빌리히는 그 농담을 지겨워하지도 않았다.

"그렇지, 여보?"

"그럼. 선생님은 언제나 대환영이에요."

빌리히 부인 아나가 가까스로 맞장구쳤다.

"고맙군요. 며칠 여기서 묵어야 할 겁니다. 받을 돈이 있어서 황제 폐하를 만나야 한답니다."

빌리히 부부는 감탄하는 듯했다.

"황제께서는 곧 프라하로 돌아가실 텐데요. 선제후 회의가 막 끝났다고 들었거든요."

힐레브란트 빌리히가 이런 일에 관해 알고 있는 것이 자랑스럽다는 듯이 말했다.

"그래도 어떻게든 만날 겁니다. 물론, 황제께서 나와의 계산을 정리할 준비가 되어 있는지는 다른 문제지만."

황제의 머릿속에는 제국 수학자의 밀린 봉급보다 더 중요한 문제가 많았다. 케플러가 돌연 몸을 꼿꼿이 펴고는 펀치를 벌컥벌컥 들이켰다. 아, 안장주머니! 그는 벌떡 일어나 황급히 문으로 향했다.

"내 말, 내 말이 어디 있지?"

말은 빌리히가 마구간에 넣어 놓았다.

"내 주머니, 내, 내…… 안장주머니!"

"아이에게 가져오라고 할게요."

"아!"

케플러는 신음하며 안절부절못했다. 황제가 그에게 4,000플로린을 지불해야 한다는 지불 명령서를 포함해 중요한 문서가 전부 그 안에 들어 있었다. 뭔지 모를 무언가가 빙긋 웃으며 아주 잠깐 그의 앞을 스치고 사라졌다. 그는 어안이 벙벙해진 채로 천천히 다시 자리에 앉았다.

"응?"

"제가 가서 주머니를 가져오겠다고요."

힐레브란트 빌리히가 그에게로 몸을 숙이고 큰 소리로 또박또박 말했다.

"아."

"선생님, 어디 안 좋으세요?"

"아니, 아닙니다…… 고마워요."

그는 떨고 있었다. 어릴 때 자주 꾸던 꿈이 떠올랐다. 그의 눈앞에서 끔찍한 고통과 재앙이 천천히 일어나는 동안, 보이지 않는 누군가, 잘 아는 사람인 듯한 누군가가 즐겁다는 듯이 그의 반응을 지켜보는 꿈. 방금 전에 보았던 무언가가 그런 느낌이었다. 누군가가 여봐란 듯이 고소해하는 표정을 애써 감추고 있는 것 같았다. 귀신에 홀린 게 아닐까 하는 두려움을 넘어서는 느낌에 그는 몸서리를 쳤다.

"네? 뭐라고요?"

빌리히 부인이 무언가를 물은 듯했다.

"식구들이요. 케플러 부인과 아이들은 잘 지내요?"

그녀는 좀 더 크게 말한 뒤 어색하게 웃으며 애먼 앞치마를 뜯었다.

"아, 다들 아주 잘 지냅니다."

통증에 가까운 가벼운 경련이 그의 몸을 훑고 지나갔다. 잠시 후 그는 그것이 무엇인지 알아차렸다. 죄책감! 마치 이제는 **죄책감** 이 익숙하지 않은 것처럼.

"최근에 아이 혼사를 치렀답니다."

그때 힐레브란트 빌리히가 턱수염에 빗방울을 묻히고 돌아와 난로 옆에 안장주머니들을 내려놓았다.

"아, 정말 고마워요."

케플러가 중얼거렸다. 그는 안장주머니들 위에 다리를 올려놓고 발끝을 불 가까이 가져갔다. 동상이 걸린 부분이 조금 아프더라도 그렇게 해야 했다.

"네, 결혼식이 있었어요. 우리의 소중한 딸 레기나가 우리를 떠났답니다."

그가 무심코 내뱉었다. 고개를 들자 당황해서 아무 말도 못하는 빌리히 부부가 보였다.

"아, 내가 무슨 말을 하고 있는 거지? **주자나**를 잘못 말했네요."

그는 기침을 하며 가래를 뱉어 냈다. 머릿속이 윙윙거렸다.

"하늘이 맺어 준 듯 꼭 맞는 한 쌍이에요. 비너스가 내 젊은 조수이자 점성가이며 의사이기도 한 야코프 바르치에게 은밀한 속삭임을 전한 겁니다."

얼마 후 비너스가 이 아름다운 청년이 소심하고 겁 많은 젊은 이임을 알고 그만두려 했을 때 케플러가 대신 그 여신의 일을 떠맡았다. 그는 그때도 죄책감으로 괴로워했다. 여린 젊은이에게 그런 시련을 안기다니! 옳은 일을 한 것인지 자신이 없었다. 주자나는 어머니인 바르바라와 닮은 점이 많았다. 가엾은 바르치.

"우리 맏아들 루트비히도 의학 공부를 할 겁니다."

그는 잠시 뜸을 들인 뒤 다시 입을 열었다.

"나도 바쁘긴 했지요. 지난 4월에 딸이 또 태어났거든요."

그는 겸연쩍게 불을 흘긋거렸다. 빌리히 부인은 괜스레 화로 위의 냄비들을 만지며 소리를 냈다. 그녀는 케플러의 어린 아내를 못마땅해했다. 그건 레기나도 마찬가지였다. 그녀는 케플러에게 이렇게 편지를 썼었다. '아버지에게 딸린 자식이 없다면 괜찮은 결혼이겠죠.' 아리송한 말이었다. 그는 그 편지를 닳도록 읽었다. 어리석고 죄스러운 꿈을 꾸면서. 그녀는 지긋지긋한 유산 문제를 또 한번 넌지시 암시할 뿐이었다. 그는 네가 상관할 일이 아니라고, 자신이 언제 누구와 결혼할지는 알아서 하겠다고 답장했다. 아, 하지만 레기나야! 그녀를 보면 네 생각이 난다는 얘기는 차마 못하겠구나.

그의 인생에는 주자나라는 이름의 여인이 세 명 있었다. 어릴 때 죽은 딸과 얼마 전에 결혼한 딸, 그리고 새로 맞은 아내였다. 결혼 상대를 구하는 동안, 누군가가 그에게 무언가를 말해 주려고 애쓰는 듯했다. 누구였든 그 사람이 옳았다. 그는 열한 명의 후보

가운데 그녀를 선택했다. 열한 명이라니! 나중에서야 그 모든 과정이 우습게 느껴졌다. 사실 이제는 그들이 다 기억나지도 않았다. 그 가운데 쿤슈타트의 파우리치라는 과부가 있었는데, 그녀는 남자 혼자서 애들을 엄마 없이 어떻게 키우겠느냐며 악착같이 자기를 신부로 맞으라고 청했다. 한 모녀는 서로를 그에게 시집보내려고 애쓰기도 했다. 운동선수처럼 건장하고 머리카락이 곱슬거리는 헬름하르트가의 뚱뚱한 마리아도 있었고 이름은 기억나지 않지만 지독하게 못생긴 귀족 여성도 있었다. 모두 부모가 부유하거나 저택을 소유했다는 장점이 있었지만, 그는 주변의 반대를 무릅쓰고 무일푼의 고아인 에페르딩의 주자나 로이팅거를 선택했다. 그녀의 보호자인 슈타르헴베르크 남작 부인마저도 그녀가 그의 상대로는 너무 처진다고 생각했다.

케플러가 린츠에 있는 슈타르헴베르크의 저택에서 그녀를 처음 만났을 때, 그녀 나이 스물넷이었다. 빼어난 미모라고 할 수는 없었지만, 키가 크고 눈이 아름다운 매력적인 여인이었다. 너무 말수가 적어 그는 당황스러웠다. 처음 만난 날 그녀는 거의 한마디도 하지 않았다. 그는 그녀가 시력이 나쁘고 이미 수염이 희끗해진 까다로운 중년의 자신을 비웃을 거라고 생각했다. 하지만 그녀는 진지한 회색 눈빛과 꾹 다문 입술을 보이며 부드러우면서도 열렬히 그의 시중을 들었다. 레기나를 많이 닮은 건 아니었지만 어딘지 질서정연하고 절제하는 분위기를 풍겼다. 그녀도 가구 제작자의 딸이란다. 너처럼, 너처럼.

"아기 이름은 아나 마리아라고 지었습니다. 예쁜 이름 같아요."

그의 말에 아나 빌리히가 미소를 지었다.

주자나와 케플러는 일곱 자녀를 낳았다. 처음 세 아이는 어려서 죽었다. 당시 그는 제2의 바르바라 뮐러와 결혼한 게 아닌가 걱정했다. 그녀는 남편이 그런 생각을 하는 것을 알고 슬프고 불안한 눈빛으로 그를 바라보았다. 그러나 케플러는, 그녀가 상처받은 것이 아니라 그저 그를, **그가 느꼈을** 상실감과 배신감을 걱정한다는 사실을 알고 놀라지 않을 수 없었다. 그녀는 거의 아무것도 요구하지 않았다! 그리고 그에게 행복을 가져다주었다. 지금 그런 그녀를 두고 떠나온 것이다.

"참 예쁜 이름이에요."

케플러가 말하며 눈을 감았다. 거센 바람이 한바탕 집 앞을 휩쓸고 지나갔다. 빗소리 너머로 강물 소리가 들리는 듯했다. 화롯불에 몸이 따뜻해졌다. 가스가 찬 배 속 깊은 곳에서 조그만 소리가 났다. 몸이 나른하고 편안해지자 다시 어린 시절이 떠올랐다. 왜일까? 옛날 제발두스 할아버지의 집에서는 장작불이나 펀치가 너무도 귀했다. 그러나 그 속에서도 그는 잃어버린 평화와 질서에 대한 상상, 결코 존재한 적이 없는 조화로운 우주에 대한 상상을 마음속 깊이 품고 있었다. 어린 시절에 대한 생각은 그 조화로운 우주와 비슷하게 느껴졌다. 그는 트림을 하고는 지금 자신의 꼴을 생각하며 조용히 웃음 지었다. 온몸이 젖은 채로 장화를 신은 채 꾸 벅꾸벅 졸며 돌아오지 않을 시절에 대해 푸념하는 늙은 얼간이가 된 것이다. 입을 벌린 채 침까지 흘리며 잠이 들면 아주 완벽한 그 림이 되리라. 그러나 엉덩이에서 뜨겁게 타오르는 또 다른 불 때문 에 잠이 들지 못했다. 개는 쥐가 나오는 꿈을 꾸는지 낑낑거렸다.

"그런데, 빌리히. 선제후 회의가 끝났다고 했나요?"

"네, 끝났어요. 제후들은 이미 떠났습니다."

"회의가 마무리되기까지 6개월 정도 걸린 셈이군요. 그 어린 난 봉꾼이 보헤미아 왕위를 계승하는 걸로 정해졌나요?"

"그렇다고 하던데요."

"그럼 서둘러야겠네요. 그의 아버지에게 돈을 다 받아내려면."

빌리히 부부는 그와 함께 웃었다. 그러나 맥없는 웃음이었다. 쾌활한 척 연기한다고 해서 그들을 속일 수는 없을 것이다. 빌리 히 부부는 그가 집과 가족을 떠나 이 고된 여행길에 오른 진짜 이 유를 알고 싶어 좀이 쑤시는 눈치였다. 케플러 자신도 알고 싶었다. 빚 청산. 그것이 정말 내가 바라는 일일까? 4,000플로린을 지급한 다는 문서는 봉인도 뜯지 않은 채 안장주머니에 들어 있었다. 이번 에도 무용한 문서 한 장을 받아올 가능성이 높았다. 지금껏 그는 황제 세 사람과 친분을 쌓았다. 가엾은 루돌프 황제, 권력을 강탈 한 그의 동생 마티아스, 그리고 이제는 그의 불행한 운명의 수레 바퀴가 온전히 한 바퀴를 돌아 루터교 신자들에게 재앙을 안긴 그

의 오랜 적, 슈타이어마르크의 페르디난트가 황제의 자리를 이어
받았다. 받지 못한 돈만 아니라면 그는 결코 황제를 가까이하지 않
았을 것이다. 마지막으로 황제를 만난 것도 벌써 10개월 전이었다.

* * *

그날 아침은 지독하게 추웠다. 하늘은 멍든 피부의 빛깔이었고 공
기에서는 금속 맛이 났다. 사방 모든 것이 폭설에 놀란 듯 숨을 죽
이고 있었다. 더러운 얼음 덩어리가 강 위에 떠다녔다. 새벽 어스름
속에서 그는 뜬눈으로 누워, 뱃머리에 부빙이 깨지는 소리, 삐걱거
리는 배의 신음 소리, 멀리서 머스킷총이 발사된 듯 간헐적으로 들
리는 탕탕 소리에 귀를 기울였다. 그들은 동이 트자마자 부두에
닻을 내렸다. 부둣가는 배를 매는 굵은 밧줄이 주르르 미끄러질
때마다 쫓아다니는 떠돌이 개만 보일 뿐 인적이 거의 없었다. 선장
은 케플러를 보며 얼굴을 찌푸렸다. 그에게서 풍기는 양파 냄새 섞
인 구취는 선창에 있는 생가죽 화물에서 올라오는 악취보다도 지
독했다.

"프라하에 다 왔소."

그는 자못 거만하게 손짓하며 말했다. 마치 그의 뒤로 떠오르
는 차가운 안개 속의 고요한 도시 풍경을 자기가 방금 만들어 내
기라도 한 듯이. 케플러가 요금을 깎은 탓이리라.

케플러는 울름에서 《루돌프표》의 첫 인쇄본을 갖고 출발해서 도중에 레겐스부르크에 잠시 들렀다. 그곳에서 아내 주자나가 빌리히 부부의 집에 머물고 있었기 때문이다. 크리스마스 무렵이었다. 아내와 아이들을 거의 1년 만에 만났지만 여유 있게 즐길 시간은 없었다. 딜링겐의 예수회 수도사들이 중국에 있는 선교사들의 편지를 보여 주며, 최근의 천문학 발견에 관한 새로운 소식을 알려 달라고 부탁했다. 그는 즉시 선교사들에게 보낼 소논문을 작성하는 일에 착수했다. 아이들은 그를 거의 기억하지 못했다. 일을 하다가 등에 느껴지는 시선에 뒤를 돌아보면, 아이들은 깜짝 놀라 저희끼리 속닥거리며 아나 빌리히의 안전한 부엌으로 총총히 도망치곤 했다.

그는 프라하에 혼자 가겠다고 했지만 주자나가 받아들이지 않았다. 눈보라가 몰아치고 강물이 꽁꽁 언다고 얘기해도 꿈쩍하지 않았다. 그녀의 고집은 놀라웠다.

"당신이 프라하까지 **걸어**간다고 해도 상관없어요. 우리는 당신과 함께 걸어갈 거예요."

"하지만……"

"아뇨, **안 돼요.**"

그녀는 말했다. 그런 뒤 좀 더 부드럽게 덧붙였다.

"여보, 안 돼요. 제발."

그녀는 미소를 지었다. 남편이 너무 오랫동안 혼자 지내는 게 좋지 않다고 생각하는 모양이었다.

"마음씨가 어찌나 고운지."

그가 중얼거렸다. 그는 예전부터 늘 다른 사람들이 자신보다 더 훌륭하고 더 사려 깊으며 더 존경받아 마땅하다고 생각했다. 그런 사람들에 비하면 끊임없이 사과하고 변명하며 살아온 자신이 못나게만 느껴졌다. 주자나를 향한 그의 사랑은 심장을 옥죄는 듯한, 말로 표현하기 힘든 고통과도 같은 것이었다. 하지만 그 사랑은 **충분하지 않았다**. 다른 모든 것에서도 늘 부족한 인간이었듯이. 눈에 눈물이 가득 고인 채로 그는 아내의 손을 잡고 차마 말을 잇지 못한 채 고개를 끄덕이며 고마워했다.

프라하에 도착한 그들은 다리 근처에 있는 고래 여관에서 묵었다. 아이들은 너무 추워서 울지도 못했다. 부두 관리인들이 그의 소중한 책들이 담긴 통을 눈과 오물이 질퍽한 부둣가 바닥에 굴리면서 옮겼다. 다행히 통 안의 빈 공간을 솜뭉치로 메우고 나무 널 사이사이에 방수포를 채운 터라 물건들은 안전했다. 《루돌프표》는 상당히 큰 2절판의 책이었다. 중단을 거듭하며 대략 20년의 세월을 바친 결과물이 아닌가! 비록 최고의 저작은 아니더라도 그의 많은 부분을 담고 있었다. 그가 최고의 비상을 이룬 것은 《우주의 조화》와 《신천문학》, 첫 저서인 《우주의 신비》에서였다. 그는 자신이 《루돌프표》에 너무 많은 시간을 낭비했다는 걸 알고 있었다. 튀코 브라헤가 사망하고 그의 관측 자료를 확보했을 때 집중해서 작업했더라면 1, 2년 안에 마쳤을 일이었다. 어쩌면 큰돈을 벌었을지도 모른다. 지금은 모두가 싸우느라 바빠서 이런 책 따위에 신경 쓸 겨를이 없으니 인쇄비라도 회수할 수 있다면 다행이리라. 아직 관심을 보이는 사람들이 있긴 하지만, 그는 지금 중국인의 개종이나 가톨릭교회의 일까지 신경 써야 하지 않는가? 그래도 뱃사람들과 탐험가들, 모험가들은 그의 이름을 기릴 것이다. 예전부터 거친 뱃사람들이 《루돌프표》의 도표와 도해를 들여다본다고 생각하면, 색 바랜 책장을 예리한 눈으로 훑어본다고 생각하면 기분이 좋았다. 그의 책에 생기를 불어넣어 줄 이들은 천문학자가 아니라 바로 그들이었다. 잠시 동안 그의 마음은 방대한 세계로 뻗어 나갔다. 작열하는 태양과 짭짤한 바람이 살갗에 느껴지고 윙윙거리는 강풍이 삭구를 흔드는 소리가 들렸다. 끝없는 대양을 한번도 본 적이 없는데도 말이다!

도시 전체에 새로운 기운이 감도는 프라하가 낯설게 느껴졌다. 페르디난트의 아들이 보헤미아 왕위에 오르면서 황실은 다시 빈에서 프라하로 옮겨졌다. 처음에 케플러는 그와 함께 루돌프 황제의 시대가 돌아온 것 같아서 들뜨기도 했다. 이곳으로 오면서 그가 걱정한 것은 얼어붙은 강물만이 아니었다. 전쟁은 가톨릭교회에 유리하게 전개되고 있었고, 케플러는 30년 전 페르디난트가 슈타이어마르크에서 개신교도들을 어떻게 내쫓았는지 똑똑히 기억하고 있었다. 고요함과 은밀함을 기대했던 황궁은 활기가 넘쳤다. 혼란스러울 정도로 들뜬 분위기였다. 노란 어깨 망토, 진홍색 긴 양말, 금실과 은실을 섞어 짠 비단 옷과 화려한 단추, 보라색 리본······ 그는 루돌프 황제 시대에도 그런 옷들을 본 적이 없었다. 마치 프랑스인들 사이에 들어와 있는 듯한 착각이 들었다. 그러나 그런 의상들 덕분에 그는 자신의 기대가 얼마나 잘못됐는지 바로 깨달았다. 새로운 기운이란 전혀 없었다. 모든 게 연극에 불과했다. 황궁의 풍경은 진정 위대한 누군가가 아니라 단순한 권력에 광란의 충성을 바치는 연극에 불과했다. 붉은색과 보라색은 반종교개혁을 나타내는 핏빛의 상징이었다. 그리고 페르디난트는 전혀 변하지 않았다.

죽음을 앞둔 루돌프의 모습을 보고 케플러가 노망 난 노인네를 떠올렸다면, 그의 사촌 페르디난트에게선 불만 가득한 여인의 모습을 엿볼 수 있었다. 배가 불룩 나오고 창백한 데다 다리가 가느다란 페르디난트는 마치 음식에 독이 들었는지 맛을 보는 신하를 기다리는 사람처럼, 긴장한 모습으로 이 천문학자와 거리를 두고 있었다. 케플러는 길고 불안한 침묵을 견뎌야 했다. 그것은 페르디난트가 선조들로부터 물려받은 책략이었다. 깊숙한 곳에 막연한 의심과 비난이 자리 잡은 짙은 늪을 마주하고 있는 듯했다. 황제의 눈은 터무니없이 커다란 코를 지키는 지친 파수꾼 같았고, 케플러는 희미하고 맥없는 그 시선이 자신을 꿰뚫기보다는 만지고 있다는 느낌을 받았다. 페르디난트가 지팡이를 손에 숨기는 마술사처럼 손끝으로 입을 막으며 계속 트림을 하자 케플러는 그가 배에 가스가 차서 지르퉁한 게 아닐까 막연히 생각했다.

케플러를 보고 황제는 용케도 아주 희미한 미소를 지었다. 그에게도 《루돌프표》는 반가운 존재였다. 어쨌든 그도 학문에 대한 허세가 있었기 때문이다. 그는 서기관을 불러 거창한 명령을 내렸다. 이 천문학자의 노력을 인정하는 의미로, 그리고 인쇄비를 처리할 수 있도록 4,000플로린을 지불하라고. 7,817플로린을 아직 받지 못했다는 내용도 추가로 기록하게 했다. 케플러는 자세를 바꾸며 웃음을 지었다. 황제의 관대함은 언제나 불길한 징조였다. 페르디난트는 딱히 불쾌하지 않게 그만 물러가라는 손짓을 했지만, 케플러는 꾸물거리고 나가지 않았다.

"황제 폐하께서는 너무나도 친절하고 인자하신 분입니다. 이렇게 후한 하사금을 명령하셔서 드리는 말씀이 아닙니다. 제가 폐하의 왕국에서 배척하는 교의를 믿는데도 제국 수학자의 직을 유지하게 해주신 것은 폐하의 고결한 마음을 나타내는 증거입니다."

페르디난트는 놀라고 조금은 경계하는 얼굴로 그에게 날카로운 시선을 던졌다. 루돌프 황제 시절부터 지켜 온 제국 수학자의 자리가 이제는 형식적인 것에 불과했지만, 종교전쟁의 소용돌이 속에서도 그는 그 자리를 지킬 생각이었다.

"그래, 그래."

황제가 모호하게 말했다. 서기관은 펜 끝을 깨물면서 노골적

으로 즐겁다는 듯이 케플러를 지켜보았다. 케플러는 자신의 전략
이 잘못된 건 아닐까 걱정됐다. 감언으로 포장한 간접적인 청원.
루돌프 황제에게는 잘 먹혔지만 지금 상대는 페르디난트였다.

"선생의 신앙은…… 그래, 조금 당황스럽군. 우린 선생이 개종
하는 쪽으로 마음이 기울고 있다고 생각했는데?"

케플러는 한숨을 쉬었다. 또 그 얘기군. 그는 아무 말도 하지
않았다. 페르디난트의 도톰한 아랫입술이 콧수염에 닿을 만큼 바
싹 올라갔다.

"그래, 그건 중요한 문제가 아니지. 사람은 누구나 자기 신앙을
주장할 수 있고……"

그는 케플러의 곤란하고 강렬한 눈을 보고는 말끝을 흐렸다.
서기관이 헛기침을 하자, 두 사람 모두 그를 돌아보았다. 케플러는
서기관이 여우같은 얼굴에서 재빨리 능글맞은 웃음을 지우는 것
을 보고 흡족한 마음이 들었다.

"아니야. 그건 중요하지 않아."

황제는 보석으로 치장한 손을 올리며 말을 이었다.

"물론 전쟁 때문에 어려움이 많긴 하지. 군대와 백성들은 모두
우리를 본보기로 삼고 있으니 우리가 조심해야 한다는 점은 선생
도 이해하겠지?"

"물론입니다, 폐하."

진심이었다. 페르디난트의 황실에서는 그의 자리를 기대할 수

없을 것이다. 갑자기 그는 한없이 지치고 늙어 버린 느낌이 들었다.

그때 홀 끝에 있는 문이 열리면서 한 남자가 들어왔다. 그는 체크무늬의 대리석 바닥을 밟는 자신의 멋진 검은색 부츠에 시선을 둔 채 뒷짐을 지고 걸어왔다. 페르디난트는 혐오가 섞인 눈으로 남자를 쳐다보았다.

"아직 여기 있었군."

황제가 남자에게 말했다. 마치 그가 여기 있는 것이 자신을 속인 비열한 책략이라도 되는 것처럼.

"케플러 선생, 이쪽은 우리의 총사령관 발렌슈타인 장군이오."

장군은 머리 숙여 인사했다.

"내가 아는 분 같군요."

장군이 말했다. 케플러는 그를 무표정하게 바라보았다.

"장군이 선생을 아는 것 같다는군."

페르디난트가 말했다. 그 얘기에 흥미를 느낀 듯했다.

"그렇습니다. 예전에 연락한 적이 있습니다. 오래전에, 그러니까 한 20년쯤 됐지요. 저는 대리인을 통해서 그때 명성을 떨치던 그라츠의 한 점성가에게 별점을 봐달라는 부탁을 전달한 적이 있습니다. 결과가 아주 인상적이었지요. 제 성격과 행동에 대해 섬뜩할 만큼 정확하고 완벽하게 설명해 주더군요. 제가 대리인에게 제 이름을 밝히지 말라고 했었기 때문에 더욱 놀라웠습니다."

장군이 말했다.

왼쪽의 긴 창문으로 흐라트차니 언덕 아래 눈 덮인 도시가 보였다. 케플러는 예전에 바로 이 자리에서 똑같은 경치를 바라보며 서 있던 때가 떠올랐다. 루돌프 황제와 《루돌프표》에 대한 계획을 상의할 때였다. 운명의 장난은 어찌 이렇게도 잔인한지! 별점이라. 그는 그 일을 기억하고 있었다.

　"사실, 장군님처럼 유명한 분의 이름을 알아내기는 어렵지 않았습니다."

　그가 주저하는 미소를 보이며 말했다.

　"아, 그렇다면 나인 줄 알았던 거군요."

　그는 실망한 듯 고개를 저었다.

　"그렇다고 해도 어쨌든 아주 훌륭했습니다."

　황제는 저희끼리 얘기하는 두 사람을 내버려 두고 마치 못된 친구에게 공을 빼앗긴 아이처럼 투덜거리며 돌아섰다. 어차피 그리 귀한 공도 아니었다.

　"이리 오시지요. 우리 얘기 좀 해야겠습니다."

　장군이 케플러의 어깨에 팔을 두르며 말했다.

　짧지만 순탄치 않은 두 사람의 관계는 그렇게 시작되었다. 케플러는 상황이 깨끗하게 정리된 것이 흡족했다. 황제의 후원을 구하러 이곳까지 온 그에게 황제 대신 한 장군의 후원이 나타난 것이다. 그는 이렇게 정리된 운명이 달가웠다. 피난처가 필요한 참이었다. 1년 전 그는 쓰라린 마음으로 린츠에 마지막 작별을 고했다.

* * *

린츠가 최악의 곳이었기 때문은 아니다. 14년간 그에게 절망을 안
긴 곳이기에 떠나면 홀가분할 거라고 생각했다. 그러나 막상 떠나
는 날이 되자, 한 조각의 회의가 마음 깊숙이 파고들었다. 어쨌든
그곳엔 슈타르헴베르크와 체르넴블 가문 같은 후원자들이 있었
고, 렌즈 연마공 야코프 빙클레만 같은 친구도 있었다. 강가에 있
는 그 몽상가의 집에서 술잔을 기울이고 꿈을 꾸며 얼마나 많은
밤을 보냈던가. 그리고 린츠는 주자나를 만나게 해준 곳이었다. 제
국 수학자로서 학교에서 상인들의 멍청한 자식들과 어린아이들에
게 덧셈이나 가르치는 일이 즐겁지는 않았지만, 그런 생활 속에서
도 인생의 두 번째 기회를 얻은 것 같은 묘한 기분이 들었다. 그라
츠에서 학교 선생을 하던 시절로 돌아간 것 같기도 했다.

북부 오스트리아는 서부에서 몰려온 종교 망명자들의 천국이
었다. 린츠는 마치 뷔르템베르크의 영토에 속해 있는 것 같았다.
법학자인 슈바르츠와 지역 서기관인 발타자어 구랄트도 뷔르템베
르크에서 온 사람들이었다. 항상 지팡이를 갖고 다니며 눈이 흐릿
하고 불쾌한 구취를 풍기는 뚱뚱한 의사 오베르도르퍼도 잠시 이
곳에 머물렀다. 그는 20년 전 케플러 아이들의 죽음을 확인해 주
었을 때보다 그리 늙지 않은 모습이었다. 케플러는 마음에 앙금이
남지 않았다는 것을 보여 주려고 주자나와의 사이에서 살아남은

303

두 번째 아이 프리트마어의 세례식에 그를 대부로 초대했다. 오베르도르퍼는 숨을 몰아쉬며 고마움을 표시했고 눈물이 그렁그렁한 채로 옛 친구를 포옹했다. 케플러는 이 늙은 사기꾼과 반백의 아기 아버지가 서로 부둥켜안고 눈물 흘리는 모습이 틀림없이 볼 만한 광경일 거라고 생각했다.

다니엘 히츨러도 있었다. 그는 린츠의 주목사였다. 케플러보다 나이가 적은 그는 케플러가 다닌 뷔르템베르크의 학교들을 똑같이 거치며 이 말 많고 탈 많은 선배에 대한 추문을 수없이 들었다. 케플러는 히츨러가 자신을 아주 위험한 사람으로 생각하는 것 같아 우쭐했다. 그 목사는 거만한 종교 재판관의 분위기를 풍기는 차가운 얼간이였다. 하지만 속내를 거의 드러내지 않았다. 그의 검은 망토는 유난히 검었고, 수염은 유난히 뾰족했다. 케플러는 그를 약간 비웃곤 했지만, 그래도 그를 좋아했고 나쁜 감정은 품지 않았다. 사실 그것은 묘한 일이었다. 히츨러가 케플러의 파문을 주도한 장본인이었기 때문이다.

케플러는 그런 날이 오리라는 걸 알고 있었다. 신앙의 문제에서 그는 고집을 굽히지 않았다. 그는 가톨릭, 루터교, 칼뱅교 가운데 어떤 종파와도 전적으로 의견을 같이할 수 없었고, 결국 세 종파 모두에게 적으로 간주되었다. 그러나 그는 종파에 관계없이 모든 기독교인은 기독교적인 사랑의 결속으로 하나가 돼야 한다고 생각했다. 그는 전쟁이 서로 다투는 독일에 신이 내리는 벌이라 생각했고, 자신의 생각이 옳다고 확신했다. 그는 아우크스부르크 신앙고백을 따랐지만 루터파의 화합 신조에 서명하기를 거부했다. 그것은 일종의 정치 공작이고 그저 형식적인 문구일 뿐 신앙과는 아무런 관계가 없다고 여겼기 때문이다.

자신에게 나타난 결과들을 바라보며 그는 고뇌에 휩싸였다. 나의 내면의 갈등과 유럽에 맴도는 신앙의 위기 사이에 어떤 관련이 있는 걸까? 나의 개인적인 고통이 유럽을 괴롭히고 있는 거대한 검은 거인을 자극하기라도 한 것일까? 친칼뱅파라는 소문 때문에 튀빙겐 대학의 교수직을 거부당했고, 루터파라는 이유 때문에 그라츠를 떠나 프라하로, 다시 프라하에서 린츠로 옮겨가야 했다. 곧 이 무서운 거인의 발소리는 그의 마지막 도피처가 될 자간에 있는 발렌슈타인의 성벽까지 흔들게 된다. 1619년, 린츠에서 사태를 주시하며 겨울을 보내던 그는 칼뱅주의자인 팔츠의 선제후 프리드리히가 합스부르크 왕가로부터 보헤미아의 왕위를 빼앗으려는 시도에 동조한 적이 있었다. 결국 이 시도는 실패로 돌아갔다. 그는 자신이 조금이나마 그 불운한 사건과 연관되었다는 생각에 몸서리쳤다. 또 레기나를 팔츠에서 결혼시키고 《우주의 조화》를 겨울왕*프리드리히의 장인인 영국의 제임스 왕에게 바친 일이, 그 검은 거인의 날카로운 시선을 자신에게로 돌려놓는 데 기여했

● 짧은 재위 기간 때문에 붙은 프리드리히 5세의 별명.

을까? 꿈에서처럼 서서히 그 **자신**이 죄를 저지른 사람이라는 느낌
이 밀려왔다. 그것이 몹시 유치한 해석이라는 건 알았지만⋯⋯.

히츨러는 케플러가 화합 신조에 서명하지 않으면 성찬식 참석
을 허락하지 않겠노라고 했다. 케플러는 화가 치밀었다.

"모든 참가자에게 이 조건을 요구하는 겁니까?"

히츨러는 자신이 이 흥분 잘하는 이단자에 이끌려 물속 깊이
걸어 들어가다 빠져 죽지는 않을까 경계하는 눈빛으로 그를 뚫어
지게 바라보았다.

"**선생**에게 요구하는 겁니다."

"만약 내가 돼지치기나 왕족이라면 그래도 요구하겠습니까?"

"선생은 그리스도의 성체가 모든 곳에 존재한다는 사실을 부인
하고, 칼뱅주의자들의 의견에 동의한다고 인정했습니다."

"분명히 내가 그들의 의견에 **반대하지** 않는 부분은 있습니다.
하지만 난 예정설과 같은 야만스런 교리는 거부합니다."

"선생은 성찬식을 화합 신조에 규정된 교리로 인정하면서도 서
명을 거부하고 반대자들을 옹호한다는 점에서 다른 사람들과 다
르지요."

히츨러는 자신이 연설가인 양 행동했다. 케플러는 참을 수가
없었다.

"정말 기가 막히는군요! 저는 그저 성직자들이 너무 거만해졌
고 과거의 소박함을 지키지 않는다고 주장하는 겁니다. 기독교 초

기 교부들의 글을 읽어 보세요! 그들의 주장이 나의 정당성을 증명해 줄 겁니다."

"선생은 뜨겁지도 차갑지도 않아요. 미지근할 뿐이지요."

두 사람의 논쟁은 여러 해 지속되었다. 그들은 서로의 집을 방문하거나 강가를 거닐면서 밤늦게까지 논쟁을 벌였다. 검은 망토를 입은 진지한 히틀러와 팔을 휘저으며 소리치는 케플러, 두 사람은 어떤 면에선 그런 논쟁을 즐겼다. 얼마 후, 케플러는 린츠의 교회 대표자들에 의해 학교에서 쫓겨날 뻔했다가 그를 지지해 준 남작들의 힘으로 겨우 남을 수 있었는데, 당시 히틀러는 학교 감독관이었음에도 그를 전혀 도와주지 않았다. 두 사람의 유희는 거기서 끝났다. 케플러를 가장 화나게 한 것은 히틀러의 위선이었다. 그는 린츠를 벗어나 근처 마을로 옮겨가자 성찬식에 참석할 수 있었다. 그런 곳의 목사들은 친절하고 소박했다. 병자를 돌봐 주고 이웃의 송아지 분만을 돕느라 히틀러처럼 교리상의 미세한 차이나 논쟁 따위에 신경 쓸 겨를이 없었다. 케플러는 슈투트가르트 종교 회의에 자신의 주장을 청원했다. 그러나 그들은 그의 편을 들어주지 않았다. 마지막 희망은 직접 튀빙겐에 가서 대학 총장인 마티아스 하펜레퍼의 지지를 구하는 것이었다.

미하엘 메스틀린은 지난번 만났을 때보다 훨씬 더 늙은 듯했다. 뭔가 더 시급한 문제에 정신이 쏠려 있는 듯 내내 산만한 모습을 보였다. 케플러가 최근의 힘든 상황을 설명하는 동안 늙은 교

수는 이따금 살짝 미안해하면서 그의 말에 집중하려고 애썼다. 그
는 머리를 가로저으며 한숨을 내쉬었다.

"그런 어려움은 자네가 자초했어. 이젠 자네도 선술집에서 논쟁
을 벌이며 저항을 부르짖는 학생이 아니야. 자네에게 이런 얘기를
30년 전에도 들었네. 그런데 하나도 변한 게 없으니."

"네, 아무것도 변하지 않았습니다. 저도 세상도 전혀 변하지 않
았어요. 그냥 좋은 게 좋은 거다, 하는 식으로 제 신념을 부인하고
거짓말을 하라는 겁니까? 시대의 흐름이니 그냥 받아들이라는 말
씀이세요?"

메스틀린은 입술을 오므리며 시선을 돌렸다. 창문 아래로 보이
는 대학 운동장에는 만추의 갈색 햇빛이 나무들을 비추고 있었다.

"자넨 나를 늙은 바보나 포주로 생각하지만 나도 최선을 다해
정직하고 명예롭게 살아왔다네. 난 위인도 아니고, 자네처럼 높은
자리에 올라가지도 못했어. 자네가 안타까워해도 이게 현실이야.
어쩌면 자네가 대단한 일을 해내고 뛰어난 사람이 된 것이 자네의
불행이자 고통의 원인일지도 모르겠군. 나는 교리를 모욕하더라도
신학자들이 신경 쓰지 않겠지만, 자네라면 문제가 다르지."

케플러는 대꾸하지 않았다. 얼마 후 하펜레퍼가 도착했다. 그
는 튀빙겐 대학에서 케플러를 가르친 스승이자 친구와도 같은 사
람이었다. 그러나 케플러에게 그 어느 때보다도 절실하게 그가 필
요했으므로 두 사람 사이에는 서먹한 기운이 흘렀다. 총장과 신학

과 교수들을 그의 편으로 만들 수만 있다면 슈투트가르트 종교 회의도 자세를 낮출 것이다. 튀빙겐은 루터교의 본거지나 다름없으니까. 그러나 케플러는 총장이 입을 열기도 전에 자신이 패했음을 알았다. 마티아스 하펜레퍼도 많이 늙은 모습이었지만 오랜 세월 동안 칼날처럼 날카롭게 스스로를 연마해 왔다. 그는 히츨러의 본보기와도 같은 사람이었다. 부드럽게 인사를 건넸지만 케플러를 쳐다보는 눈초리가 날카로웠다. 메스틀린은 그가 두려운 듯 애처로운 목소리로 하인들을 부르며 부산을 떨기 시작했다. 아무도 오지 않자 자기가 직접 일어나 손님들을 위해 포도주와 빵을 준비하며 차린 게 형편없어서 미안하다는 말을 중얼거렸다. 하펜레퍼는 탁자를 바라보며 미소 지었다.

"아주 좋습니다, 교수님."

메스틀린은 불안한 눈초리로 그를 쳐다보았다. 총장은 케플러 쪽으로 몸을 돌리며 말을 시작했다.

"자, 선생. 어떻게 된 겁니까?"

"히츨러라는 사람이⋯⋯"

"그는 열정이 넘치지요. 그러면서도 주도면밀하고요. 훌륭한 목사입니다."

"그가 나를 성찬식에 못 오게 했습니다."

"화합 신조에 서명하지 않았기 때문이지요?"

"하나님께 맹세코 말씀드립니다. 그가 저를 배제시키려는 건 그리스도의 성체가 어디에나 존재한다는 교리 항목과 관련해서, 제가 화합 신조보다는 초기 교부들의 견해가 더 중요하다고 솔직하게 인정했기 때문입니다. 그 근거가 되는 초기 신학자들을 얼마든지 댈 수 있습니다. 오리게네스, 풀겐티우스, 비길리우스, 시릴, 존······."

"그럼요, 그럼요, 그렇겠지요. 선생의 학식이 얼마나 넓은지는 잘 압니다. 하지만 선생은 성찬식 교리에 관해서는 칼뱅교 쪽으로 기울어져 있습니다."

"저는 물질은 변화할 수 없다고 믿습니다. 그리스도의 몸과 영혼은 하늘에 있습니다. 총장님, 하나님은 연금술사가 아니랍니다."

잠시 방 안에 침묵이 감돌았다. 충격을 받아 손으로 입을 막고 뒷걸음치는 목격자들이 유령처럼 서 있는 느낌이 들었다. 하펜레퍼는 가벼운 한숨을 쉬었다.

"그래요. 분명하고 솔직한 대답이군요. 그런데 선생의 말에 어떤 의미가 내포되어 있는지 생각해 보았습니까? 성찬식의 신성함을 단순한 상징으로 축소해 버리는 셈인데, 그 점을 생각해 봤나요?"

케플러는 생각했다.

"저라면 **단순한**이라는 말은 쓰지 않을 겁니다. 상징은 그 자체인 동시에 더 위대한 다른 것을 의미하기도 하는, 성스러운 표현 아닙니까? 그리스도에 대해서도 쓰일 수 있는 말 아닐까요?"

나중에 생각해 보니 그 말이 결정타였다. 그 문제는 1년쯤 더 시간을 끌다가 결국 히슐러의 승리로 끝이 났다. 케플러는 파문당했고 하펜레퍼는 그와 절교했다. 총장은 그에게 이렇게 써 보냈다. '나와의 관계를 이어 가길 원한다면 그 과도한 열정을 자제하십시오.' 분별 있는 충고였지만, 열정을 빼면 그는 진정한 자신이 아니었다. 케플러는 짐을 싸서 울름을 향해 떠났다. 그곳에서 《루돌프 표》를 인쇄할 예정이었다.

* * *

다른 곳에서도 케플러 가문은 거인의 핏발 선 눈길을 한 몸에 받고 있었다. 1616년 겨울, 여러 해 동안 불만을 표하고 협박을 해온 슈바벤 당국은 마침내 케플러의 어머니를 마녀 혐의로 재판에 회부하는 공식 절차를 밟기 시작했다. 그녀는 아들 크리스토프와 함께 린츠로 몸을 피했다. 케플러는 아연실색했다.

　"왜 여길 왔어? 죄를 시인하는 것으로 간주될 텐데."

　"벌써 더 나쁜 일이 일어났어. 말씀해 보세요, 어머니."

　크리스토프의 말에 노쇠한 여인은 훌쩍거리며 고개를 돌렸다.

　"더 나쁜 일이라니?"

　케플러는 이렇게 물으면서도 실상은 알고 싶지 않았다.

　"무슨 일이야?"

"어머니가 집행관 아인호른에게 뇌물을 주려고 했어."

크리스토프는 더블릿*의 주름을 손으로 펴며 말했다.

케플러는 뒤에 있는 의자를 손으로 더듬으며 자리에 앉았다. 주자나가 그의 어깨에 손을 올렸다. 아인호른. 그는 한평생 그런 부류의 사람들에게 괴롭힘을 당했다.

"뇌물을 주려고 하셨다고? 왜? 어떻게?"

크리스토프는 그저 어깨만 으쓱했다. 케플러보다 열다섯 살 아래인 그는 키가 작고 뚱뚱했으며 이마가 좁고 눈은 특이한 보랏빛이었다. 그는 형이 나쁜 소식을 듣고 진땀을 흘리는 모습을 보러 린츠에 온 사람 같았다.

"라인볼트라는 여자의 딸이 어머니가 자기 팔을 건드린 뒤로 계속 아프다고 주장하고 있어. 아인호른이 교황청 상서원에 낼 보고서를 준비하고 있었는데, 어머니가 그 일을 없던 일로 해달라며 은으로 만든 술잔을 주려고 했어. 그랬죠, 어머니?"

"맙소사. 그래서 어떻게 됐는데?"

케플러가 힘없이 물었다.

"당연히 아인호른은 옳다구나 했지. 그는 라인볼트 무리들과 아주 친하니까. 그 즉시 다른 혐의들에 뇌물 혐의까지 추가했어. 아주 곤란한 상황이 됐다니까."

• 15~17세기에 남자들이 입던 허리가 잘록한 상의.

"그래도 다행히 당신이 크게 난처해질 만큼 심각한 문제는 아닌 것 같네요."

주자나가 말하자 크리스토프가 그녀를 노려보았다. 그녀는 팽팽히 그와 맞섰다. 케플러는 자기 어깨를 잡은 그녀의 손에 힘이 들어가는 것을 느꼈다.

"쉬, 쉬. 우리끼리 싸워선 안 돼."

그는 아내의 손을 가볍게 두드리며 속삭였다.

마침내 카타리나 케플러가 입을 열었다.

"그래, 크리스토프가 크게 난처할 일은 없지. 크리스토프와 네 여동생 마르가레테, 그리고 목사인 성스런 내 사위까지 세 사람 모두 만약 내가 부정한 년이라고 밝혀지면 기꺼이 나를 버리겠다고 맹세했으니까. 집행관에게 그렇게 얘기했어. 참 잘한 일 아니냐."

크리스토프의 얼굴이 벌게졌다. 케플러는 슬픈 눈으로 동생을 바라보았지만 놀랄 일은 아니었다. 그는 예전부터 크리스토프를 좋아할 수 없었다.

"우리 평판도 생각해야지."

크리스토프는 턱을 내밀며 말했다.

"형은 뭘 기대하는 거야? 어머니가 법정 출두를 통고받았는데. 작년 한 해만도 우리 교구에 화형당한 마녀가 수두룩해."

"하나님이 부디 당신을 용서해 주길!"

주자나가 얼굴을 돌리며 말했다.

크리스토프는 투덜거리며 바로 떠났고 어머니는 9개월 동안 머물렀다. 견디기 힘든 시간이었다. 나이가 들었다거나 불행이 닥쳤다고 해서 그녀의 험한 입이 얌전해지지는 않았다. 케플러는 애잔한 사랑으로 어머니를 대했다. 그녀는 자신에게 닥친 위험을 제대로 알고 있었지만, 기이한 방식으로 그 상황을 즐기고 있는 것 같았다. 평생 그토록 많은 관심을 받은 적이 없었기 때문이다. 그녀는 아들인 케플러가 자신의 변호를 위해 바쁘게 모은 상세한 사실들에 적극적인 관심을 보였다. 그러면서 자신에게 불리한 증거를 부인하기보다는 그 증거에 대한 해석에 이의를 제기했다. 그녀는 말했다.

"난 그들이 무얼 원하는지 알아. 그 화냥년 같은 우르줄라 라인볼트와 나머지 무리들, 그리고 아인호른까지. 그들은 내가 재판에서 지면 얼마 안 되는 내 재산을 손에 넣으려고 눈독을 들이는 거야. 너도 알다시피 라인볼트는 내게 빚이 있잖니. 그냥 무시해야해. 그들도 기다리다 지칠 거야."

"어머니, 말씀드렸잖아요. 그 사건은 이미 뷔르템부르크의 공작법원에까지 보고되었어요."

케플러는 목소리에 힘을 주어 말했다. 늙은 어머니의 눈을 빛나게 만드는 그 자존심에 웃어야 할지 화내야 할지 아리송했다.

"오히려 우리는 빨리 심리를 열라고 압박해야 해요. 지금 그쪽에서 꾸물거리고 있는 거라고요. 자기네 주장이 얼마나 설득력 없고 증거가 빈약한지 알기 때문에. 이미 피해가 커요. 저 역시 불온한 글에 손을 댄다고 고소를 당했어요."

"아, 너도 네 평판을 지켜야 한다, 그 얘기구나."

"어머니, 제발!"

그녀는 코를 훌쩍거리며 얼굴을 돌렸다.

"이 일이 어떻게 시작됐는지 알아? 내가 라인볼트 그년 앞에서 크리스토프의 편을 들면서 시작된 거야."

"알아요. 예전에도 말씀하셨잖아요."

그렇다고 중단할 그녀가 아니었다.

"크리스토프가 그 여자의 식구와 안 좋은 일로 말다툼을 벌였지. 그때 내가 두둔했는데 그 애는 이제 와서 날 버리겠다고 하다니."

"저는 어머니를 버리지 않을 거예요."

그는 아인호른과 그의 무리, 튀빙겐 대학 법학 교수들 중에 아는 사람들, 뷔르템베르크 법정에 이르기까지 사방팔방으로 편지를 써 보냈다. 의미가 모호하고 은근한 위협이 담긴 답장들이 왔다. 그는 최고 권력자들이 이 늙은 여인을 통해 자신에게 해를 입히려고 음모를 꾸미고 있다고 확신했다. 그리고 그 두려움 뒤에는 더 마주하기 어려운 두려움이 있었다. 그는 머뭇거리다가 과감하게 말했다.

"어머니, 제게 사실대로 말해 주세요. 맹세하세요. 그, 그
게……"

케플러 부인은 아들을 보았다.

"넌, 내가 밤에 고양이를 타고 돌아다니는 걸 못 본 모양이구
나?"

재판은 레온베르크에서 9월에 열리는 것으로 정해졌다. 그곳
에 사는 크리스토프는 당장 공작 법원에 호소하여 귀글링겐이라
는 마을로 재판 장소를 옮겼다. 케플러 모자가 도착했을 때 어머
니는 쇠사슬에 몸이 묶여 탑의 빈 방에 감금되었다. 감시인 두 명
은 쾌활한 사람들로 자기들이 맡은 임무를 즐겼다. 케플러 부인의
주머니를 털어 고용한 사람들이고 보수를 넉넉히 받았기 때문이
다. 우르줄라 라인볼트는 자신이 받게 될 배상금이 줄어드는 것을
보고 감시인을 한 사람으로 줄이라고 요구했다. 크리스토프와 케
플러 부인의 사위인 빈더 목사는 천정부지로 늘어 가는 생활비를
그냥 둔다고 케플러에게 싫은 소리를 했다. 아니나 다를까, 케플러
는 어머니를 위해 매일 바닥의 짚을 갈고 밤에는 불을 지피게 했
다. 증인들의 증언은 문서로 기록되어 튀빙겐 대학으로 보내졌고,
그 대학 법학부에 있는 케플러의 동료들이 그 증거를 검토했다. 그
들은 케플러의 어머니가 고문의 위협 속에서 더 심문을 받아야
한다는 결정을 내렸다.

갈색빛이 감도는 어느 가을날, 그녀는 법원 뒤의 집무실로 옮

겨졌다. 보이지 않는 날개가 스치듯 미풍이 잔디를 살포시 흔들었다. 코끝에 콧물이 매달린 작고 마른 집행관 아인호른을 비롯하여 서기와 법원 관리들도 여럿 참석했다. 케플러 부인은 쇠사슬에 묶인 후유증 때문에 여전히 고통스러운 상태였으므로 절차는 천천히 진행되었다. 케플러는 어머니를 격려하려 했지만 위로의 말이 떠오르지 않았다. 그때 이상한 생각이 머리를 스쳤다. 린츠에서 오는 길에, 그는 갈릴레오의 아버지가 쓴 《고대 및 근대 음악에 관한 대화》라는 책을 읽었는데, 지금 그 책에 나온 짧은 문장들이 웅장하고 엄숙한 멜로디처럼 새삼 떠올랐던 것이다. 화형대로 끌려가는 순교자들이 부르는 슬픈 노래가 바람결에 묻어 오는 듯했다.

그들은 지붕이 낮은 창고 같은 건물로 들어갔다. 해가 진 뒤라 화로가 살아 있는 존재처럼 열렬히 고동치고 있는 구석을 제외하고는 온통 어두웠다. 케플러는 갑자기 아랫니 하나가 아프기 시작했다. 공기는 답답했지만 그는 한기를 느꼈다. 침묵과 숨죽인 기침, 질질 끄는 발소리, 무언가에 홀린 듯한 기다림…… 예배당이 연상되었다. 땀과 타는 숯 냄새, 쓰디쓴 금속의 냄새가 뒤섞인 자극적인 냄새가 감돌았다. 그는 그것이 두려움이 만들어 내는 악취라고 생각했다. 고문 기구들은 용도에 따라 분류되어 낮은 탁자 위에 펼쳐져 있었다. 손가락을 죄는 기구와 번쩍이는 칼, 달궈진 막대기, 집게. 장인이 쓸 법한 연장들이었다. 키가 크고 턱수염이 덥수룩한 고문관이 앞으로 나왔다. 그는 마을 치과의사였다.

"안녕하십니까?"

그는 손가락으로 이마를 만지며 늙은 여인을 진지하게 평가하는 눈으로 바라보았다. 아인호른이 불쾌한 맥주 냄새를 풍기며 기침을 했다.

"나는 귀하에게 여기 재판에 소환된 이 여인이 하느님의 은총으로 자신을 돌아보고 저지른 죄를 고백하도록 설득하는 기구들을 보여 주길 청하는 바입니다."

아인호른이 더듬거리며 정해진 대사를 읊었다. 그의 지저분하고 두툼한 윗입술이 앞으로 늘어져 있었다. 코끝에 맺힌 콧물이 화로의 불빛을 받아 반짝거렸다. 심문을 하는 며칠 동안 그는 한번도 케플러와 눈을 맞추지 않았다. 다음 대사를 생각하려 애쓰며 주춤거리던 그가 한 발짝 뒤로 물러서다가 조수 한 사람과 부딪쳤다.

"진행하세요, 진행하세요!"

고문관은 말없이 고문 기구들을 성실하게 하나씩 보여 주었다. 케플러의 어머니는 고개를 돌렸다.

"똑똑히 봐요! 보셨죠? 이 여자는 지금도 눈물 한 방울도 흘리지 않습니다."

아인호른의 말에 케플러 부인은 고개를 저었다.

"난 살면서 너무 많이 울었어요. 이젠 남아 있는 눈물이 없답니다."

그녀는 갑자기 신음소리를 내며 무릎을 꿇더니 괴이하게 애원하는 척했다.

"마음대로 하세요! 내 몸의 핏줄을 하나씩 뽑아낸다고 해도, 나는 인정할 게 하나도 없습니다."

그녀는 양손을 마주 잡고 **주기도문**을 외우기 시작했다. 고문관은 어찌해야 할지 몰라 주변을 둘러보았다.

"이 여자를 찔러야 할까요?"

그가 창을 하나 집어 들며 물었다.

"이제 그만하십시오."

케플러는 제멋대로인 아이들의 장난을 중단시키듯 말했다. 고문의 위협만 받는 것이 판결 내용이었다. 여기저기서 훌쩍임과 중얼거리는 소리가 터져 나왔고 모두들 고개를 돌렸다. 아인호른은 고문 절차를 중지시켰다.

그렇게 여러 해에 걸친 소송이 끝이 났다. 너무 어처구니없는 일을 겪은 케플러는 맥이 빠졌다. 밖으로 나온 그는 햇볕을 받아 따뜻해진 벽에 머리를 대고 웃음을 터트렸다. 그러나 곧 자신이 울고 있다는 사실을 깨달았다. 그의 어머니가 넋이 빠진 얼굴로 겸연쩍어 하며 옆에 서서 아들의 어깨를 다독였다. 천사의 날개 같은 바람이 그들을 스쳐 갔다. 그는 옷자락으로 코를 훔치며 물었다.

"이제 어디로 가실 거예요?"

"글쎄, 집으로 가야지. 아니면 호이마덴에 있는 마르가레테의 집으로 가든지."

그곳에서 그녀는 1년도 안 되어 불평과 울부짖음 속에서 세상을 떠날 운명이었다.

"그래요. 호이마덴으로 가세요."

그는 눈을 비비며 나무들과 저녁 하늘, 멀리 있는 첨탑을 힘없이 바라보았다. 실망감. 놀랍고 메스껍지만 지금 그의 감정을 굳이 표현하자면 그랬다. 다른 사람들과 마찬가지로 그는 뭔가 대단한 일이 일어나기를 바랐던 것이다. 어쩌면 어머니도 그랬을지 모른다. 꼭 고문은 아닐지라도, **뭔가** 일어나길 기대했던 그는 실망감에 휩싸였다.

"아, 어머니."

"됐다. 그만."

뷔르템베르크 공작의 명령에 따라 그녀는 결백하다는 판결을 받고 즉시 석방되었다. 아인호른과 우르줄라 라인볼트를 비롯한 상대편 사람들은 재판 비용을 부담하라는 명령을 받았다. 케플러 가문에게는 엄청난 승리였다. 그러나 희한하게도 다른 상실이 따라왔다. 린츠로 돌아온 케플러는 렌즈 연마공인 오랜 친구 빙클레만이 사라졌다는 것을 깨달았다. 강가에 있는 그의 집은 텅 빈 채 굳게 잠겨 있었고 창문은 모두 부서져 있었다. 케플러는 어디선가, 그러니까 보이지 않는 세상의 어느 작업장에서 누군가가 이 유대인의 운명과 어머니의 재판 판결문을 번쩍이는 고문 기구들로 뚝딱뚝딱 두드리고 짓이겨 활활 타오르는 불에 조리한 게 틀림없다는 생각을 떨쳐 낼 수 없었다. 결국, 뭔가 대단한 일이 벌어지긴 한 것이었다.

* * *

그는 그런 자신을 보며 웃음이 났다. 누구를 위해 그런 무언극을 하는 것일까? 도처에서 염탐꾼들이 그를 지켜보며 모종의 음모를 꾸민다고 생각하는 걸까? 처음에는 스스로도 우습다고 여겼던 그 생각이 점차 그를 사로잡기 시작했다. 하지만 극도의 공포와 불길한 예감이 몰려올 때도 그 음모 뒤에 인간의 힘이 있다고는 생각하지 않았다. 무작위로 일어나는 현상들도 일정한 양상으로 되풀이될 수 있으며 그런 반복적인 양상이 존재한다는 사실만으로도 긴장감이 커지면서 모종의 영향과 결과를 낳기도 한다. 이렇게 생각하자 근심은 더욱 커졌다. 형체를 가진 적이라면 몰라도 이렇게 거대하고 인격을 가지지 않은 적은……. 이웃들에게 물어보았지만 돌아오는 건 침묵뿐이었다. 담황색 머리에 다리가 굽은 옆집 남자는 자물쇠 만드는 사람이었는데, 케플러의 질문을 받고는 턱을 움직이며 그를 한참 바라보다가 이렇게 말하며 돌아섰다.

"우리는 우리 일만 신경 쓰고 삽니다."

케플러는 그 짐승 같은 남자가 터벅터벅 자기 가게로 들어가는 모습을 보며 통통하고 어린, 렌즈 연마공의 아내를 떠올렸다.

그러다 어떤 불길한 일이 일어났을지 모른다는 생각이 들어 애써 고개를 저었다.

그러던 어느 날, 톱니와 지렛대가 절커덕거리며 기계의 방향을 바꾸듯 놀라운 일이 일어났다. 잃어버린 친구 대신 다른 사람이 나타난 것이다.

케플러는 멀리서부터 걸음걸이로 그를 알아보았다. 그는 등이 굽은 채로 힘겹게 몸을 좌우로 흔들며 걸어왔다. 한 걸음 한 걸음 옮길 때마다 저항하는 공기 속에 섬세한 형체의 틀을 만든 뒤 조심스레 그 안에 발을 내딛는 것 같았다. 케플러는 문득 북적거리던 베나테크성의 홀이 기억났다. 주인의 방에서 내려와 늘 '나리를 찾으십니다.' 하고 부드럽게 말하던 광대. 그때 그는 때 묻은 넙적한 레이스 위에 웃고 있는 커다란 머리를 얹은 듯한 모습이었고 살 그머니 탁자에 올린 손은 마치 도마뱀의 턱처럼 보였다. 하지만 지금은 뭔가 달라져 있었다. 그의 걸음걸이는 옛날보다 훨씬 더 힘겨워 보였고, 얼굴에는 경계의 빛이 가득했다. 그는 얼룩빼기 조랑말의 등자에 달린 가죽 끈을 놓칠세라 꽉 붙잡고 걸어왔다.

"아, 수학자 나리이십니까? 맞나요?"

그는 손을 뻗어 허공을 더듬으며 말했다. 눈구멍이 비어 있고 예지력만 남아 있었다. 눈이 먼 것이다.

두 사람이 마지막으로 만난 것은 16년 전 프라하에서 열린 튀코의 장례식에서였다. 예페는 늙지 않았다. 눈이 멀어 표정이 모두 사라졌지만 아이 같은 조심성이 남아 있었다. 그는 바로 앞에서 나는 소리부터 멀리서 나는 소리까지 모든 소리에 끊임없이 귀를 기울이고 있는 듯 보였다. 옷차림은 영락없는 거지꼴이었다.

"당연히 위장이지요."

예페는 히죽 웃으며 말했다. 그는 프라하에 가는 길이었다고 하며 케플러를 마주친 사실에 전혀 놀라지 않은 모습이었다. 변함없는 어둠 속에서 살아가는 그에게는 시간이 달리 흐르는 것 같았다. 16년의 세월이 그에겐 아무것도 아닌 모양이었다.

그들은 부둣가 선술집으로 향했다. 케플러는 자신을 알아보는 이가 없을 것 같은 술집을 택했다. 그는 자신 역시 어딘가로 가는 길이라고 말했다. 왜 거짓말을 했는지 알 수 없었다. 예페가 무표정한 얼굴로 그의 얘기를 열심히 듣다가 그 거짓말을 듣고 미소를 짓자 그는 얼굴이 화끈거렸다. 난쟁이 얼굴의 주름진 상처들이 자신을 보고 있는 것 같았다. 술집 안은 조용했다. 한쪽 구석에 노인 둘이 앉아 다 닳은 도미노를 갖고 놀고 있었다. 술집 주인이 맥주 두 잔을 가져왔다. 그는 난쟁이를 호기심과 약간의 혐오감을 갖고 바라보았다. 케플러는 한층 부끄러워졌다. 이 사람을 집으로 초대했어야 했는데.

"텡나겔이 죽은 사실, 알고 계셨습니까? 그 사람이 생전에 나리께 잘못을 좀 했지요, 아마."

예페가 말했다.

"그래, 우린 잘 맞지 않았어. 죽었다는 소식은 못 들었는데. 그 사람 아내, 그러니까 튀코의 딸은 어떻게 됐나?"

그는 은밀한 농담을 음미하듯 미소를 지으며 고개를 저었다.

"그리고 크리스티네 부인도 세상을 떴습니다. 그쪽 사람들 중에 많은 이가 이젠 저세상 사람이지요. 나리와 저만 살아 있군요."

창문 밖으로 강의 상류를 왕복하는 범선의 적갈색 돛이 어렴풋이 보였다. 도미노가 쓰러지자 노인 중 한 명이 욕지거리를 해 댔다.

"그 이탈리아 사내는?"

케플러가 물었다.

잠시 예페가 못 들었나 싶었지만, 이내 그는 입을 열었다.

"여러 해 동안 보지 못했습니다. 튀코 나리가 죽고 나서 그는 저를 로마로 데려갔어요. 좋은 시절이었지요!"

그러더니 그는 무척이나 화려한 이야기를 쏟아냈다. 케플러는 소나무와 아름다운 기둥, 돌사자, 대리석에 쏟아지는 햇빛이 보이는 듯했다. 진하게 화장한 창녀들의 웃음소리도 귓가에 맴돌았다.

"거친 사내였습니다. 결투와 난투를 일삼았고, 옆에는 칼을 차고 뒤에는 초라한 광대이자 친구인 저를 데리고 여기저기 도박판을 옮겨 다녔지요."

그는 손을 뻗어 더듬으며 잔을 찾았다. 케플러는 그가 잔을 쥘 수 있도록 몰래 밀어 주었다.

"우리가 튀코 나리의 성에서 그를 간호하던 일 기억하십니까? 그 상처는 좀처럼 완쾌가 되지 않았지요. 그는 통증으로 날씨를 예측할 수 있다고 떠들곤 했습니다."

"우린 그가 죽을 거라고 생각했잖아."

케플러의 말에 난쟁이는 고개를 끄덕였다.

"나리는 그에게 호의를 품고 있었지요. 저처럼 그의 가치를 알아봤으니까요."

케플러는 깜짝 놀랐다. 정말 그랬을까?

"그는 요란한 삶을 살았지만 그래 봐야 건달일 뿐이야."

"아, 참!"

잠시 말이 끊기더니 예페가 갑자기 웃음을 터트렸다.

"나리께서 아시면 재미있어 하실 얘기를 하나 해드리죠. 튀코 나리가 자기 딸이 아이를 뺐기 때문에 텡나겔과 혼인을 시켰다고 알고 계셨지요? 그런데 텡나겔의 아이가 아니었답니다. 펠릭스가 선수를 쳤다니까요."

"텡나겔은 그 사실을 알고 있었나?"

"그럼요. 하지만 신경 쓰지 않았습니다. 그는 그저 브라헤의 재산에만 관심이 있었으니까요. 하지만 이 재미난 얘기는 결말이 더 중요합니다. 텡나겔이 나리를 속여서 빼앗은 재산을 이젠 이탈리아 사내의 사생아가 물려받았지요."

"그래, 재밌군."

케플러는 웃으며 대답했지만 씁쓸했다. 부정한 아내와 건달 사이에서 그가 달리 어떻게 할 수 있었을까. 그는 익숙한 불편함을 느꼈다. 이 난쟁이는 너무 많은 것을 알고 있다. 그는 다시 물었다.

"그 이탈리아 사내는 지금 어디 있나? 감옥에? 아니면 또 쫓기는 신세인가?"

예페는 술을 더 시켰고 케플러가 값을 치렀다.

"말하자면, 둘 다입니다. 그는 한시도 편한 날이 없었어요. 계속 로마에 있었다면, 점잖게 멋이나 부리며 살 수도 있었을 겁니다. 친구와 후원자도 있었고 클레멘스 교황의 총애까지 받았으니까요. 하지만 술과 노름에 너무 빠진 데다, 말도 가리지 않고 하다 보니 적이 많아졌어요. 어느 날 공으로 하는 시합을 하다가 점수 때문에 시비가 붙었는데, 그가 상대의 목을 찔러 죽이고 말았지요. 우리는 로마를 빠져나와 몰타행 배를 탔습니다. 그는 그곳에 가면 기사들이 은신처를 제공해 줄 거라고 생각했는데, 그만 감옥에 갇히고 말았지요. 상상이 가시겠지만, 그는 워낙 소란스러운 손님이라 일주일 만에 그들은 그를 풀어 주었습니다."

술집 주인이 카운터에 몸을 기대고 그들의 이야기에 귀를 기울였고 카운터 위로 고양이 한 마리가 펄쩍 뛰어 올랐다. 예페는 맥주를 한 모금 마신 뒤 소매로 입을 닦았다.

"몇 달 동안 우리는 바티칸 첩자들의 추격을 받으며 지중해의 항구 도시들을 떠돌아다녔습니다. 그러다 교황이 사면해 준다는 얘기를 들었지요. 저는 속임수일 거라고 경고했지만, 그에겐 로마로 돌아가는 것 외에 달리 방법이 없었습니다. 하지만 포르트 에르콜레에서 거친 에스파냐 세관원들에게 이번엔 밀수업자로 몰려 감옥에 들어갔지 뭡니까! 가까스로 석방되었을 땐, 이미 로마행 배가 떠난 뒤였습니다. 그는 해변에 서서 배가 떠나는 모습을 지켜보았어요. 돛이 붉었던 걸로 기억합니다. 그는 분에 못 이겨 눈물을 흘리다가 결국엔 지쳐 버리더군요. 그의 짐은 배에 실어 놓은 터라 그에게 남은 것은 정말 하나도 없었습니다."

두 사람은 선술집을 나왔다. 강바람이 거칠었고 허공에는 눈발이 날렸다. 케플러는 난쟁이가 말에 올라타는 것을 도와주었다.

"안녕히 가십시오. 우린 다시 만나지 못하겠지요."

예페가 말했다. 조랑말은 발을 구른 뒤 냄새로 눈보라를 예감했는지 신경질적으로 킁킁거렸다. 예페는 미소를 지었다. 앞이 보이지 않는 그의 얼굴에 주름이 잡혔다.

"그는 포르트 에르콜레 해안에서 신과 에스파냐 사람들을 저주하며 죽었답니다. 예전의 상처가 다시 터져 열이 올랐거든요. 저는 그가 세상을 뜨는 순간에 그의 손을 잡아 주었습니다. 그는 자신을 위해 미사를 올려 달라고 금화를 주더군요."

케플러는 먼 곳을 바라보았다. 마치 꿈에서처럼 순간적으로 강렬한 슬픔이 북받쳐 올라왔다.

"참 요란한 삶을 살았군."

케플러의 말에 예페는 고개를 끄덕였다.

"나리가 그분을 부러워했던 것 같은데, 아닌가요?"

"그래, 맞아. 부러워했지."

그는 조금 놀라며 대답했다. 그리고 예페에게 1플로린을 건
넸다.

"미사를 또 올리라고요? 인자하기도 하셔라."

"프라하에선 어떻게 먹고살려고? 일자리를 찾을 건가?"

"아, 먹고살 수는 있습니다."

"그래?"

"네."

그는 다시 미소를 지었다. 케플러는 그가 눈발 사이로 천천히
말을 타고 멀어지는 모습을 보면서, 누구 때문에 눈이 멀게 되었는
지 미처 물어 보지 못했다는 것을 깨달았다. 어쩌면 모르는 편이
나을 것이다.

그날 밤 그는 꿈을 꾸었다. 이따금씩 무의식의 세계가 만들어
내는 거대하고 어두운 음모와 같은 꿈. 정교하고 불가사의하며 설
명할 수 없는 의미로 가득 찬, 그런 꿈이었다. 그가 아는 인물들
이 때론 수줍고 때론 정신 나간 듯한 모습으로 등장했다. 마치 시
간이 부족해 자신의 배역을 충분히 연습하지 못한 배우들처럼. 그
이탈리아 사내가 장미 십자단 기사의 복장을 하고 나타났다. 그는

금을 입힌 작은 조각상을 안고 있었는데, 조각상이 갑자기 살아나 말을 했다. 조각상의 얼굴은 레기나였다. 엄숙하고 복잡한 의식이 거행되고 있었으며, 꿈속에서 케플러는 이것이 어둠과 빛의 합일이 이루어지는 연금술적인 결혼식이라고 생각했다. 그는 겨울날 새벽의 희미한 빛을 느끼며 잠에서 깼다. 밖에는 눈이 하염없이 내리고 있었다. 바닥으로 떨어지는 눈발의 희미한 그림자가 침대 옆 벽에 어른거렸다. 기이한 행복감이 마음에 차올랐다. 마치 평생 그를 괴롭히던 문제가 마침내 해결된 것처럼. 그 행복감은 너무나 강렬하여, 반년 전 팔츠에서 스물일곱의 레기나가 열병으로 세상을 떠났다는 사실이 떠오른 뒤에도 물러가지 않았다.

* * *

그 꿈의 잔상은 결코 완전히 사라지지 않았다. 그의 저서 《우주의 조화》의 지면 한 장 한 장에서 그 꿈의 은빛 여운이 신비롭게 가물거렸다. 그는 1618년 봄에 극도의 흥분 속에서 책의 집필을 마무리했다. 제국은 전쟁을 향해 무모하게 돌진하고 있었지만, 연구에 몰두한 그에게는 상관없는 일이었다. 30년 동안 그는 이 최종 결론을 위한 자료와 도구들을 모았다. 그리고 이제는 정신 나간 어부처럼 사방팔방에 던져 놓은 그물을 열심히 끌어들였다. 무언가에 홀린 사람 같았다. 식탁에서 식사를 하다가도, 비를 맞으며 도시의 성벽을 따라 걷다가도 문득 자신이 그곳에 왜 있는지 기억나지 않을 때도 많았다. 주자나의 말에 대답하다가 그녀와 얘기한 지 한 시간이 지났다는 걸 퍼뜩 깨닫기도 했다. 밤이 되면 뇌의 회로들이 스멀스멀 잠으로 빠져들었다가, 아침이 되면 언제 중단되었냐는 듯이 잠에서 빠져나와 복잡한 생각의 그물을 치기 시작했다. 이제 젊지도 않고 건강도 더 나빠진 그는 때때로 자신이 커다랗고 둥근 머리에 흐느적거리며 매달려 있는, 짚과 헝겊으로 만든 모형 같다는 생각이 들었다. 어릴 때 무척이나 갖고 싶어 했던, 가게 진열장에 머리카락이 걸린 채 늘어져 있던 인형이 떠올랐다.

그에게 《우주의 조화》는 새로운 종류의 작업이었다. 이전에는 미지의 세계를 항해한 끝에 마침내 손에 쥐어진 책들이 서로 연관성이 없는, 단편적이고 수수께끼 같은 도표들의 조합으로만 보였다. 이제 그는 그 도표들이 인도제도의 섬들처럼 서로 동떨어져 있는 것이 아니라, 하나의 거대한 세계에 속한 여러 해안의 모습임을 깨달았다. 《우주의 조화》는 그것들을 종합한 지도였다. 그가 끌어 올린 그물은 천체의 눈금선이 되었다. 그야말로 적절한 비유인 듯했다. 원과 구가 우주의 조화 법칙을 설명하는 기본 형태가 아닌가? 여러 해 전에 그는, 우주에 존재하는 특정한 비율과 정신 속에 본래적으로 존재하는 원형이 서로 일치한다는 사실을 인지함으로써 우리의 정신이 조화를 만들어 낸다고 정의한 바 있었다. 그 비율은 음악과 행성들의 운동, 인간과 식물의 형태, 심지어는 인간의 운명에 이르기까지 어디에나 존재하지만, 그것을 인지하는 정신이 없다면 모두 단순한 관계에 불과하며 존재의 의미가 없는 것이다. 그렇다면 그러한 인지는 어떻게 가능한가? 농부와 아이들, 심지어는 야만인과 동물들도 음악의 조화를 느낀다. 따라서 비율과 조화의 인지는 본능적인 부분일 뿐 아니라, 원을 나눔으로써 생겨나는 기하학, 심오하고 본질적인 기하학에 기초를 두고 있다. 그가 오랫동안 품어온 생각은 사실이었다. 이제 그는 상징과 실체의 결합으로 향하는 지름길을 얻었다. 원은 순수한 조화를 내포하는 도형이며, 순수한 조화는 정신에 본래 존재하는 것이다. 따라서 정신과 원은 하나다.

그 단순함, 그 아름다움. 그것은 어려운 문제 앞에서 툭하면 분노를 쏟고 기진맥진하는 와중에 그를 버티게 한 힘이었다. 고대인들은 수의 신비한 성질로 조화를 설명하려다가 복잡한 이론과 쓸데없는 마법에 빠져 비틀거렸다. 어떤 비율은 조화를 만들어 내고 또 어떤 비율은 그렇지 않은 이유는, 수학이 아니라 기하학에서, 특히 정다각형을 이용한 원의 분할에서 찾아야 하는 것이었다. 거기에 아름다움이 존재한다. 고전적인 기하학 도구인 컴퍼스와 자만으로 그릴 수 있는 다각형만이 조화로운 결과를 만들어 낸다는 점, 거기에 단순함이 존재한다.

그는 인간이 진정 **위대한 기적**임을 보여 주었다. 사제들과 점성가들은 인간이 흙과 재와 체액으로 이루어진 존재일 뿐 아무것도 아니라고 주장했다. 그러나 신은 조화의 법칙에 따라 우주를 창조하셨고 그 조화는 돼지치기를 하는 자라 할지라도 마음에 품고 있는 것이다. 행성들의 위상이 우리에게 영향을 미칠까? 그렇긴 하지만, 십이궁은 실제로 존재하는 형태가 아니라 정신이 하늘에 투사된 상에 불과하다. 우리는 당하기보다는 행하는 존재이며, 영향을 받기보다는 스스로 영향을 미치는 존재다.

그는 그렇게 높은 곳까지 올라갔다. 점점 현기증이 일었다. 시력은 더 나빠져, 보이는 모든 것이 물속이나 연기 속에 있는 듯 아른거렸다. 그러다가 이따금 어쩔 수 없이 잠이라는 검은 우주로 떨어지곤 했다. 높은 사유의 정점에서 내려오다가, 주자나가 흔들어 깨우는 바람에 깜짝 놀라곤 했다. 그는 그녀가 벼랑 끝에서 구해 낸 몽유병 환자 같았다.

"뭐야, 어떻게 된 거야?"

그는 불과 홍수, 죽은 아이들, 도둑맞은 문서들을 생각하며 중얼거렸다. 주자나가 손으로 그의 얼굴을 감쌌다.

"아, 여보, 여보……"

그는 《우주의 신비》로 되돌아갔다. 오랜 세월 그의 행복이자 지속적인 희망이었던 이론, 즉 행성의 간격 안에 다섯 개의 입체를 끼워 넣는 이론으로 다시 돌아간 것이다. 《신천문학》에서 그가 타원의 법칙을 발견하면서 그 이론은 타격을 입었지만, 그에 대한 믿음을 모조리 없애 버린 것은 아니었다. 어쨌든 면의 조화에 관한 법칙을 만들어야 이 우주의 모형이 가진 불규칙성을 설명할 수 있다. 이 문제는 오히려 그를 기쁘게 했다. 자신이 만든 새로운 천문학이 이전의 조화를 파괴했으니 이제 새로운 조화, 더 훌륭한 조화를 찾아야 했다.

그는 먼저 음악의 측정에 쓰이는 조화로운 비율을 행성의 공전 주기에 적용했다. 이 방법은 통하지 않았다. 다음으로 그는 행성의 크기나 부피에서 조화로운 수의 행렬을 알아내려 했지만 역시 실패했다. 다시 그는 행성이 태양과 가장 가까이 있을 때(근일점)의 거리와 가장 멀리 있을 때(원일점)의 거리를 비율로 만들고, 근일점에서의 최고 속도와 원일점에서의 최저 속도, 그리고 각각의 행성이 궤도상의 단위 거리를 도는 데 걸리는 시간의 비율을 조사했다. 그리고 마지막으로 관측 지점을 지구가 아닌 태양으로 잡고, 태양으로부터 관측자가 볼 수 있는 각속도의 변화를 계산했다. 여러 행성의 최고 속도와 최저 속도를 관찰하는 과정에서, 그는 장조와 단조 모두에서 완벽한 음계를 성립시키는 배열을 발견해 냈다. 그는 이제 이렇게 쓸 수 있었다. 우주의 운행은 귀가 아닌 이성으로 인지되는, 여러 목소리가 부르는 연속적인 노래이며 무한한 시간의 흐름 안에 일정한 표지를 세우는 화려한 음악이다.

거의 다 오긴 했지만, 아직 끝난 게 아니었다. 《우주의 신비》에서 그는 행성의 공전 주기와 태양과의 거리 사이의 관계에 대해 의문을 품었지만 만족스런 대답을 찾지 못했다. 이제 이 문제를 푸는 것이 어느 때보다 더 시급한 일처럼 느껴졌다. 그가 주장한 대로 태양이 행성 운동을 지배하기 때문에, 그 운동은 태양까지의 거리와 분명히 관계가 있었다. 그게 아니라면 이 우주는 무의미하고 임의적인 체계에 불과하리라. 이 문제를 연구하는 순간은 그의 기나긴 밤에서 가장 어두운 시간이었다. 여러 달 동안 그는 히브리 신비철학자가 거대한 문자 바퀴를 다루듯 튀코의 자료들을 교묘하고 세심하게 이용하며 문제 해결에 몰두했다. 늘 그렇듯 해답은 마치 기나긴 여행에 지친 천사가 수줍게 망설이며 자신의 도착을 알리듯, 정신의 뒷문을 빠끔히 열고 들어왔다. 유럽이 전쟁 준비에 박차를 가하고 있던 5월의 어느 날 아침, 그는 천사의 날개 끝이 살갗에 닿는 것을 느꼈고 **내가 여기 왔노라** 하는 부드러운 목소리를 들었다.

그것은 정말 단순한 법칙처럼 보였다. 유클리드 책의 각주나 갈릴레오의 수많은 도표 중의 하나, 혹은 어린 학생이 몽상에 빠져 끼적여 놓은 사소한 생각처럼 특이할 것이 전혀 없고 흔히 볼 수 있는 문장처럼 느껴졌다. 하지만 그것은 그가 만든 영원한 법칙 중 세 번째였고, 조화로운 비율과 정다면체 사이를 연결하는 다리였다. 이 세 번째 법칙은 '행성의 공전 주기의 제곱은 태양과 행성 사이 거리의 세제곱에 비례한다'는 것이었다. 그의 승리를 말해 주는 발견이었다. 그는 행성의 궤도들 사이에 정다각형을 넣고 난 뒤 남는 거리의 차이가 계산의 오류 때문이 아니라, 조화의 원칙에 따른 필연적인 결과임을 깨달았다. 또한 우주가 자신을 비롯한 어느 누가 상상했던 것보다도 훨씬 복잡하고 섬세하고 오묘하다는 사실을 깨달았다. 그는 곡 하나를 들으려 귀를 기울여 왔지만, 거기엔 장대한 교향곡이 있었던 것이다! 기하학적으로 완벽하고 폐쇄된 우주를 찾으려 한 것은 너무나도 잘못된 생각이었다. 단순한 시계 장치도 그 실재성, 즉 가장 조화로운 상태를 벗어나면 아무것도 아닌 존재가 된다. 정다면체가 질료라면 조화는 형상이다. 다면체가 다듬지 않은 재료라면 조화는 섬세한 체계를 규정하고 그 체계에 의해 전체가, 즉 완벽한 형태가 존재하는 것이다.

법칙을 체계화하고 두 주 뒤에 책이 완성되었다. 그는 일종의 공포를 느끼며 당장 인쇄 작업에 착수했다. 마치 이 위대한 발견을 세상에 알리기 전에 화재나 홍수, 혹은 어떤 마귀 같은 것이 자신을 해칠지도 모른다고 생각하기라도 한 듯이. 게다가 인쇄도 이 위대한 작업의 일부인데 어떻게 지체할 수 있겠는가? 오래전에 그가 들어선 궤도는 금방 멈출 수 있는 것이 아니었을뿐더러 이런저런 자잘한 마무리 작업이 뒤따랐다. 쉴 시간이 있었다고 해도 쉴 수 없었다. 그의 목에 뜨거운 입김을 불며 무서울 만큼 조용하게 등 뒤에 서 있는 악마와 맞서야 했기 때문이다.

수년간 《우주의 조화》는 어마어마한 무게로 그를 내리눌렀다. 이제는 마치 빙클레만이 만든 약을 탄 포도주를 마셨을 때처럼 홀가분한 기분, 너무 가벼워서 껑충껑충 뛰어오를 것 같은 묘한 기분이 들었다. 그것은 악마였다. 그는 바로 알아보았다. 전에도 똑같은 기분을 느낀 적이 있었다. 《신천문학》을 쓰는 동안, 지난 모든 세월의 연구가 전부 다 잘못된 것도 아니고 겨우 몇 각분의 오차가 있었을 뿐인데, 그저 불완전한 과거를 철저히 없애고 모든 걸 처음부터 다시 시작해 완벽에 이르기 위해 수년간의 연구를 기꺼이 폐기했을 때가 그랬다. 벼랑 끝에 서서 망설이는 그의 귀에 대고 악마가 **뛰어내려!** 하고 속삭이는 순간, 그는 지금처럼 묘한 쾌감을 느꼈다.

* * *

그만큼 매혹적이지 않은 또 다른 벼랑이 그의 발아래 나타났다. 예전엔 그리도 넓게만 느껴지던 세상이 매일 점점 더 좁아져 갔다. 팔츠의 군대가 빌라호라 전투*에서 대패하고 보헤미아가 다시 가톨릭의 수중에 들어갔지만, 종교 간의 전쟁은 여전히 격렬한 양상을 띠고 있었다. 그는 불타는 제국을 높은 계단 위에서 내려다보는 기분이었다. 등 뒤로 불꽃이 으르렁거리고 또 한 계단이 무너지면서 석조물과 목재들이 파괴되는 소리가 들렸다. 그의 앞에는 흔들리는 창문과 서늘해진 하늘만이 보였다. 1619년 가을 프리

---

* 1620년 프라하의 빌라호라 언덕에서 일어난 신성로마 황제군과 보헤미아 신교도 귀족 사이의 전투.

드리히 선제후가 보헤미아의 개신교도들에 의해 왕으로 추대되어 그의 아내 엘리자베스와 함께 프라하에 입성했을 때《우주의 조화》는 이미 인쇄에 들어간 상태였다. 케플러는 엘리자베스의 아버지인 영국의 제임스 왕에게 《우주의 조화》를 바친다는 헌사를 마지막 몇 권에 간신히 넣었다. 그러한 연결고리가 없다고 해도 그에게는 수상쩍은 눈초리를 받을 이유가 충분했다. 장미 십자단을 비난하거나 영국의 장미 십자단원 로버트 플러드와 논쟁을 벌인 일도 칭찬거리가 되지 못했다. 프리드리히를 몰아내고 황위에 오른 가톨릭교도 페르디난트 측에서 그에게 무슨 꿍꿍이가 있는지 궁금해한다는 소문이 들려왔고, 이 황제에게도 그처럼 열정적인 충성을 보여야 하지 않겠느냐는 얘기도 들려왔다. 그는 낙담했다. 정치에는 영 소질이 없었다. 게다가 이 전쟁은 누가 누구를 상대로 싸우는 것인지조차 혼란스러웠다. 보헤미아의 귀족들은 빌라호라 전투의 패배를 인정하지 않았고, 그들은 이 지방의 불안 요소였다. 이제는 프랑스와 심지어 덴마크까지 전쟁에 참여한다는 얘기가 돌았다. 케플러는 좌절했다. 그 멀리 있는 왕국들이 정말로 이 작은 보헤미아의 운명과 종교에 그토록 관심이 있을까? 모든 게 음모임에 틀림없었다. 장미 십자단도 바티칸도 모두 비난받아야 마땅했다.

얼마 후 운명의 수레바퀴가 또 한 바퀴 돌아 그의 앞에 멈춰 섰다. 어느 정도 예상한 일이었다. 이제 모든 루터교도는 린츠를 떠나야 한다는 명령이 내려졌다. 그래도 케플러는 제국 수학자이니 무사하기를 바랐다. 그는 빙클레만의 버려진 집에 들르는 일을 그만두고 종교의식을 가급적 멀리했다. 그러나 보이지 않는 음모자들은 쉽게 물러서지 않았다. 그의 서재는 가톨릭 당국에 압수당했다. 그는 허를 찌르는 그들의 공격에 씁쓸하게 혀를 내둘렀다. 참으로 견디기 힘든 타격이었다. 얼마 후 농담 같은 일이 벌어졌으니, 바로 루터교가 히즐러 목사를 내세워 그를 괴롭히기 시작한 것이다. 케플러는 궁지에 몰린 늙고 겁먹은 쥐가 된 기분이었다.

세상의 소란과 함께 그의 마음속 어두운 곳에서도 내면의 전쟁이 치열하게 벌어졌다. 싸움의 원인이 무엇인지, 무얼 위한 것인지도 알 수 없었다. 한편에는 그가 소중히 여기는 모든 것, 즉 그의 연구와, 아내와 자식들에 대한 사랑, 마음의 평화가 있었고, 다른 한편에는 뭐라고 정확히 말할 수 없는, 얼굴 없는 만취한 누군가가 존재했다. 세상의 불행을 먹고 살이 퉁퉁하게 오른, 《우주의 조화》의 마지막 장에서 튀어나왔던 그 악마일까? 그때부터 그는 자기 내면에서 벌어지는 전쟁과 유럽의 전쟁 사이에 연관성이 있지 않을까, 혹시 자신이 미친 게 아닐까 두려워지기 시작했다. 그는 온몸이 얼얼할 정도로 힘들고 지루한 《루돌프표》 편찬 작업으로 도망쳤다. 튀코 브라헤가 평생토록 모은 자료들을 정리한 도표들과 행렬 속에 그는 몸을 숨겼다. 그러나 그 도피도 오래가지 못했다. 결국 그는 기이한 광란의 방랑을 시작했다. 길로 나서자 마음이 한결 편안해졌다. 여행의 고통과 좌절로 내면의 전쟁이 잠시나마 잠잠해진 것이다. 어쩐지 그것이 악마가 원하는 일 같았다.

그는 황실에서 받아야 할 돈을 핑계로 삼았다. 《루돌프표》를 인쇄하려면 상당한 돈이 필요했다. 그는 빈에 있는 페르디난트의 황궁을 향해 떠났다. 4개월의 입씨름 끝에 그는 6,000플로린의 합의를 겨우 얻어 냈다. 그러나 황제보다 더 영악하고 교활한 재무 담당관은 곧바로 그 지불 책임을 뉘른베르크와 켐프텐, 메밍겐, 세 도시로 넘겼다. 케플러는 다시 길을 떠났다. 등 뒤에서 빈의 모든 이가 만세를 외치는 듯했다. 겨울이 끝날 무렵, 그는 인색하기 짝이 없던 세 도시로부터 2,000플로린을 받아 냈다. 《루돌프표》 인쇄를 위한 종이를 살 수 있는 액수였다. 이미 진이 빠진 그는 지친 몸을 이끌고 다시 집으로 향했다.

린츠에 도착해 보니 도시 전체가 군사 주둔지로 바뀐 터였다. 황제가 보낸 바이에른 군대가 도시 곳곳에 머물고 있었다. 인쇄업자 플랑크의 집에도 군인들이 몰려와 인쇄기들 사이에 누워 있었다. 그들에게서 나는 악취가 잉크와 기름 냄새를 압도했다. 모든 작업이 중단되었다. 군인들은 분노를 주체하지 못하고 날뛰는 케플러를 마치 별나라에서 떨어진 사람처럼 신기한 눈으로 바라보았다. 그들은 대부분 가난한 농부의 아들이었다. 우여곡절 끝에 다시 인쇄기가 돌아가자 그들은 어린애처럼 관심을 보였다. 대부분이 태어나서 인쇄기를 처음 보았기 때문이다. 그들은 플랑크의 일꾼들 주변에 조용히 몰려들어 마치 우리 밖을 내다보는 가축들처럼 숨을 죽이고 바라보았다. 인쇄기로 찍어 낸 하얀 교정쇄가 돌연 나타날 때마다 놀람과 기쁨의 탄식이 터져 나왔다. 이모든 작업이 바로 케플러를 위해 이뤄진다는 놀라운 사실을 알고나자, 그들은 그에게 경외심이 담긴 관심을 보이기 시작했다. 케플러가 서체와 판권장, 표지 등에 관해 얘기를 들려줄 때면 거기에서 그의 신기한 능력의 단서라도 얻으려는 듯 조금이라도 가까이 앉으려고 서로 밀치기까지 했다. 가끔은 용기를 내어 그에게맥주나 담배를 건네며 쑥스러운 듯 고개를 숙인 채 히죽 웃거나땀을 흘렸다. 케플러는 그들의 존재에 점점 익숙해졌고 경계심도많이 없어졌지만, 이따금 열기와 냄새를 뿜어내며 그의 등을 쿡쿡 찌르는 이 청년들 사이에서 희미하면서도 집요한 무언가가 그에게 말을 걸어왔다. 그럴 때면 울컥 화가 치밀어 그들의 당황한얼굴에 대고 소리를 질렀고, 팔을 휘저으며 인쇄소 문을 박차고뛰어나갔다.

이듬해 봄, 곤혹스런 상황과 굶주림, 그리고 오만하기 짝이 없는 황제에게 신물이 난 루터교 농민들이 반란을 일으켰다. 북부오스트리아를 가로질러 진군한 그들은 자기들의 힘에 놀라며 성공에 도취되었다. 초여름이 되자 그들은 린츠의 성벽까지 진군했다. 포위 상태는 두 달간 지속되었다. 전쟁 준비에 소홀했던 린츠시는 말고기와 쐐기풀 수프로 근근이 버텼다. 케플러의 집은 성벽 위에 있었는데 그의 연구실에서 내려다보이는 해자 부근에서 가장 격렬한 전투가 벌어졌다. 높은 곳이라 싸움의 주인공들은 아주 작게 보였지만, 그들의 잔혹한 고통이 생생하게 전해져 왔다. 그는 죽음의 냄새에 에워싸인 채 연구를 했다. 부대 하나가 그의 집에 진을 쳤다. 인쇄소에서 본 청년들도 끼어 있었다. 그는 자기 아이들이 겁을 먹을까 봐 걱정했지만, 아이들은 이 모든 것을 멋진 놀이라고 생각하는 모양이었다. 작은 교전이 일어나던 어느 날 아침, 아이들이 와서 케플러의 침대에 죽은 군인이 누워 있다고 했다.

"죽었다고? 아니야. 그건 아니란다. 그냥 다친 거야. 엄마가 쉬라고 거기에 눕게 한 모양이네."

그의 딸 코르둘라는 고개를 저었다. 아이는 너무나도 진지했다.

"그 사람은 **죽었**어요! 입 안에 파리가 있다니까요."

6월 말의 어느 날 밤, 농민 부대가 성벽을 넘어와 일부 지역에 불을 지르고 달아났다. 플랑크의 인쇄소가 불타는 바람에 그때까지 인쇄된 《루돌프표》도 모조리 재로 변했다. 케플러는 떠나야 할 때라고 생각했다. 포위가 풀리고 농민들이 진압된 후 한참이 지난 10월, 그는 자신이 가진 모든 것을 챙겨 울름으로 향하고 있었다. 교회에서도 파문당하고 돈 한 푼 없는 그는 결코 돌아오지 못할 운명이었다.

한동안 울름에서 그는 그럭저럭 행복했다. 오는 길에 주자나와 아이들을 레겐스부르크에 남겨 둔 터라 여러 해 만에 혼자가 되었다. 이상하게도 그라츠나 튀빙겐 시절로, 아직 인생이 제대로 시작되지 않고 무한한 미래가 앞에 놓여 있던 시절로 돌아간 것 같은 기분이 들었다. 프라하 시절부터 알고 지내던 의사 그레고어 호르스트가 라벤 거리에 있는 작은 집 한 채를 빌려주었다. 그는 요나스 자우어라는 인쇄업자를 찾아갔다. 초반 작업은 순조로웠다. 그는 여전히 《루돌프표》를 출판하면 많은 돈을 벌 수 있으리라는 기대를 갖고 있었다. 그는 인쇄소에서 거의 모든 시간을 보냈다. 토요일 밤이면 그레고어 호르스트와 함께 조용히 술을 마시며 천문학과 정치에 대해 새벽까지 토론을 벌였다.

그러나 그런 휴식은 오래가지 못했다. 마음속에서 예전의 고통이 되살아나고 있었다. 인쇄업자 자우어는 자기 명성을 중시하는 사람이었고 두 사람은 종종 말다툼을 벌였다. 그러나 케플러는 튀빙겐과 미하엘 메스틀린에게 한 번 더 희망을 걸었다. 《우주의 신비》를 인쇄한 그루펜바흐가 《루돌프표》를 마저 인쇄할 수 있지 않을까? 그는 메스틀린에게 편지를 썼지만, 답장이 없자 걸어서 튀빙겐으로 떠났다. 그러나 2월의 날씨는 결코 호락호락하지 않았다. 겨우 이틀 만에 그는 순무 밭 한가운데서 지치고 절망에 가득 찬 채로 서 있는 자신을 발견했다. 그러나 현실을 직시하지 못할 만큼 멀리 가진 않았다. 그는 지금 자신의 모습이 그의 한평생을 가장 잘 보여 주는 꼴이라는 것을 깨닫고 자조했다. 지치고 젖은 몸으로 갈림길에 서서 망설이는 작은 사내. 그는 돌아섰다. 에슬링겐 시의회가 시립 양로원에 있는 말을 그에게 내주었다. 말은 울름에 도착할 때까지 든든하게 버텨 준 뒤 그를 태운 상태에서 최후를 맞이했다. 그는 또 한번 자신의 모습을 자각했다. 잘 알지도 못하는 도시에 기껏 노쇠한 말을 타고 입성하는 꼴이라니. 그는 요나스 자우어와 화해했고, 마침내 20년 만에 《루돌프표》는 완성을 향해 나아갔다.

어느 날 튀코 브라헤의 친척 두 명이 라벤 거리에 있는 그의 숙소로 찾아왔다. 정치가의 아들인 홀거 로젠크란츠와 노르웨이 사람인 악셀 윌덴셰른이었다. 그들은 영국으로 가는 길이었다. 케플러는 고민에 빠졌다. 프라하에 주재한 제임스 왕의 대사 워튼이 예전에 그에게 영국으로 오라고 권한 적이 있었다. 로젠크란츠와 윌덴셰른은 기꺼이 그를 데려가겠다고 했다. 하지만 뭔가가 그의 소매를 붙잡았다. 아무리 전쟁의 소용돌이에 있다고 해도 어찌 고국을 떠날 수 있을까? 프라하로 가는 것 외에는 방법이 없었다. 적어도 황제에게 내밀 《루돌프표》가 있으니까. 그걸로 충분하지는 않을 것이다. 그의 시대는 지나갔다. 루돌프마저도 재위 시절 후반에는 자기 수학자를 따분해했다. 하지만 지금 그는 어딘가로 가야 했고 무언가를 해야만 했다. 그래서 결국 프라하행 배에 몸을 실었다. 그곳에서 발렌슈타인이 그를 기다리고 있었지만, 두 사람 모두 아직 그 사실을 모르고 있었다.

* * *

케플러는 힐레브란트 빌리히 집의 화롯가에 동상 부위를 댄 채 자간에 머물던 때를 떠올렸다. 적어도 그곳은 피난처가 되어 주었다. 그곳에선 한동안 조용히 지냈지만, 대신 그의 새로운 주인의 행동 때문에 마음이 편치 않았다. 발렌슈타인의 세상은 언제나 소란함과 사건으로 가득 차 있었다. 한밤중엔 멀리서 포격 소리와 발굽 소리가 들려왔고 집 안엔 끊임없이 오고 가는 사람들이 있었다. 마치 그 역시도 냉혹한 자신의 악마로부터 도피 중인 듯했다. 그러나 장군은 자신에게 주어진 세상의 모양과 크기에 꼭 들어맞는 사람이었다. 악마 따위가 몰래 다가와 안식처로 삼을 만한 빈틈이 **그에게는** 없었다.

빌리히는 부엌 식탁에서 연필에 연신 침을 바르고 한숨을 내쉬며 열심히 장부 계산을 하고 있었다. 빌리히 부인은 그 옆에 앉아 아이들의 긴 양말을 깁고 있었다. 뒤러의 판화에 나올 법한 풍경이었다. 창틈으로 들어온 바람이 촛불을 흔들었다. 바람 소리와 빗소리, 토요일 밤을 즐기러 온 선술집의 손님들이 지르는 고함 소리, 불이 타닥거리는 소리, 늙은 개의 코 고는 소리…… 하지만 그 모든 소리 밑에는 깊은 고요함이 깔려 있었다. 비밀스럽고 범접할 수 없는, 이 대지의 적막과도 같은 고요함. 아, 주여! 나는 무엇 때문에 집을 떠나 이 무모한 모험을 하고 있나이까?

처음에 그는 발렌슈타인을 경계했다. 장군은 점성술에 집착하기로 유명했으므로 자신이 자칫 노리개가 되는 건 아닌지 걱정스러웠다. 케플러는 그런 추측과 위선의 유희에 뛰어들기에는 너무 늙고 지쳤다. 여러 달 동안 그는 자중하면서, 발렌슈타인이 제시하는 조건들을 따져 보고 그에 대해 어떤 대가를 치러야 할지 생각해 보았다. 발렌슈타인은 미소 띤 얼굴로, 대화를 나누고 말동무가 되어 달라고, 케플러가 가진 학식의 도움을 받고 싶다고 말했다. 황제는 속내를 제대로 감추지 못한 채, 케플러에게 발렌슈타인이 제안한 자리를 받아들이라고 재촉했다. 그는 자신이 제국 수학자에게 갚아야 할 상당한 빚을 발렌슈타인에게 떠넘길 기회를 잡은 셈이었다. 발렌슈타인은 이의를 제기하지 않았다. 그의 온화함에 케플러는 마음이 약해졌다. 또한 그는 연봉 1,000플로린과 장군의 궁전이 있는 기친의 집 한 채를 제안받았고 원하는 대로 책을 출판할 수 있도록 인쇄에 필요한 종이와 인쇄기를 마음껏 사용해도 좋다는 허락을 받았다. 어떤 조건이나 제한도 없었다. 케플러는 감히 희망을 품어 보았다. 정말로, 정말로 그렇게 될 수 있을까……?

그렇지 않았다. 사실 발렌슈타인은 자신이 고분고분한 점성술사를 사들였다고 믿었다. 여러 번의 충돌 끝에 그들은 합의에 도달했다. 케플러는 천체들의 정보만 제공하고 다른 점성술사들이 그 정보로 별점 치는 일과 점성력 작업을 맡기로 한 것이다. 그것을 제외하면 나머지 시간에는 원하는 일을 할 수 있었다. 그러나 황제의 빚이 해결될 기미가 보이지 않았고, 장군이 약속한 종이와 인쇄기도 쓰지 못했다. 그래도 이 정도면 괜찮은 상황이 아닌가. 집도 있고, 봉급을 조금씩 나눠 받기도 했으니까. 행복하지는 않았지만 절망적이지도 않았다. 언젠가 히틀러가 그에게 미지근하다고 했던 말이 떠올랐다. 자간은 저속한 곳이었다. 사람들은 별나고 쌀쌀맞았으며, 그들의 방언은 알아들을 수가 없었다. 기분전환 거리가 도통 없었다. 그는 튀빙겐으로 여행을 가서 노스승 메스틀린과 얼큰히 취한 상태로 한 달을 보냈다. 이제 귀도 먹고 노쇠한 스승이었지만, 그래도 즐거웠다. 그리고 어느 날, 주자나가 놀라움과 기쁨이 섞인 얼굴로 다가와 임신 사실을 알렸다.

"세상에. 내가 생각했던 만큼 늙은이는 아닌가 보네?"

"그럼요, 여보. 아직 늙지 않았어요."

그녀가 남편에게 입맞춤을 하자 두 사람은 소리 내어 웃었다. 그리고 나자 함께 저지른 일을 떠올리며 조금은 어색하고 쑥스러워져서 둘 다 잠시 입을 다물었다. 얼마나 행복했던가! 즐겁고 서로를 존중하는, 어울리지 않는 듯하면서도 눈부셨던 두 사람의 결혼 생활에서 최고의 날인 듯했다.

발렌슈타인은 그에게뿐만 아니라 그와의 대화에도 흥미를 잃었다. 케플러가 그의 궁전으로 불려가는 일이 점점 뜸해지다가 결국에는 완전히 없어졌다. 이제 케플러의 후원자는 이따금 나무들

사이로 보이거나, 해가 저물지 않은 저녁 언덕의 긴 비탈을 걸어 내려가는 윤곽만 엿볼 수 있는 존재가 되었다. 멀리서 보이는 그는 보좌관을 양옆에 두고 천천히 걸으며, 축제일의 행진에 등장하는 성스러운 인형처럼 뻣뻣하고 율동적으로 고개를 끄덕였다. 그러던 어느 날 이 따분한 신이 기억을 되찾기라도 한 듯 인부들이 수레를 끌고 와 케플러의 집 앞에 커다란 기계를 던져 놓고 가버렸다. 인쇄기였다.

그는 다시 일을 시작했다. 책력과 항해 달력을 만들면 돈을 벌 수 있었다. 그러나 그해 겨울 내내 몸이 아팠다. 위가 안 좋았고 결석증과 통풍으로 몹시 고생했다. 이제 적지 않은 나이가 그를 무겁게 내리누르고 있었다. 일을 도와줄 사람이 필요했다. 마침 슈트라스부르크에서 온 얇은 책의 헌정사에서 그는 저자 야코프 바르치가 그에게 쓴 공개서한을 발견했다. 제국의 천문학자에게 미약하게나마 보탬이 되고 싶다는 것이었다. 케플러는 기뻐하며 그를 자간으로 초대했다. 바르치에게는 장점도 있었지만 단점도 있었다. 그는 젊고 적극적이었지만 지나친 열정으로 케플러를 지치게 했다. 그래도 케플러는 그가 점점 마음에 들었다. 만약 자기 딸이자 바르치의 신부가 될 주자나가 뮐러 가문의 기질을 그토록 많이 물려받지 않았더라면, 그가 결혼하여 자신의 가족이 되는 일에 대해서도 불안해하거나 걱정하지 않았을 것이다.

이 젊은이가 지루한 책력 만드는 일을 기꺼이 맡아 주자 케플러는 오래전부터 소중히 간직해 오던 계획, 즉 달로 여행을 떠나는 꿈으로 돌아갈 수 있었다. 자간에서 머물던 그 마지막 해의 대부분은 《꿈》의 저술에 바쳤다. 이 책을 쓰면서 느낀 기쁨은 지금까지 다른 어떤 책을 쓸 때 느낀 기분과도 비교할 수 없는 독특한 것이었다. 오랜 열망과 사랑의 긴장이 마침내 풀어지는 듯했다. 뒤라코튀스라는 소년과 그의 어머니인 마녀 피올크스힐다, 그리고 달에 사는 기이하고 우울하며 왜소한 주민들의 이야기를 종이 위에 풀어내며, 그는 자기 자신과 자신의 학문, 그리고 만물이 지닌 어리석음을 속으로 조용히 비웃었다.

"오늘 밤은 여기 머무르실 거죠?"

빌리히 부인이 양말을 깁다가 손을 멈추고 그를 보며 물었다.

"물론이죠. 고맙습니다."

힐레브란트 빌리히는 장부 계산으로 복잡해진 머리를 들고 애처롭게 웃었다.

"계산 좀 도와주세요. 당최 맞질 않네요!"

"기꺼이."

저들은 내가 여기에 온 진짜 이유를 알고 싶어 한다. 당연히 그렇겠지. 하지만 나도 알고 싶다.

《꿈》의 집필을 마쳤을 때 그가 예감했듯이 또 위기가 닥쳐 왔다. 지성의 활동을 중단시키고 현실 세계로의 무모한 여행을 강요하는, 이 억누를 길 없는 충동의 정체는 과연 무엇일까? 자간에 머무는 동안, 그는 유령도 아닌 어떤 것, 너무도 생생하여 눈앞에 실제로 나타날 듯한 어떤 기억에 계속 시달리는 기분이었다. 마치 작고 소중한 무언가를 잃어버린 뒤 잊고 있다가 뒤늦게야 그 상실을 괴로워하는 것 같았다. 비 내리는 흐라트차니 언덕 위로 새벽이 밝아 올 때 그의 방문 앞에 맨발로 서 있던 튀코 브라헤가 불현듯 떠올랐다. 죽음을 앞에 두고 자신이 놓친 삶, 자신의 연구가 앗아간 그 삶을 뒤늦게야 찾아 나선 튀코의 얼굴엔 쓸쓸함과 절망감이 역력했다. 케플러는 몸서리쳤다. 빌리히 부부가 지금 내 얼굴에서 바로 그 표정을 보고 있을까?

주자나는 떠나는 그를 믿을 수 없다는 듯이 뚫어져라 바라보았다. 그는 아내의 눈을 똑바로 볼 수 없었다.

"왜요, 도대체 왜요? 뭘 얻으려고요?"

아내가 다그쳤다.

"가야 해."

린츠에서 받아야 할 이자가 있었다. 사령관 직에서 해임된 발렌슈타인은 명예가 실추된 상태였다. 황제는 아들의 보헤미아 왕위 계승을 확실하게 다지기 위해 레겐스부르크의 선제후 회의에 참석 중이었다.

"마무리 지을 일이 있어요. 황제에게 받아야 할 돈이 있어. 꼭 **가야 해.**"

"여보, 제발. 당신이 돌아오기 전에 최후의 심판일을 먼저 맞이할 것 같네요."

그녀는 농담을 시도했지만 둘 다 웃지 않았다. 그녀는 결국 남편의 손을 놓아주었다.

남쪽으로 갈수록 겨울이 맹위를 떨쳤다. 하지만 그는 날씨가 어떻든 상관없었다. 필요하다면 프라하나 튀빙겐까지, 바일데어슈타트까지도 갈 각오가 되어 있었다. 그러나 레겐스부르크도 만만치 않은 거리였다. 그는 여기서 나를 만날 거야. 가슴에 붙은 장미 십자가로 알아볼 수 있어. 그의 아내도. 거기 있소? 내가 창가로 걸어가면, 어둠과 빗속에 서 있는 당신들을, 황후와 겁 없는 기사를, 그리고 죽음을, 그리고 악마를 볼 수 있을……?

"선생님, 선생님. 침대로 가서 쉬세요. 편찮으신 것 같아요."

"네?"

"떨고 계세요……"

아프다고? 내가? 혈관이 끓는 듯했고, 가슴 속의 심장이 천둥소리를 내고 있었다. 그는 웃음을 터뜨릴 뻔했다. 그에게 꼭 어울리는 일이다. 곧 죽음이 찾아올 거라고 평생 믿고 있다가 막상 닥쳤을 때는 아무것도 모르고 행복하게 눈을 감는 것. 그러나 지금은 아니다.

"깜빡 잠이 들었나 보군요."

그는 기침을 하며 힘겹게 자리에서 일어나 떨리는 손을 화로 쪽으로 내밀었다. 저들에게, 모두에게 보여 줘야 해. 난 절대로 죽지 않아. 여기까지 와서 만나려고 한 것은 죽음이 아니라 전혀 다른 어떤 것이다. 평평한 돌을 뒤집으면, 거기엔 지나칠 만큼 많은 다른 모습이 존재한다!

"빌리히, 굉장한 꿈을 꾸었어요. 굉장한 꿈이지만 정말 아름다웠답니다."

그 유대인이 한 말은 무슨 뜻이었을까? 우리는 모든 것을 알고 있지만 아무것도 진정으로 이해하지 못한다는 말. 그렇다. 우리는 모든 것을 있는 그대로 믿어야 한다. 그것이 비결이다. 얼마나 간단한가! 그는 조용히 미소를 지었다. 책뿐만이 아니라 평생토록 이룬 연구도 전부 내다 버려야 한다. 그건 중요하지 않은 듯했다.

"아, 친구여. 굉장한 꿈이었어요……."

비가 바깥세상을 세차게 때렸다. 빌리히 부인이 와서 펀치를 더 부어 주었다. 그는 고맙다고 말했다.

난 절대 죽지 않아. 절대로.

끝.

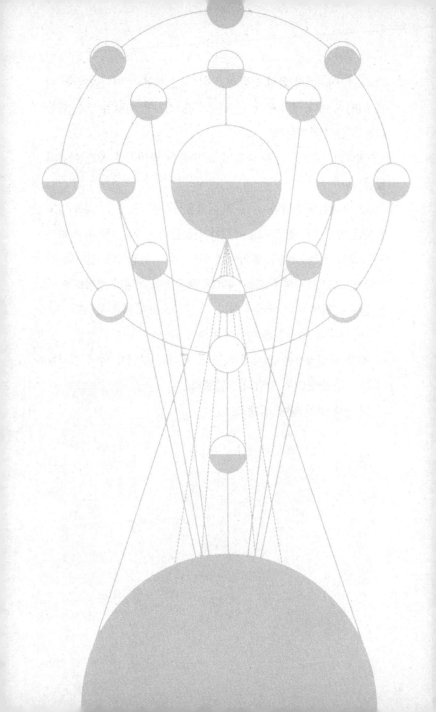

작가의 말

막스 카스파어Max Caspar의 전기 《케플러Kepler》와 욘 드라이어J. L. E. Dreyer의 전기 《튀코 브라헤Tycho Brahe》를 참고했다. 아서 쾨슬러Arthur Koestler의 명작 《몽유병자들The Sleepwalkers》에도 신세를 졌음을 밝힌다. 프랜시스 예이츠Frances A. Yates의 《장미 십자회 운동The Rosicrucian Enlightenment》은 17세기 초 유럽의 삶과 사상에 대해 매우 귀중한 통찰력을 주었다.

격려와 지원을 아끼지 않은 돈 셔먼Don Sherman과 루스 더넘Ruth Dunham, 아내 재닛에게 특별히 감사의 뜻을 전한다.

요하네스 케플러는 1630년 11월 15일 레겐스부르크에서 눈을 감았다.

거장의 손끝에서 피와 살을 가진 인간으로 거듭난
위대한 천문학자

존 밴빌은 제임스 조이스의 뒤를 잇는 아일랜드의 대표 작가다. 어릴 적부터 조이스의 작품을 모방해 습작했고 윌리엄 버틀러 예이츠와 헨리 제임스의 영향을 크게 받았다고 한다. 프란츠 카프카상, 프린스 오브 아스투리아스상, 오스트리아 유럽 문학상을 비롯해 유럽의 여러 권위 있는 상을 수상한 그는 정교하고 아름다운 글을 쓰는 문장가로 알려져 있다. 역대 가장 치열했던 2005년 부커상 심사에서 최종 후보작들 가운데 가즈오 이시구로와 줄리언 반스를 제치고 소설 《바다》로 수상의 영예를 안았다. 1970년대부터 활동을 시작해 최근까지도 꾸준히 작품을 발표하고 있으니, 1981년 발표한 《케플러》는 비교적 초기 작품에 속한다.

케플러는 태양 중심의 새로운 코페르니쿠스 체계를 천문학의 필수 도구로 삼아 우주의 질서를 밝히는 일에 평생을 바쳤다. 튀코 브라헤가 남긴 방대한 관측 자료를 활용해 실제 행성의 궤도가 원이 아닌 타원 형태임을 밝혔고, 이를 토대로 행성의 세 가지 운동 법칙을 정립해 근대 천문학의 초석을 놓았다.

단순히 과학자로서의 케플러를 이해하려 한다면 그의 이런 학문적 성취와 업적만을 기술하는 전기로 충분할 테지만, 인물의 내면을 섬세하게 파헤쳐 아름답게 묘사하기로 유명한 존 밴빌이 관심을 두는 지점은 거기에 있지 않다. 밴빌은 생몰 연도와 학문적 업적으로 박제된, 백과사전 속의 천문학자 케플러를 끊임없이 밀려드는 인생의 격랑을 헤쳐 나가는 살아 있는 인간으로 되살려 낸다.

이 천재 과학자는 시대적 혼돈과 개인적 고뇌, 슬픔의 한가운데서 학문을 통해 삶의 동력을 얻는다. 결국 중요한 우주의 질서와 법칙을 밝혀내지만 정작 자기 삶의 질서를 찾는 일에는 늘 삐걱거리는 것은 여느 사람들과 다르지 않다.

케플러는 교사였고, 제국 수학자였다. 또 천체 운행의 법칙을 탐구하는 천문학자였고, 점성술을 신뢰하지 않는 점성술사였다. 그가 살던 시대는 종교 개혁 이후 유럽에서 구교와 신교의 갈등이 극심한 시기였다. 루터교인 케플러는 끊임없이 가톨릭교회의 탄압을 받으면서도 끝끝내 자신의 신념을 바꾸지 않았다. 그는 생계를 위해 어쩔 수 없이 교사 일을 했지만 그 일을 좋아하지도 잘하지도 못했고, 사랑 없이 결혼한 아내와의 결혼 생활은 불행했다. 어머니마저도 마녀 재판에 휘말렸다. 수학 공식이나 화성 궤도와 씨름하기에도 버거웠지만 도대체 삶의 어느 것 하나 그를 가만히 내버려

두지 않았다. 게다가 지금의 우리는 상상하기 힘들지만, 컴퓨터도 그 어떤 전자식 기계도 없는 시절에 천체 운동과 관련한 수많은 계산과 연구를 종이와 펜에 의지해 해야 하는 그 지난함과 고단함은 또 어떠했을 것인가. 고군분투하는 케플러를 보며 내내 안쓰러웠고, 나도 모르게 그가 한시라도 편안한 날을 보내길 응원했다.

하지만 형태와 색깔은 제각각일지언정 누구에게나 자신만의 안식처가 있고, 그 안식처가 고되고 기만적인 삶을 버티게 해주는 힘이 되는 법이다. 케플러는 말한다. "세상은 참으로 슬픈 곳입니다. 그러니 천체와 우주에 관한 명확하고 고요한 사색에 빠지는 것을 누군들 마다하겠습니까?" 그에게 학문 탐구는 그것을 위해 많을 것을 포기하고 감내해야 하는 고된 일이었지만 한편으로는 무엇보다도 가장 큰 위로와 격려를 안기며 삶을 지탱하게 하는 힘이었다.

번역을 하면서 얼마 전 인상 깊게 읽은 존 윌리엄스의 《스토너》가 문득문득 떠올랐다. 케플러와 스토너의 삶은 물론 여러 면에서 많이 다르다. 그러나 스토너도 자신을 괴롭히는 이런저런 주변의 힘듦 속에서 고독하고 치열하게 학문의 길을 묵묵히 걸어갔고, 실패한 결혼 생활에서 행복을 찾지 못했으며, 어린 딸에게서 위안을 얻지만 시간이 지날수록 딸과 관계가 소원해지는 슬픔을 겪어야 했다. 만일 스토너가 케플러를 만난다면 손을 꼭 잡으며 "그래, 잘 살아 냈소." 하고 고개를 끄덕일지도 모를 일이다.

번역을 시작할 때만 해도 수백 년 전 그것도 수천 킬로미터 떨어진 유럽에 살았던 과학자의 삶이 우리에게 무슨 울림을 줄까 하는 의문이 마음 한구석에 자리 잡고 있었다. 하지만 인생의 많은 것이 그렇듯 직접 겪어 보지 않고서는 자신이 어떤 생각을 할지, 무엇을 느낄지 알 수 없다. 결국 수백 년 전 머나먼 유럽에 살던 까마득한 위인에게 존경뿐 아니라 연민과 공감을 함께 느끼며 책장을 덮었다. 책은 그런 물건이다. 좋은 쪽으로든 나쁜 쪽으로든 늘 기대를 배반한다. 묻혀 있던 좋은 작품을 발굴해 새로운 인물, 새로운 작가를 더 깊게 사귀게 해준 이터널북스에 감사드린다.

이수경

케플러 연보

1571   12월 27일 독일의 뷔르템베르크주 바일데어슈타트에서
하인리히와 카타리나 케플러의 장남으로 태어남.
어릴 때 용병인 아버지가 전쟁에 나간 뒤 끝내 돌아오지 않아
어머니와 할아버지 밑에서 성장. 인근 초등학교와 라틴어 학교,
마울브론 수도원의 기숙학교에서 수학함.

1589   튀빙겐 대학교에 입학.
신학과 수학을 공부하고 미하엘 메스틀린 교수에게 코페르니쿠스
체계를 배움.

1594   슈타이어마르크주 그라츠시에서 수학 교사직을 맡음.

1596   《우주의 신비》 출간.

1597   바르바라 뮐러와 결혼.

1600   가족과 함께 그라츠를 떠나 보헤미아로 이주.
튀코 브라헤의 베나테크성에서 연구원으로 일함.

1601   튀코 브라헤 사망.
황제인 루돌프 2세가 그의 후임 제국 수학자로 임명함.

1604   《천문학의 광학적 측면》 출간.
초신성 관측.

존 밴빌 John Banville

2005년 소설 《바다》로 부커상을 수상한 아일랜드 작가. 1945년 아일랜드 웩스퍼드에서 태어났다. 1970년 단편집 《롱 랜킨》을 발표하며 작품 활동을 시작했고 1969년부터 30여 년간 〈아이리시 프레스〉와 〈아이리시 타임스〉에서 편집자로 일했다. 1976년 《닥터 코페르니쿠스》로 제임스 테이트 블랙 메모리얼상을, 1981년 《케플러》로 가디언 픽션상을 수상하며 아일랜드를 넘어 유럽 문단의 주목을 받기 시작했다. 계속해서 과학을 주제로 한 《뉴턴 레터》(1982)와 《메피스토》(1986)를 발표했고 1989년 《증거의 책》으로 부커상 최종 후보에 올랐다. 픽션과 논픽션을 아우르며 최근까지 30여 편이 넘는 작품을 썼으며, 프란츠 카프카상, 프린스 오브 아스투리아스상, 오스트리아 유럽 문학상을 비롯해 유럽의 여러 권위 있는 상을 수상했다.

옮긴이 이수경

한국외국어대학교 노어과를 졸업했고 전문번역가로 활동하며 인문교양, 심리학, 문학, 자기계발 등 다양한 분야의 영미권 책을 우리말로 옮겨왔다. 옮긴 책으로 《마음을 돌보는 뇌과학》《그들의 생각을 바꾸는 방법》《소소한 즐거움》《영국 양치기의 편지》《범퍼스티커로 철학하기》《글로비시》《8년의 동행》《목적지 불명》《백악관 속기사는 핑크 슈즈를 신는다》《왜 그는 더 우울한 걸까?》《스무 살에 알았더라면 좋았을 것들》《존중받지 못하는 자들을 위한 정치학》《친밀한 타인들》《뒤통수의 심리학》《완벽에 대한 반론》 외 다수가 있다.

Kepler 케플러

초판 1쇄 발행 2023년 12월 15일

지은이	존 밴빌
옮긴이	이수경
북디자인	김정환
교정교열	정진라
제작	세걸음
펴낸곳	이터널북스

이메일	eternalbooks@naver.com
인스타그램	@eternalbooks.seoul

ISBN 979-11-979168-7-8 03840